CARINA MUELLER

Moonlit Nights

GEFÄHRLICH

im.press

Moonlit Nights, Band 3: Gefährlich

Im.press
Ein Imprint der CARLSEN Verlag GmbH
Dezember 2014

Umschlaggestaltung: formlabor
Schrift: Alegreya, gestaltet von Juan Pablo del Peral, Great Vibes / TypeSETit
Satz und Umsetzung: readbox publishing, Dortmund
Druck und Bindung: BoD, Hamburg
ISBN 978-3-551-30039-3
Printed in Germany
www.carlsen.de/impress

Alle Bücher im Internet: www.carlsen.de

1. Kapitel

Eine Stunde war bereits vergangen und ich saß immer noch zusammengekauert vor der Mülltonne, der Zeitungsbericht über den Tod des jungen Manns lag zu meinen Füßen.

Fassungslos starrte ich vor mich hin, die Knie fest an meinen Oberkörper gezogen und mit ganzer Kraft umklammert, als könnten sie mir irgendeine Art von Halt geben, doch das taten sie nicht.

Mit zittrigen Händen wischte ich mir die Tränen weg, die langsam, aber stetig aus meinen Augen quollen und meinen Blick immer wieder verschwimmen ließen, doch sofort kamen neue nach. Um mich selbst zu beruhigen, begann ich sanft hin und her zu schaukeln und dabei tief ein und aus zu atmen, doch es nutzte nichts.

Das konnte einfach nicht wahr sein! Nein: Das durfte einfach nicht wahr sein! Ich war doch kein Monster?!

Bist du nicht? Schließlich hast du euer ganzes Haus verwüstet. – Eine kleine Stimme meldete sich in meinem Kopf zu Wort und begann mir Vorwürfe zu machen.

Ich konnte nichts dafür, antwortete ich in Gedanken.

Hast arme, wehrlose Hühner gefressen …

Sicher nicht mit Absicht.

Hast Amilia umgebracht …

Hab ich nicht!, wehrte ich mich innerlich dagegen.

Nein?, höhnte die freche Stimme. *Vielleicht ist sie noch nicht tot, aber du hast es selbst gerochen. Lange wird es nicht mehr dauern …*

Liam wird ihr helfen!

Liam muss ihr sein Blut geben. Und sie wird immer mehr davon brauchen …

Er wird ein Gegenmittel finden!

Nicht, wenn die Zeit das Problem vorher erledigt …

Amilia ist kein Problem!

Tu doch nicht so scheinheilig. Ist es nicht genau das, was du immer wolltest? Sie für immer loswerden?

Aber doch nicht so!

Nein? Und warum hast du sie dann umgebracht?

Ich habe sie nicht umgebracht!

Vollkommen entnervt legte ich die Stirn auf meine Knie und raufte mir mit beiden Händen die Haare.

Okay, wenn es dir damit besser geht: Warum hast du sie FAST umgebracht?

Es war ein Unfall!

Jemanden umzubringen ist nicht nur ein »Unfall«, tadelte die Stimme weiter.

Ich konnte nichts dafür!, beteuerte ich erneut. Wer hätte denn ahnen können, dass mein Biss einem Werwolf so schadet? Ein leiser Schluchzer entwich meiner Kehle.

Na ja, wenigstens hast du das Mädchen nur fast getötet ..., höhnte die Stimme, als wollte sie mich an den jungen Kerl aus der Zeitung erinnern.

Verzweifelt vergrub ich mein Gesicht in meinen Händen.

Ich war doch extra weit weggebracht worden!

Was ja sehr viel genutzt hat ...

Hör auf! Liam hat gesagt, ich wäre viel zu weit weg gewesen, um es nach Hause schaffen zu können.

Du hattest wundgelaufene Fußsohlen ... Und das sogar als Werwolf ...

Hör auf, habe ich gesagt! Das hätte auch ein anderer Werwolf gewesen sein können. Oder wirklich ein wildes Tier.

Tz, tz, tz ... Ausreden, nichts als Ausreden, mäkelte die Stimme weiter.

Ich hielt mir mit beiden Händen die Ohren zu und presste sie so fest gegen meinen Kopf, dass es schon wehtat, doch ich wollte die Stimme endlich aus meinem Kopf verbannen.

Du bist genau das, was Amilia gesagt hat! Ein unkontrollierbarer Killer! Also wehr dich nicht dagegen, sondern lass es zu. Du wirst dich besser fühlen, wenn du aufhörst, dich gegen dein neues Ich zu stellen.

Ich bin kein Killer! Außerdem würde ich doch nie einen Menschen umbringen. An sowas habe ich niemals auch nur einen Gedanken verschwendet!

Hast du denn vorher schon mal daran gedacht, Hühner zu töten?, reizte die Stimme weiter.

Natürlich nicht!

Wem willst du eigentlich etwas vormachen? Du bist ein Killer.

Nein! Das bin ich nicht!

Du bist ein Killer ...

Hör auf damit!

Killer, Killer, Killer ...

Hör sofort auf damit und sei endlich still!, schrie ich.

Ich sprang auf und schlug wie wild mit den Armen um mich, da prallte ich plötzlich gegen etwas Hartes. Starke Arme umschlossen mich und hielten mich fest, während ich mit aller Kraft immer weiter um mich schlug und versuchte, mich zu befreien.

»Emma ... sch ... beruhige dich. Ich bin's doch nur.«

Doch ich wehrte mich weiter.

»Emma! Bitte! Hör jetzt auf!«

Liam musste richtig energisch werden, bis mein Gehirn seine Worte registrierte und mein Körper seine Abwehrhaltung aufgab. Völlig verängstigt sackte ich in seinen Armen zusammen und begann jämmerlich zu schluchzen.

»Sch ... ist doch gut. Alles wird gut. Sch ... beruhige dich.«

Sein monotoner Singsang machte die Situation keinen Deut besser, doch allein die Tatsache, dass er einfach dastand und mich festhielt, tröstete mich.

Nachdem ich mich etwas beruhigt hatte, ergriff Liam erneut das Wort: »Was ist denn überhaupt los, Emma?«

Ich hob den Kopf und blickte in dunkle Augen, die erschrocken zurückstarrten. Ich überlegte kurz, dann antwortete ich: »Nichts.«

Liam riss ungläubig die Augenbrauen nach oben. »Nichts?!«

Ich zögerte kurz. »Es ist nichts. Ich hab nur … schlecht geträumt.«

Nun wurde sein Blick skeptisch. »Danach sah es aber ganz und gar nicht aus.«

Ich zuckte gleichgültig mit den Schultern, als wüsste ich nicht, auf was er hinauswollte, doch so schnell ließ er sich nicht abwimmeln.

»Emma, ich habe dich reden hören.«

Jäh wich mir die Farbe aus dem Gesicht. Was sollte ich ihm sagen? Die Wahrheit? Doch was war überhaupt die Wahrheit? Dass ich anfing, verrückt zu werden? Dass ich jetzt nicht nur eine Mörderin war, sondern auch noch eine verrückte Mörderin? Was, wenn er dann nichts mehr mit mir zu tun haben wollte?

»Komm, ich bring dich erst mal in dein Zimmer. Danach reden wir.«

Während ich noch krampfhaft darüber nachdachte, was ich ihm gleich sagen sollte, schob er mich gezielt vor sich her, bis wir die Haustür erreicht hatten. Da ich zu keiner Reaktion fähig war, klingelte Liam für mich.

»Guten Morgen, Liam«, begrüßte mein Dad uns überrascht. »Müsst ihr nicht zur Schule? Ich dachte, Emma sei schon längst unterwegs?«

Liam sah mich bekümmert an, dann wieder zu meinem Vater. »Doch, Mr Forsyth. War sie auch. Emma ist auf dem Weg zur Schule zusammengeklappt und da habe ich sie wieder nach Hause gebracht.«

Mein Dad musterte mich, doch ich starrte nur leer vor mich hin.

»Was ist denn los, Spätzchen? Warum weinst du denn?«

Als ich nicht antwortete, ergriff Liam erneut das Wort. »Vermutlich hat sie sich vorhin wehgetan, als sie hingefallen ist«, log er.

Mein Vater grinste. »Ach Spätzchen, so schlimm wird das doch nicht gewesen sein«, sagte er fürsorglich und klopfte mir auf die Schulter.

Als ich wieder nicht antwortete, brachte mich Liam hoch in mein Zimmer.

Dort angekommen setzte ich mich kommentarlos auf mein Bett und eine Träne nach der anderen kullerte über meine Wangen.

Liam kniete sich vor mich und hielt meine Hände.

»Emma, was ist denn nur los?«

Wieder keine Reaktion.

»Bitte, sag doch endlich was!«, flehte er.

Da fasste ich mir ein Herz. »Ich ... bin ...«, begann ich, doch meine Stimme brach weg. »Ich bin ...«, setzte ich erneut an, doch auch dieses Mal kam ich nicht weiter.

»Du bist?«, versuchte Liam mir zu helfen. Doch plötzlich machte sich wieder diese schreckliche Unsicherheit in mir breit. Sollte ich ihm wirklich sagen, dass ich die Mörderin des jungen Mannes war? Dass ich plötzlich Stimmen in meinem Kopf hörte und vorhin mit mir selbst gesprochen hatte? Wie viel konnte eine junge Liebe verkraften? Würde Liam zu mir halten? Oder stattdessen nie wieder ein Wort mit mir wechseln? Das wäre immerhin möglich oder sogar noch wahrscheinlicher, denn: Wer wollte schon eine geistesgestörte Mörderin als Freundin haben?

Selbstzweifel überfielen mich und ich machte einen Rückzieher.

»Ich bin einfach so schrecklich besorgt um Amilia. Ich wollte ihr nichts tun ...«, wich ich aus und zu meiner Überraschung hörte sich das weitaus glaubwürdiger an, als ich selbst gedacht hatte. Vermutlich, weil ich mir tatsächlich Sorgen um Amilia machte.

Pah! Du Feigling! Du scheinst ja viel Vertrauen in eure Liebe zu haben, wenn du Liam nicht mal die Wahrheit sagen kannst, meldete sich wieder die fiese, kleine Stimme in meinem Innern zu Wort, doch ich versuchte sie zu ignorieren.

Liam nahm meine Hand und küsste sie zärtlich. »Ich weiß, dass das schwer für dich ist, aber wir kriegen das schon hin, Emma. Glaub mir.«

Er setzte sich neben mich und nahm mich fest in seine Arme. Ich kuschelte mich hinein und fühlte mich auf einmal so geborgen. Solange er mich festhielt, hatte ich wirklich das Gefühl, dass alles wieder in Ordnung kommen könnte, doch als er mich irgendwann wieder losließ, fühlte ich mich verlassen und die nackte Wahrheit begann erneut an mir zu nagen.

Mal sehen, wie lange er dich noch so in den Arm nimmt ...

Ich wischte mir die Tränen weg, aber sie wollten einfach nicht versiegen.

Angeblich legt Liams Familie doch so großen Wert darauf, niemandem Schaden zuzufügen. Was ihr Mustersöhnchen wohl dazu sagt, wenn er herausfindet, dass seine Freundin eine Mörderin ist?

Eine weitere Träne stahl sich aus meinem Augenwinkel. Mein Gewissen hatte Recht: Liam würde das sicher nicht gutheißen und wenn ich ehrlich war, wüsste ich auch nicht, ob ich damit umgehen könnte, wenn er jemanden umgebracht hätte.

»Hey «, sagte Liam und holte mich damit aus meinen Gedanken. »Es wird alles wieder gut, hörst du?«

Ich nickte, konnte aber nicht verhindern, dass es wenig überzeugend wirkte. – Und wenn ich es ihm doch einfach sagte? Wäre ein Ende mit Schrecken nicht besser, als ein Schrecken ohne Ende?

Ich haderte mit mir, doch bevor ich mich dazu entschließen konnte, bot mir Liam eine bequemere Lösung an.

»Du grübelst weiter über Amilia, hm?«, mutmaßte er.

Kurz überlegte ich noch, dann nickte ich.

»Wie geht es ihr?«, fragte ich vorsichtig, in der Hoffnung, hier eine bessere Nachricht zu hören.

»Ganz gut soweit. Das Blut scheint ihr zu helfen.« Liam lächelte und ich erwiderte es zaghaft.

»Da bin ich aber froh«, sagte ich und das meinte ich auch so. Klar, wir hatten unsere Differenzen. Doch die Zeiten hatten sich geändert – kaum vorstellbar für einen, der nicht schon mal in solch einer furchtbaren Situation gewesen war. Also quasi für keinen, aber es war wirklich so.

»Wie geht es jetzt weiter?«

»Wir lassen Amilia sich ein bisschen erholen und sobald sie wieder in der Schule ist, fängst du an, bei ihr Unterricht zu nehmen, okay?«

Ich nickte.

»Ich werde derweil versuchen herauszufinden, ob irgendwer etwas von einem Werwolf gehört hat, der absichtlich Menschen in seinesgleichen verwandelt.«

Wieder nickte ich. »Und was ist mit dem nächsten Vollmond?«

»Wir bauen erst mal darauf, dass Amilias Methoden etwas nutzen. Zudem werden wir dich zum nächsten Vollmond noch höher in die Berge bringen.«

Betreten sah ich zu Boden. Wie schrecklich das alles war!

Liam fasste mir unters Kinn und hob meinen Kopf sanft an. »Vielleicht habe ich bis dahin ja auch deinen Beißer gefunden.«

Ich schaute ihn an, spürte aber gleichzeitig, wie mir schon wieder die Tränen kamen.

»Hey.« Er streichelte mit seinem Daumen über meine Wange und wischte mir eine Träne weg. »Du weißt doch noch, was ich dir versprochen habe?«

Mühsam rang ich mir ein Lächeln ab. Es tat gut zu wissen, dass Liam hinter mir stand.

Würde er das auch noch tun, wenn er wüsste, zu was du fähig bist?

Ich versuchte, mein Gewissen verstummen zu lassen, doch es gelang mir nicht.

Also ich würde ja nichts mehr mit einer Mörderin zu tun haben wollen. Und er sicher auch nicht. Was er wohl sagen wird, wenn er erfährt, dass du ihm das so lange verheimlicht hast? Ob das die Sache schlimmer macht? Obwohl … wie sollte man solch eine Sache noch schlimmer machen? Was könnte einen Mord noch übertreffen?

»Emma? Ist alles in Ordnung?« Liam hatte mich an der Schulter gepackt und leicht gerüttelt.

»Äh … ja, klar.«

Zweifelnd sah er mich an. »Du wirkst nicht so.«

Ich spürte, wie mir heiß wurde. Hatte er etwas gemerkt?

»Nein, nein, es ist alles gut.« Ich versuchte ihn aufmunternd anzuschauen, doch ich war sicher, dass mir auch das nicht gelang.

Liam stand auf. »Na gut. Am besten spreche ich zuerst noch einmal mit White. Er muss sowieso –«

Doch ich sprang ebenfalls auf. »Lass mich nicht allein! Bitte!« Flehend sah ich ihn an, während meine Hand fest seinen Arm umklammerte.

»Ist wirklich alles in Ordnung mit dir?« Liam lächelte leicht, doch es war genauso falsch wie mein aufmunternder Blick gewesen war. Sein Gesichtsausdruck glich vielmehr dem eines Psychologen, der versuchte, einen Verrückten in Schach zu halten, bevor er sich mit einer Beruhigungsspritze auf ihn stürzte.

Unsicher sah ich ihn an.

»Ja, wirklich«, stammelte ich. »Ich möchte nur gern dabei sein.«

Liam nickte zögerlich. »Ich hätte dich sowieso mitgenommen.«

Mein Griff entspannte sich wieder, ich ließ ihn aber nicht los. »Danke.«

»Dafür nicht.«

2. Kapitel

Hand in Hand gingen Liam und ich hinunter und erzählten meinen Eltern, dass wir doch noch in die Schule wollten. Stattdessen machten wir uns wie geplant auf den Weg zu Dr. White.

Während der Autofahrt sprachen Liam und ich kein Wort miteinander. Er schien angestrengt nachzudenken und auch ich machte mir Gedanken, wie wir meinen Beißer bloß ausfindig machen sollten.

Nach einer gefühlten Ewigkeit waren wir endlich angekommen.

»Liam, Emma.« White kam bereits aus der Haustür heraus und begrüßte uns freundlich. »Schön, euch zu sehen. Wie geht es euch?«

Liam blickte fast unmerklich in meine Richtung. »Ganz gut soweit«, antwortete er für uns beide.

»Was führt euch zu mir?«

»Können wir das drinnen besprechen?« Liam schaute sich um und auch wenn es nur eine unauffällige Geste war, sah ich an seinen leicht bebenden Nasenflügeln, dass er etwas witterte.

»Da bin ich aber neugierig. Natürlich, kommt herein.«

Wir folgten White in seine Wohnung und setzten uns auf die Couch – die gleiche, auf der er mich behandelt hatte.

»Was war eben?«, flüsterte ich Liam zu, doch dieser gab mir mit einem »Später« zu verstehen, dass wir dieses Gespräch nicht jetzt führen sollten.

»Also? Ich bin ganz Ohr«, sagte White und sah uns gespannt an.

»Wir würden gern wissen, wie weit du mit der Recherche bist. Hast du schon jemanden ausfindig machen können, dessen Viren denen von Emma gleichen?«, fragte Liam hoffnungsvoll.

»Das habe ich tatsächlich.«

Meine Augen wurden groß. »Sie haben meinen Beißer bereits gefunden?«

Doch da schüttelte er den Kopf. »Nein, Emma. Das habe ich leider nicht. Ich habe nur herausgefunden, dass die Viren der Werwölfe, die sich umgebracht haben, mit deinen übereinstimmten. Das bestätigt zumindest unsere Vermutung –«

»– dass ihr alle von dem gleichen Werwolf gebissen wurdet«, beendete Liam den Satz.

»Das ist richtig, Liam.«

Ich nickte niedergeschlagen.

»Mach dir keine Sorgen. Wir werden ihn finden.« Liam legte beruhigend seine Hand auf meinen Oberschenkel und drückte sanft zu, doch ich konnte meine Enttäuschung nicht unterdrücken.

Natürlich war mir klar, dass das vermutlich alles nicht so einfach gehen würde. – Das wäre ja auch zu schön gewesen. Trotzdem bekam ich direkt ein ungutes Gefühl. Was wäre, wenn wir meinen Beißer erst in ein paar Jahren finden würden? Oder am Ende gar nicht?

»Wenn Liam das sagt, solltest du ihm vertrauen.« White tätschelte aufmunternd meinen Arm. »Außerdem habe ich gerade mal die Daten derer durch, die regelmäßig bei mir in Behandlung waren. Die, die nur ab und zu mal kommen oder irgendwann mal bei mir in Behandlung waren, fehlen alle noch. Und das sind noch einige.« White lächelte mich an und ich schaute möglichst dankbar zurück.

»Was habt ihr jetzt vor?«, fragte White, mehr an Liam gewandt als an mich.

»Wenn in gut zwei Wochen die Sommerferien anfangen, wollte ich mit Emma den Clearwater-Clan besuchen. Vielleicht weiß das Rudel ja mehr.«

White nickte verstehend, doch mir lief es kalt den Rücken hinunter.

»Wir wollen erst mit der Suche beginnen, wenn die Sommerferien angefangen haben? Warum?«

»Weil der Clan für einen Wochenendausflug einfach zu weit weg wohnt.«

»Können wir dann nicht einfach ein paar Tage Schule schwänzen?«

»Nein, Emma. Wir müssen alles so normal wie möglich handhaben. Sollte der Beißer aus unserem näheren Umfeld stammen, möchte ich nicht, dass er bereits merkt, dass wir nach ihm suchen und er womöglich seine Spuren beseitigt.«

»Aber ...«

»Aber?«

»Was ist, wenn wir ihn dann nicht finden? Dann haben wir zwei Wochen umsonst verstreichen lassen und nur noch zwei weitere, bis wieder Vollmond ist«, sagte ich leise.

»Ich habe dir doch gesagt, in dem Fall werden wir dich weit genug wegbringen, damit nichts passieren kann.«

White spitzte die Ohren. »Was soll denn passieren?«

»Emma hat Angst, dass noch mal so etwas wie mit Amilia passiert«, antwortete Liam, doch White sah nicht wirklich überzeugt aus.

Er weiß es ... Er weiß, dass du eine Mörderin bist. Er weiß es, meldete sich die Stimme in meinem Kopf zurück.

Ich spürte, wie mir die Farbe aus dem Gesicht wich. War das möglich? Hatte er sich bereits einen Reim auf den Toten und meine wundgelaufenen Fußsohlen gemacht?

Natürlich hat er das. Er ist Arzt.

Ich schluckte.

Mal sehen, wie lange es dauert, bis dein geliebter Liam es herausfindet.

»Liam, können wir mal kurz unter vier Augen reden?«, bat White.

Ha! Jetzt will er es ihm bestimmt erzählen. Und dann bist du aufgeflogen. Wie Liam wohl darauf reagieren wird?

»Warum?«, mischte ich mich ins Gespräch ein, auch wenn es mir schwerfiel, mich zu konzentrieren, da die Stimme in meinem Kopf einfach nicht die Klappe halten wollte.

»Ich habe keine Geheimnisse vor Emma. Wenn du was zu sagen hast, mach es in ihrem Beisein«, hörte ich Liam sagen, doch ich wurde schon wieder abgelenkt.

Ob der Doktor dich jetzt outet? Hast du schon Angst?, frotzelte die Stimme weiter.

»Ach … lass uns das Gespräch einfach verschieben«, wiegelte White ab. »So wichtig war es auch nicht.«

Na, da hat aber jemand Glück gehabt! Mal sehen, wie lange es anhält …

»Gut. Emma und ich wollten jetzt sowieso gehen.«

White ist eine tickende Zeitbombe. Du solltest etwas dagegen unternehmen.

Aber was?, fragte ich mich innerlich.

Präge dir seinen Geruch gut ein. Und dann besuchst du ihn zum nächsten Vollmond …

Ohne es zu wollen, holte ich tief Luft und sog den Duft des Doktors ein.

»Nein!«, rief ich sogleich entsetzt und schlug mir mit der Hand auf den Mund, als ich realisierte, dass ich das tatsächlich laut gesagt hatte.

»Nein?« Liam sah mich verblüfft an und auch White beäugte mich mit einer Mischung aus Neugier und Reserviertheit.

»Ich … äh … ich … mir ist noch was eingefallen.«

Jetzt starrten mich beide erwartungsvoll an. Na toll, Emma! Lass dir schnellstmöglich etwas einfallen.

»Ich wollte … äh … nur noch mal daran erinnern, dass Sie uns bitte Bescheid geben, wenn Sie Neuigkeiten haben, ja?«

Nun schien der Doktor vollends misstrauisch zu werden. »Selbstverständlich, Emma. Und es ist wirklich alles in Ordnung mit dir?«

»Ja, natürlich.« Ich lächelte verschämt.

Nachdenklich sah White zu Liam, der etwas hilflos zwischen uns beiden hin und her schaute. Doch dann stellte sich mein Freund neben mich und zog mich beschützend an sich heran.

»Selbstverständlich. Wenn irgendetwas nicht stimmen sollte, würde Emma es mir sagen.«

Autsch! Wenn ich bisher noch kein schlechtes Gewissen hatte, dann spätestens jetzt.

Ei, ei, ei! Was wird Liam nur sagen, wenn er alles erfährt? Er vertraut dir und du lügst ihn in einer Tour an.

White warf Liam einen letzten, vielsagenden Blick zu, begleitete uns dann aber zur Haustür und verabschiedete sich.

Denk an den Geruch. Präge ihn dir ein und entledige dich deines Problems.

Ich versuchte nicht hinzuhören, sondern konzentrierte mich darauf, einen normalen Gesichtsausdruck zu machen, während ich zu Liam ins Auto stieg und White zum Abschied winkte.

***

Nachdem wir losgefahren waren, sah Liam mich an.

»Was war das eben?«

»Was denn?«, fragte ich unschuldig.

»Na, dein abruptes Aufspringen und dein Aufschreien«, antwortete Liam und seine Augen sagten »Tu doch nicht so.«

»Äh ... hatte ich doch erklärt, oder?«

»Ich mag es nicht, wenn du mich anlügst«, stellte er fest und mir wurde ganz heiß.

»Ich ... äh ...«

»Du wolltest vorhin etwas anderes sagen, hab ich Recht?«

Ein schuldbewusstes Nicken. Ich hatte furchtbare Angst, Liam die Wahrheit zu sagen. Was würde er danach von mir halten? Würde er überhaupt noch mit mir sprechen? Oder würde er nichts mit einer Verrückten zu tun haben wollen?

»Was meinst du, was das für ein Geruch war? Kanntest du ihn?«

»Wie bitte?« Verwirrt schaute ich Liam an.

»Das war doch das, was du White eigentlich fragen wolltest, oder? Was das für ein Geruch war.«

Verdattert nickte ich. Stimmt. Jetzt wo er es sagte: Es hatte beim Aussteigen aus dem Auto tatsächlich merkwürdig gerochen, aber ich war zu beschäftigt mit mir selbst gewesen, als dass ich darauf genauer hätte achten können.

»Äh ... ja, genau«, pflichtete ich ihm bei.

»Irgendwie klingelt da was in meinem Gehirn. Ich weiß nur nicht so ganz genau, was«, sinnierte Liam weiter.

Ich zuckte ratlos mit den Schultern. Hätte ich besser aufgepasst, hätte ich Liam vielleicht helfen können, doch leider wurde ich anderweitig auf Trab gehalten. Und zwar von meinem Gewissen, welches mir seit neuestem lautstark seine Meinung mitteilte. Oder waren das bereits Anzeichen dafür, dass ich tatsächlich verrückt wurde? So wie die anderen verwandelten Werwölfe, die sich das Leben genommen hatten?

Woran merkte man sowas eigentlich? Und wer merkte es zuerst? Man selbst? Oder die Leute, mit denen man zu tun hatte?

Plötzlich griff mir eine Hand auf den Oberschenkel.

Da ich so in Gedanken versunken war, erschrak ich natürlich erst mal.

»Emma, ich weiß, ich wiederhole mich. Aber ist wirklich alles gut bei dir?«

Ich blickte Liam an, sah tief in seine dunkelbraunen Augen, so voller Liebe und Sorge. Dann nickte ich.

»Warum fragst du mich das ständig?«, entgegnete ich, doch wollte ich die Antwort wirklich hören? Bekam ich jetzt gesagt, dass er bemerkte, wie ich mich langsam, aber sicher veränderte? Oder war das noch zu früh?

»Du bist heute ungewöhnlich still«, erklärte er. »Denkst du viel nach?«

Ich nickte.

»War alles ganz schön viel für dich in letzter Zeit, was?« Mitfühlend nahm er meine Hand und streichelte mit seinem Daumen über meinen Handrücken.

Wieder nickte ich.

»Ich mach dir einen Vorschlag: Wir fahren zu mir nach Hause und dann bekommst du eine Entspannungsmassage.«

»Zu dir nach Hause?« Ich schluckte, da ich an Finger-Brecher-Florence und Todesblick-zuwerfende-Liam-Schwester dachte. »Ist deine Mom auch da?«, fragte ich vorsichtig.

»Ja.«

»Und deine Schwester auch?«

»Vermutlich ja. Bis wir zurück sind, ist die Schule zu Ende.«

»Hm.«

»Stimmt was nicht?«

Statt zu antworten, versuchte ich es mit einer Gegenfrage. Eine Frage, die mir sowieso schon lange auf dem Herzen brannte: »Warum sind deine Schwester und deine Mom eigentlich so *nett* zu mir?«

Liam schaute mich an. Er verstand. »Nimm das nicht persönlich, Emma. Weibliche Werwölfe sind furchtbar besitzergreifend und territorial, wie du bestimmt schon gemerkt hast.« Dann zwinkerte er lässig.

»Hm«, machte ich erneut.

»Aber du musst dir keine Gedanken machen. Sie werden ab jetzt etwas netter zu dir sein.«

»Warum?«

»Dein Status hat sich geändert.«

»Mein Status?«

»Na ja, du bist jetzt nicht mehr *nur* ein Mensch.«

»*Nur* ein Mensch? Rassistisch sind sie also auch noch?!«, krächzte ich entrüstet.

Liam konnte sich ein Grinsen nicht verkneifen. »Ich hab dir doch gesagt, dass Werwölfe sich nur unter ihresgleichen umsehen. Sie halten Menschen für minderbemittelt und da waren sie nicht gerade erbaut darüber, dass ich mir ein Menschenmädchen angelacht habe. Hinzu kommt, dass du Alpha-Qualitäten hast und ihnen ihren Rang streitig machen könntest.«

Ich wusste nicht warum, aber bei der Aussicht, Liams Mom oder Schwester irgendetwas streitig machen zu können, freute ich mich innerlich. Doch mich störte an der Erklärung noch etwas anderes.

»Minderbemittelt?«, hakte ich nach.

»Also ...« Liam griff sich verlegen in den Nacken. »Es ist ja nicht bestreitbar, dass Werwölfe eine viel schnellere Auffassungsgabe haben, stärker sind, alle Sinne besser ausgebil –«

»Ich kotz gleich!«, unterbrach ich ihn.

»Tut mir leid, aber du hast gefragt. Außerdem ist das nicht meine Ansicht, sondern die allgemeine unter Werwölfen.«

Ich schnaubte. »Und uns halten sie für minderbemittelt.«

Liam grinste frech.

»Warum ist dein Dad nicht so? Und warum hast du mich normal behandelt?«

Nun war Liam an der Reihe ein entrüstetes Schnauben verlauten zu lassen. »Ich habe dich nicht *normal* behandelt, ich habe dich umgarnt. Schön, dass es dir aufgefallen ist«, empörte er sich.

Sein beleidigter Tonfall zauberte mir ein Lächeln aufs Gesicht. Liam ließ sich nicht oft zu solch »kindischem« Verhalten hinreißen, doch wenn es mal vorkam, war es unglaublich süß.

Versöhnlich legte ich ihm meine Hand auf den Arm, wodurch er schlagartig ruhiger wurde.

»Und warum hast du mich umgarnt? Wenn ich doch *nur* ein Mensch bin?«

»Weil ich in dir so viel mehr sehe, als ein bildhübsches, intelligentes Mädchen, welches fantastisch malen kann.«

Mir wurde ganz warm ums Herz.

»Außerdem ist es ein Unterschied, ob du auf ein Weibchen oder auf ein Männchen triffst.«

»Sind die Männchen netter?«

»Das würde ich so nicht sagen … Andere Weibchen sehen in dir Konkurrenz, Männchen in dir einen potenziellen Partner. Genauso ist es umgekehrt. Als Faith zum Beispiel Tyler mitbrachte, hatte er es nicht besonders leicht mit meinem Dad und meinen Brüdern.«

»Und mit dir?«

»Auch nicht wirklich …«

Man halte noch mal fest: Wir sprechen hier von den Super-Werwölfen mit der obergenialen Auffassungsgabe, die in allem ja so viel toller und besser sind als die kleinen, minderbemittelten Menschen. *Hust* Ich verkniff mir jedoch, das laut auszusprechen.

»Ich verstehe«, sagte ich lediglich. »Und was kann ich tun, damit deine ganze Familie mich mag?«

»Hab Geduld. Die brauchen nur Zeit, um sich an dich zu gewöhnen.«

Zögerlich nickte ich. Dabei dachte ich an meinen Dad und wie er sich in meinem Beisein bei männlicher Gesellschaft immer anstellte. Vermutlich war das vergleichbar, nur dass mein Dad eben kein übertrieben aggressiver Werwolf war und sich daher Fingerbrechen und Todesblicke nicht zu Nutze machen konnte. Lieber schlug er meine potenziellen Verehrer mit Taschenlampen und Spielbrettern in die Flucht.

***

Bei Liam angekommen öffnete uns seine Mutter die Haustür. Sie musterte mich kurz, doch ausnahmsweise bekam ich keinen blöden Spruch zu hören. Was für ein Fortschritt! Das war wohl die einzig gute Nebenwirkung des Werwolfdaseins: eine mich halbwegs akzeptierende Schwiegermutter in spe.

Akzeptieren? Ich würde es eher als Dulden bezeichnen.

Oh nein! Bitte, nicht jetzt! Halt die Klappe!, raunzte ich innerlich mein Gewissen an. Florence würde sicher direkt merken, wenn etwas nicht stimmte.

Warum? Kannst du die Wahrheit nicht verkraften?

Um Haltung bemüht, grüßte ich Florence höflich und ging mit Liam hinauf in sein Zimmer.

»Leg dich schon mal aufs Bett und mach's dir gemütlich. Ich hol etwas Öl.«

Hör mal, das ist aber gar nicht nett, mich einfach zu ignorieren.

»Ist mir egal«, seufzte ich.

»Was ist dir egal?« Liam kam zurück ins Zimmer.

»Wie?«

»Du hast gemeint, dass es dir egal ist. Da wollte ich wissen, was?«

»Ach ... äh ... ich hab nur gerade gedacht, wenn das Öl in meine Haare kommt, werden die ziemlich fettig aussehen. Aber dann sagte ich zu mir selbst, dass es ja auch egal ist. Heute will ich eh nirgendwo mehr hin.«

»Ach so.« Liam lächelte. »Ich kann dich auch ohne Öl massieren, wenn dir das lieber ist.«

»Ähm … ja, ich glaub schon.«

Eigentlich war es das nicht, doch so konnte ich meine kleine Notlüge wenigstens etwas untermauern.

»Kein Ding. Möchtest du irgendetwas trinken?«

Jetzt, wo Liam es ansprach, spürte ich erst, wie durstig ich war. Klar, ich hatte seit heute Morgen nichts mehr getrunken und meine Kehle war wie ausgedörrt.

»Ja bitte«, antwortete ich.

»Was möchtest du?«

»Cola, wenn du hast.«

Liam nickte und ich hörte – dank Werwolfsinnen – wie er hinunter in die Küche ging und den Kühlschrank öffnete. Na ja, vielleicht hatte Liam doch nicht sooo maßlos übertrieben, was die Fähigkeiten eines Werwolfs betraf.

Leider vernahm ich noch etwas anderes.

»Liam? Kommst du mal bitte?« Es war Liams Mom, die ihn gerufen hatte.

Ich hörte, wie er einen anderen Raum betrat. Vermutlich war es das Wohnzimmer.

»Hast du kurz eine Minute? Ich möchte mir dir über Emma reden.«

Florence sprach zwar unglaublich leise (wahrscheinlich, weil ich gar nicht mithören sollte), doch mein Gehör funktionierte wohl besser, als sie dachte. Offenbar schien meine Kraft nicht das einzige zu sein, was im Vergleich zu geborenen Werwölfen stärker ausgeprägt war.

»Ich hab dir doch schon gesagt, dass du dir keine Gedanken mehr darüber machen musst. Sie ist jetzt eine von uns.«

Ob Liams Mom bereits Verdacht schöpfte?

Sieht so aus.

»Darum geht es nicht«, sagte sie.

»Worum dann?«

»Sie … sie riecht irgendwie … anders.«

»Was meinst du?«

»Sie riecht … ich weiß nicht, wie ich es beschreiben soll. Sie riecht irgendwie … nach Gefahr.«

Hahaha! Sieht so aus, als wäre das mit der extrem schnellen Auffassungsgabe doch nicht übertrieben gewesen!

Was willst du damit sagen?

Zumindest die alte Wölfin scheint dich direkt durchschaut zu haben.

Mir wurde heiß. War das so? Ich überlegte fieberhaft, was Liam ihr alles über mich erzählt haben könnte. Wusste sie das mit Amilia? Hatte sie jetzt Angst vor mir?

Könnte das schaden?

Halt, ich musste mich wieder auf das Gespräch zwischen Florence und Liam konzentrieren.

»Ich weiß, dass sie anders riecht. Aber hast du schon mal in Erwägung gezogen, dass es daran liegen könnte, dass sie einfach ein verwandelter Werwolf ist?«, verteidigte Liam mich.

»Liam, sei nicht dumm. Sie riecht nicht normal«, beharrte seine Mom.

»Weil du schon so viele verwandelte Werwölfe gerochen hast und deshalb genau weißt, wie sie riechen müssen?«, konterte er.

»Hör auf damit. Du weißt genau, dass keiner von uns oder aus unserem Rudel jemals etwas mit einem Verwandelten zu tun hatte.«

»Eben. Meinst du dann nicht, es könnte damit zusammenhängen, dass ich noch nie ein Weibchen zu Hause hatte und du sie einfach als Konkurrenz ansiehst? Sie deshalb sprichwörtlich nicht riechen kannst?«

Dass er seiner Mutter so viel Paroli bot, war ich von Liam gar nicht gewöhnt, doch es schmeichelte mir.

Was er wohl macht, wenn er herausfindet, dass seine Mutter Recht hat?

Sei still.

»Liam, ich möchte dir Emma nicht ausreden. Ich möchte nur, dass du vorsichtig bist. In Ordnung?«

»Ich weiß, Mom. Ich werde aufpassen.« Ich hörte, wie er ihr einen Kuss gab und mit klappernden Gläsern zurückkam.

Ich weiß, Mom? Ob er bereits mehr weiß, als du denkst?

Was für eine Vorstellung! Konnte das wirklich sein? Wusste er, dass ich den armen jungen Mann umgebracht hatte?

Ich schluckte laut. Ob ich einfach mit Liam darüber sprechen sollte? Ihm sagen, was ich getan hatte?

Ist eure Beziehung wirklich schon so weit, dass sie so etwas verkraften würde?

Aber wenn er es eh schon weiß, würde er sich sicherlich fragen, warum ich nichts sage.

Und wenn er es noch nicht weiß, verlierst du ihn.

Liam weiß doch, dass man im verwandelten Zustand Dinge tut, die man nicht unbedingt möchte.

Aber gleich jemanden umbringen?

Ich merkte, wie meine Hände zu zittern begannen.

Wenn du dir deiner Sache so sicher bist, erzähl es ihm.

Ich rang innerlich mit mir. Vielleicht würde mein Gewissen dann endlich die Klappe halten?

Das ist eine hervorragende Idee. Erzähl ihm auch gleich von mir.

Wissentlich habe ich nichts Unrechtes getan, wehrte ich mich.

Unwissenheit schützt vor Strafe nicht. – Gleich ist er da. Erzähl es ihm.

Der Verzweiflung nahe hielt ich mir mit beiden Händen den Kopf und massierte meine Schläfen. Dabei fragte ich mich wieder und immer wieder, ob ein Geständnis die Stimme verstummen lassen könnte.

Probier es aus.

Ich dachte an Liam und wie entsetzt er bereits gewesen war, als Amilia ihm von meiner Verwandlung erzählt hatte – auch wenn er versucht hatte, sich nichts anmerken zu lassen. Und wie schockiert er war, als er ihre Wunden sah. Oder sein entgeisterter Blick, als er bei Dr. White unterm Mikroskop gesehen hatte, was meine Viren mit denen eines normalen Werwolfs machten.

Nein, ich konnte es ihm nicht sagen. Die Angst, ihn zu verlieren, war einfach stärker.

Stärker als die Angst, komplett verrückt zu werden?

Ja.

Daran liegt es nicht.

Woran dann?

Daran, dass du ein gewissenloser Killer bist.

Bin ich nicht!

Oh doch! Das bist du!

Hör auf!

Zwing mich doch.

Was war bloß los mit mir? Warum hörte ich ständig diese Stimme? Wo kam sie auf einmal her? War das normal, wenn man jemanden umgebracht hatte? Oder lag es an dem Biss?

Wieder fragte ich mich, ob ich tatsächlich verrückt wurde, so wie die anderen Werwölfe. Und direkt beschlich mich die nächste Angst: Würde ich mich auch umbringen wollen?

Killer, Killer, Killer.

Schluss jetzt!

Killer, Killer, Killer.

»Jetzt sei endlich still!«, rief ich zornig, doch da stand Liam schon in der Tür und starrte mich skeptisch an.

»Alles gut?«, fragte er vorsichtig.

»Äh ... ja klar. Warum fragst du?«, tat ich möglichst unschuldig.

»Hast du uns etwa reden gehört? War ich gemeint?«

Ich schaute verschämt zu Boden.

Liam seufzte und drückte mir ein Glas Cola in die Hand. Dann geleitete er mich zum Bett und bedeutete mir, mich hinzulegen. Ich nahm einen großen Schluck, stellte die Cola danach auf seinen Nachttisch und befolgte brav seine Anweisung. Hauptsache, ich musste erst mal nicht reden.

Ich legte mich auf den Bauch. Liam setzte sich neben mich und begann meinen Rücken zu massieren. Seine warmen Hände, die sanft, aber doch kräftig meine Nackenmuskulatur durchkneteten, ließen mich wohlig aufseufzen.

»Weißt du, Emma, meine Mom macht sich einfach Sorgen. Obwohl meine Brüder älter sind als ich, bin ich der Erste, der eine geeignete Wölfin mit nach Hause gebracht hat. Ich glaube, da gehen einfach die Muttergefühle mit ihr durch. Nimm das bitte nicht allzu ernst. Okay?«

Nichts hören und nichts sehen, einfach nur die Massage genießen.

Doch Liam ließ nicht locker: »Verstehst du? Sei bitte nicht böse. Sie wird sich schon an dich gewöhnen.«

Wenn Liam wüsste, warum ich mich so verhalte, wäre er sicher nicht mehr so verständnisvoll, dachte ich ein wenig wehmütig.

Da könntest du Recht haben.

Als ich wieder nichts erwiderte, senkte er sich zu mir hinunter und begann sanft meine Lippen zu küssen.

»Du bist viel zu wundervoll, um dir dein Köpfchen über Nichtigkeiten zu zerbrechen«, flüsterte er an meinem Ohr und küsste mich erneut. Danach begann er zärtlich meinen Hals abwärts zu liebkosen.

Ich holte tief Luft und sog seinen wunderbaren Duft damit regelrecht ein.

Meine Arme umschlangen seinen festen Oberkörper und ich begann zärtlich, die braune Haut zu küssen, die sich über seinen trainierten Nacken spannte.

Ist er nicht appetitlich?

Und wie er das war! Mein Griff wurde fester. Liam schien sich dadurch ermutigt zu fühlen und seine Küsse wurden leidenschaftlicher.

Nein, nein, ich meine wirklich appetitlich!

Oh ja! Du hast ja sowas von Recht!, pflichtete ich meinem Gewissen bei, während Liam mich herumrollte, so dass ich auf ihm lag und ihn nun weiter am Hals küssen konnte.

Du hast mich nicht richtig verstanden ... Lädt dieser saftige Muskel, den du da gerade küsst, nicht dazu ein, deine Zähne tief in sein Fleisch zu graben?

Schlagartig hielt ich inne.

Der warme, eisenhaltige Saft wird dir die Mundwinkel hinunterlaufen und du wirst ihn verzückt ablecken.

Ich spürte, wie sich etwas tief in mir regte. Wie ich anfing, Liam zu begehren, doch nicht nur auf erotische Weise. Ein Teil von mir schreckte davor zurück, doch gleichzeitig wollte ein anderer Teil ihn tatsächlich beißen!

Mit zwei Sätzen hatte ich mich von Liam losgemacht und war vom Bett gesprungen.

Oh Gott! Es stimmte! Ich wurde wirklich wahnsinnig!

Schnell rannte ich aus dem Zimmer, die Treppe hinunter und war schon aus der Haustür rausgestürmt, als Liam mich abrupt zurückhielt.

»Hey«, raunte er, doch ich versuchte mich loszumachen.

»Lass mich!«, schrie ich mehr heulend als bestimmt, doch umso mehr ich mich wehrte, desto fester wurde sein Griff.

»Kannst du mir wenigstens sagen, was ich falsch gemacht habe?«

»Nein!«, schrie ich erneut. Diesmal aber mit mehr Kraft in der Stimme. Ich versuchte mich noch mal loszureißen, doch Liam war einfach zu stark.

»Ich werde dich nicht gehenlassen, bis du mir eine Antwort gegeben hast«, knurrte er herrisch und zog mich an sich. Ich schluchzte laut, hörte dann aber auf, mich zu wehren und ließ mich von Liam umarmen.

»Ist doch gut, Emma. Wir müssen nichts tun, was du nicht willst.«

»Daran liegt es nicht.«

»Woran dann?«

»Ich wollte dich beißen«, jammerte ich.

Liam streichelte mir über das Haar. »Das ist nichts Schlimmes, Emma. Das ist sogar völlig normal.«

»Sowas ist nicht normal.«

»Lass uns wieder reingehen. Dann erklär ich es dir.«

Vollkommen erledigt ließ ich mich von Liam zurück ins Haus und bis in sein Zimmer schieben und plumpste dann auf sein Bett. Liam nahm sich einen Stuhl und setzte sich mir gegenüber.

»Pass auf: Wenn Werwölfe sich paaren, beißen sie sich gegenseitig, um den Partner festzuhalten. Das ist ein völlig normaler Trieb. Wirklich kein Grund zur Sorge.« Er lächelte aufmunternd.

»Du hast mich noch nie gebissen«, hielt ich dagegen.

Liam rollte mit den Augen. »Natürlich nicht. Außerdem ist das ein sehr animalisches Verhalten. Sowas lässt man vielleicht in Wolfsgestalt zu, aber in Menschengestalt reißt man sich für gewöhnlich zusammen.«

»Siehst du!«

»Emma, ich kann mir vorstellen, wie schwer das für dich ist. Ich kenn es nicht anders, aber du musst dich erst mal an deine zweite Identität gewöhnen. Außerdem: Erinnere dich daran, als wir uns das erste Mal geküsst haben. Sonderlich diszipliniert war ich dabei auch nicht vorgegangen.« Liam grinste schief.

»Und wenn ich mich nicht beherrschen kann?«

»Fänd ich das sehr sexy«, antwortete er, als wäre es das Natürlichste auf der Welt.

»Wie?« Ich schaute ihn leicht angeekelt an. Das konnte doch wohl nicht sein Ernst sein.

»Na ja, es würde einfach zeigen, wie sehr du mich willst ...« Liam lächelte verschmitzt und setzte sich neben mich aufs Bett. »Ist jetzt wieder alles gut?«

Skeptisch schaute ich ihn an. Sollte ich ihm von der Stimme erzählen? Von der Stimme, die mir sagte, dass ich zubeißen solle und die mir seit neuestem ständig solche wirren Tipps gab?

Liam hatte immer gesagt »Der Wolf in mir mag das«. War das womöglich auch mein zweites neues Ich, welches mich dazu ermuntern wollte, ungewöhnliche Dinge zu tun?

Doch bevor ich einen Entschluss fassen konnte, hatte Liam mich schon in die Arme genommen und drückte mich fest an sich.

»Siehst du, ich hab dir doch gesagt, es ist nichts Schlimmes«, flüsterte er beruhigend und strich mir dabei sanft über den Rücken.

»Liam?«

»Ja?«

»Kommt es dabei schon mal vor, dass so fest zugebissen wird, bis der Partner blutet?«

»Selten.«

»Selten?«

»Es kommt auf die Stelle an. Für gewöhnlich beißen sich die Wölfe in den Nacken. Dort ist die Haut besonders fest und es ist nur schwer, diese durchzubeißen.«

Ich merkte, wie ich augenblicklich ruhiger wurde. Vielleicht war ich doch ein ganz normaler Wolf? Schließlich wollte ich auch nur in seinen Nacken beißen.

Nein, du wolltest Blut schmecken.

»Aber es wäre nicht absonderlich, wenn der andere bluten würde?«, fragte ich vorsichthalber noch einmal nach.

»Nein. Warum fragst du? Du hast mich außerdem nicht gebissen.«

»Ach ... rein interessehalber«, log ich.

Ich schmiegte mich in seine Umarmung. Die Lust, Liam näher zu kommen, war zwar fürs Erste verflogen, doch ich war erleichtert, dass ich wohl doch ganz normal war. – So normal zumindest, wie man halb Mensch, halb Wolf sein konnte. Außerdem war ich heilfroh, endlich eine plausible Erklärung für die Stimme in meinem Kopf gefunden zu haben. Es war offensichtlich meine neue Zweitidentität, die ich kurzerhand (wie Liam es tat) »mein Wolf« nannte und an die ich mich wohl erst noch gewöhnen musste. Also kein Grund mehr zur Aufregung.

Wir kuschelten noch eine Weile und sahen dabei fern, bis Liam mich später nach Hause fuhr.

Vielleicht war die Wolfssache doch gar nicht so schrecklich und ich würde mich damit arrangieren können? Wenigstens so lange, bis wir endlich den Beißer gefunden hatten und ich den Fluch wieder loswurde.

Mit diesem Gedanken schlief ich ein und hatte einen erholsamen, traumlosen Schlaf.

3. Kapitel

Am nächsten Morgen machte ich mich einigermaßen entspannt für die Schule fertig. Was wir wohl heute unternehmen würden?

Liam wartete wie immer an der Laterne auf mich. Ich begrüßte ihn mit einem sinnlichen Kuss und sah ihn liebevoll an. Positiv denken, lautete meine Devise für heute.

»Guten Morgen. So gut gelaunt?«, fragte er überrascht.

»Klar. Was machen wir heute? Wo gehen wir suchen?«

»Unser nächstes Ziel wird wie besprochen der Clearwater-Clan sein.«

»Aber das machen wir doch erst, wenn Ferien sind. Können wir nicht hier in der Umgebung schon anfangen?«, bat ich.

»Ich fürchte nicht, Emma. Da du von einem Alpha-Wolf gebissen wurdest und der Clearwater-Clan die einzigen anderen Alpha-Wölfe im Umkreis von tausenden Meilen sind, wird das unsere erste Anlaufstelle sein.«

»Schade. Ich dachte, es gäbe hier vielleicht noch Möglichkeiten«, antwortete ich leicht betrübt. Soviel zu meinen guten Vorsätzen.

Liam schüttelte den Kopf. »Nein, leider nicht. Außerdem hast du gar keine Zeit dazu.«

Fragend sah ich ihn an. »Warum?«

»Weil du mit Amilia die Übungen machen wirst.«

Unwillig verzog ich das Gesicht.

»Du hast es mir versprochen«, erinnerte Liam. Mit einem leichtem Murren machte ich zwar deutlich, was ich nach wie vor davon hielt, doch dann nickte ich einvernehmlich. Wie schlimm konnte das schon werden?

»Vielleicht schaffst du es sogar, deinen Geist so gut unter Kontrolle zu bringen, dass es gar nicht mehr notwendig wäre, dich zurückzuverwandeln und du sogar lieber ein Werwolf bleibst?«

»Wäre dir das lieber?« Ich schluckte laut. Darüber hatte ich mir noch gar keine Gedanken gemacht. Ich war so versessen darauf, den Wolf loszuwerden, dass ich mir um Liam und auch um seine Familie gar keine Gedanken gemacht hatte. Nicht, dass sie mich jetzt wesentlich besser behandeln würden als vorher, doch hätten wir überhaupt eine Chance, irgendwann mal so etwas wie befreundet zu sein, wenn ich gar kein Werwolf mehr war?

»Nein, Emma. Das wäre mir nicht lieber.« Liam legte den Arm um meine Schultern, während wir langsam zur Schule gingen. »Es ist nur so: Ich habe das Gefühl, du siehst das alles ein wenig einseitig. Natürlich ist das neu für dich und ich kann mir schon vorstellen, dass viele Dinge auch erschreckend sind, weil Menschen diverse Sachen eben anders handhaben, doch es ist nicht *nur* schlimm. *Ich* bin nicht nur schlimm ...«

Ein Kloß machte sich in meinem Hals breit, jetzt, wo ich merkte, wie ich auf Liam gewirkt haben musste. Ich verteufelte, was er war und wollte es unbedingt loswerden, dabei bestand sein halbes Leben daraus. Da er ein gebürtiger Werwolf war, konnte er nichts dagegen unternehmen, dass er sich einmal im Monat verwandelte. Es würde auf ewig so bleiben, doch ich fragte mich, ob er sich nicht manchmal selbst wünschte, ein ganz normaler junger Mann zu sein.

»Über was denkst du nach?«, fragte er.

»Ich ... es tut mir leid. Es ist alles nur so neu für mich. Vielleicht hast du ja wirklich Recht und ich gewöhne mich noch daran«, antwortete ich versöhnlich.

Selbstverständlich hoffte ich das nicht und ich konnte mir auch nicht vorstellen, dass sich meine Einstellung diesbezüglich demnächst ändern würde. Kurz hatte ich sogar überlegt, ob ich ihm von meinen wahren Gedanken erzählen sollte, doch ich entschied mich dagegen. Ich wollte Liam nicht noch mehr verletzen.

Und wieder eine Lüge.

Sei bloß still!, schimpfte ich innerlich und versuchte mir nichts anmerken zu lassen.

Liebevoll lächelte Liam mich an. »Sollen wir jetzt zum Unterricht?«

Ich nickte.

Hand in Hand gingen wir über den Schulhof und danach in unsere Klasse.

Mit einem Blick sah ich, dass Amilia gar nicht anwesend war. Ob es ihr immer noch so schlecht ging? Oder ob sie einfach keine Lust auf Schule hatte?

Wenigstens hast du dir so den Unterricht mit ihr erspart.

Ich seufzte. Auch wenn mein Wolf da nicht ganz Unrecht hatte: Wollte er sich jetzt in Zukunft überall hineinhängen?

Das passt dir wohl nicht.

Nein, tut es tatsächlich nicht.

Tja ... hättest du dich von Liam ferngehalten, wie dir empfohlen wurde, wäre das alles nicht passiert.

Ich erschrak über diese Aussage. Der Wolf schien jetzt ein Teil von mir zu sein, doch gerade deshalb sollte er doch auch ähnlich denken wie ich. Oder nicht? Schließlich teilten wir uns ein und denselben Körper, ein und dasselbe Gehirn und ein und dieselben Erinnerungen. Und ich hatte mir – seit ich gebissen wurde – über viele Dinge Gedanken gemacht. Doch dass ich mich besser von Liam ferngehalten hätte, war nie dabei gewesen. Wie kam er also darauf? Oder war es das, was ich wirklich dachte? Gab ich Liam insgeheim die Schuld an allem?

»Emma, kommst du?« Liam hielt mir seine Hand hin, die ich langsam ergriff. Ich hatte gar nicht bemerkt, wie ich mich offensichtlich losgemacht hatte und mitten in der Klasse stehengeblieben war.

»Schon wieder so nachdenklich?«

»Ich ... ich habe nur gerade an Amilia gedacht. Sie scheint nicht da zu sein?!«

Liam schüttelte den Kopf. »Das ist mir auch schon aufgefallen.«

»Ob alles in Ordnung ist?«

»Hoffen wir es ...«

Wir setzten uns an den Tisch und holten unser Schulzeug heraus, da klingelte Liams Handy.

»Ja? – Okay. Ich komme.« Liam erhob sich.

»Wer war das?« Neugierig sah ich ihn an.

»Amilia. Sie braucht neues Blut.«

»Jetzt schon?«, fragte ich verblüfft.

Liam zuckte mit den Schultern. »Sieht so aus, ja.«

»Lass uns fahren.« Ich packte meine Sachen wieder zurück in den Rucksack und wollte gerade aufstehen, als Liam mich am Arm zurück hielt.

»Du hast Unterricht.«

»Du auch.«

»Ich würde nicht gehen, wenn ich nicht müsste.«

»Und ich würde nicht gehen, wenn es nicht meine Schuld wäre ...«

Liam seufzte, willigte dann aber ein.

»Kyle?«, fragte er und ging zu ihm hinüber. »Könntest du uns bitte entschuldigen? Amilia braucht uns.«

»Geht es ihr schlechter?«, erwiderte Kyle erschrocken.

»Nicht, wenn wir jetzt zu ihr fahren ...«

Kyle nickte eifrig. »Klar, macht nur. Ich lass mir was einfallen!«

»Danke!«

Eilig verließen wir das Klassenzimmer. Glücklicherweise war unser Lehrer noch nicht eingetroffen, so dass wir unbemerkt wieder verschwinden konnten. Stattdessen musste Kyle sich nun mit ihm herumschlagen. Hoffentlich erfand er eine gute Ausrede.

»Hat Amilia sonst noch was gesagt?«, fragte ich auf dem Weg zu ihr.

»Nein. Nur, dass es ihr nicht so gut ginge und sie neues Blut bräuchte.«

»Oh ...«

Keine zwanzig Minuten später standen wir bereits vor Amilias Haustür und wurden von ihrer Mutter hereingebeten.

»Hallo, Mrs Benett«, begrüßte ich sie und sie nickte uns schnell zu.

»Amilia ist oben.« Dann machte sie eine kurze Pause. »Sie gibt es zwar nicht zu, aber ich glaube, sie hat Probleme mit dem Aufstehen.«

»Mit dem Aufstehen?«, fragte Liam verwundert.

»Sie scheint mir zu schwach dafür zu sein.«

»Zu schwach, um aufzustehen?«, platzte es aus mir heraus.

Wieder ein verlegenes Nicken, dazu Augen voller Sorge und Verzweiflung. »Geht nur schon nach oben. Ich komme gleich nach.«

Wir eilten hinauf zu Amilias Zimmer und umso näher wir diesem kamen, desto unwohler fühlte ich mich. Es roch ähnlich modrig, als wir sie das erste Mal besucht hatten – nach meinem Biss. Ob es ihr wieder so schlecht ging?

Das flaue Gefühl in meinem Magen wurde stärker.

Na? Riechst du es?

Ich ignorierte meinen Wolf.

Das, was du da riechst, ist der Geruch von innerlichem Verfall.

Schnell drückte ich mich an Liam und verschränkte meine Hand mit seiner.

»Was meinst du, wie es ihr geht?«

Liam klopfte an Amilias Zimmertür. »Ich kann es dir nicht sagen. Aber wir werden es gleich sehen.«

»Meinst du, der Geruch hat etwas damit zu tun?«, flüsterte ich kaum hörbar.

Was für eine Frage ...

»Ich will es nicht hoffen.«

Er klopfte erneut. »Amilia? Emma und ich sind's. Können wir reinkommen?«

»Warum willst du es nicht hoffen?«

»Es riecht ... nicht gesund«, umschrieb er.

»Amilia ist ja auch nicht gesund.«

Doch Liam ging nicht weiter darauf ein.

Von Amilia kam immer noch keine Antwort. Da eilte ihre Mutter heran, einen Stauschlauch und frische Spritzen in der Hand. Sie öffnete die Tür und wir sahen Amilia reglos auf dem Bett liegen.

Wie versteinert starrte ich sie an, während mein Herz schlagartig in die Hose rutschte.

Das ging ja schneller, als ich dachte. Du bist ein meisterlicher Killer.

Mrs Benett ließ vor Schreck alles fallen und hechtete zu ihrer Tochter. »Oh mein Gott, Amilia!«, schrie sie und befühlte ihre Stirn. »Liam, komm schnell! Du musst ihr helfen!«

Liam hastete ebenfalls zu ihr, während ich noch bewegungsunfähig in der Tür stand.

Er setzte sich zu Amilia aufs Bett und tätschelte ihr mehrmals die Wange. »Amilia?«, fragte er dabei immer wieder, dann fühlte er ihren Puls. »Sie lebt«, befand er erleichtert an ihre Mom und mich gewandt.

Schade, oder?

»Ich schwöre, so schlecht ging es ihr eben noch nicht! Sonst hätte ich direkt Dr. White angerufen!«, stammelte Mrs Benett voller Entsetzen, doch Liam winkte ab.

»Das hätte sowieso nichts genutzt. Er hätte ihr kein frisches Alpha-Blut geben können«, erwiderte er.

»Kann ich denn irgendetwas tun? Ich kann doch nicht tatenlos zusehen, wie mein Kind ...« Mrs Benetts Stimme brach.

Endlich löste ich mich aus meiner Starre, hob die Spritzen auf und ging ebenfalls zum Krankenlager.

»Ja«, antwortete ihr Liam ohne zunächst auf mich zu achten.

»Und was?«, fragte Mrs Benett atemlos.

»Aus dem Weg gehen.«

Mrs Benett schaute empört, da schlug Liam einen etwas freundlicheren Ton an.

»Setzen Sie sich erst einmal hin und versuchen Sie Ruhe zu bewahren. – Emma, binde mir meinen Arm ab. Wir dürfen keine Zeit verlieren. Amilia braucht dringend mein Blut.«

Wie befohlen setzte sich Mrs Benett stillschweigend auf die andere Seite des Bettes, während ich den Stauschlauch um Liams Arm legte, den ich ebenfalls vom Boden aufgehoben hatte. Dann nahm ich eine der Spritzen und packte diese aus.

»Kannst du Blut abnehmen?«, fragte Liam.

Unsicher schüttelte ich den Kopf. Sowas hatte ich noch nie gemacht.

»Und Sie?«, wandte er sich an Mrs Benett, die jedoch ebenfalls hektisch verneinte.

»Hm ... bei sich selbst ist das immer ein bisschen schwierig.« Sein Blick schweifte zurück zu mir. »Warte. Ich werde die Kanüle an die Vene setzen und du wirst mit Hilfe des Kolbens das Blut herausziehen«, wies er mich an.

Ich nickte. Mir war zwar nicht ganz wohl bei der Sache, da ich Angst hatte, am Ende versehentlich die Nadel durch die Vene zu stechen, doch wenn ich Amilia helfen wollte, blieb mir wohl nichts anderes übrig.

Also tat ich wie geheißen und zog an dem Kolben, nachdem Liam die Spritze platziert hatte. Langsam füllte sie sich mit Blut.

Sieht das nicht fantastisch aus? Wie der köstliche rote Saft in die Spritze quillt?

Ich versuchte, nicht auf den Wolf zu achten, doch das war leichter gedacht als getan.

Und schnupper mal, wie das duftet.

Hör auf!, schimpfte ich innerlich.

Wäre es nicht fantastisch, dieses Blut direkt mit einem zarten Stück Muskel aus seinem Körper zu reißen?

Angewidert zuckte ich zusammen.

»Emma! Kannst du nicht aufpassen?!«, schimpfte Liam.

Scheiße! Dieser verdammte Wolf hatte mich mit seiner Äußerung so erschreckt, dass ich ruckartig den Kolben aus der Spritze gezogen hatte und nun das ganze Blut auf den Boden floss.

»Streng dich etwas mehr an. Es sieht so aus, als hätten wir nicht ewig Zeit«, murrte er unfreundlich.

Ich nickte eingeschüchtert, jedoch vor allem aus Sorge um Amilia.

»Ich frage mich echt, was momentan mit dir los ist ...« Liam setzte eine neue Spritze an und dieses Mal funktionierte alles reibungslos. Als sie voll war, injizierte er Amilia sein Blut.

Da sie sich immer noch nicht regte, füllten wir direkt eine weitere, die sie ebenfalls gespritzt bekam. Gerade, als Liam eine dritte Spritze aufziehen wollte, begann sich Amila zu bewegen.

»Amilia? Was ist passiert?«, flüsterte Liam, bevor sie überhaupt ganz zu sich gekommen war, doch sie reagierte kaum. Dann, nach weiteren endlos langen Minuten blinzelte sie und schlug mühsam die Augen auf.

Ich stieß einen tiefen Seufzer aus. Genau wie ihre Mutter, die sich liebevoll über sie beugte und ihr einen Kuss auf die Stirn gab. »Erschreck mich nie wieder so, Kind«, sagte sie und drückte ihr einen weiteren Kuss auf die Wange.

»Amilia, was war los?«, fragte nun auch ich, darum bemüht, mich nicht allzu sehr aufzudrängen.

»Ich ... ich weiß es nicht. Ich fühlte mich den ganzen Morgen schon nicht wohl.«

»Du warst ohnmächtig«, erklärte ihr Liam.

»Ja. Wir haben uns große Sorgen gemacht, dass dir was passiert ist«, bestätigte ich etwas kleinlaut und Mrs Benett nickte bejahend.

Da Amilia und ich uns ja eigentlich nicht besonders gut verstanden, hörte sich meine Besorgnis in ihren Ohren bestimmt genauso merkwürdig an wie in meinen.

»Wie geht es dir jetzt? Denkst du, du brauchst noch eine Spritze?«, fragte Liam vorsichtig.

Amilia rappelte sich leicht auf, so dass sie im Bett saß.

»Ich glaube, es geht wieder.« Sie versuchte aufzustehen, doch sie fiel direkt wieder nach hinten aufs Bett.

Wortlos griff Liam nach einer weiteren Spritze. Ich verstand und half ihm, das Blut abzufüllen. Dann spritzen wir es Amilia in die Vene. Wieder verstrichen ein paar Minuten, dann begannen ihre Wangen langsam rosig zu werden und ihr Blick wurde wieder klar.

»Ich glaube, jetzt hast du erst mal genug«, sagte Liam.

Amilia nickte verschämt.

Eigentlich hätte ich sie so eingeschätzt, dass sie sich unbändig darüber freuen würde, wenn mein Liam ihr so behilflich war, doch das schien ihr eher unangenehm zu sein.

Aus einem Bauchgefühl heraus setzte ich mich neben sie und nahm sie in den Arm. »Ich bin froh, dass dir nichts Schlimmeres passiert ist.«

Skeptisch zog sie die Brauen nach oben.

»Schlimmeres? Als was? Als das hier?«, fragte sie mit leicht spöttischem Unterton, während ihre Mom sie mit einer Mischung aus Zustimmung und Tadel anschaute.

Grrr! Da sprang ich schon über meinen eigenen Schatten und dann sowas. Da hätte sie ja auch grad sagen können: »Schlimmeres? Als das, was DU mir angetan hast?«

Du solltest sie einfach noch mal beißen.

Toll! Musste dieses dämliche Wolfsvieh jetzt auch noch nerven?

»Na ja. Du bist immerhin am Leben und das zählt, oder?«, entgegnete ich und versuchte mich zusammenzureißen.

Wer nervt denn hier?

Du!

»Da magst du Recht haben. Aber viel hat ja nicht mehr gefehlt bis zu meinem Ableben«, seufzte sie jetzt etwas versöhnlicher.

Schuldbewusst schaute ich nach unten.

Ich führe dir lediglich vor Augen, an was du sowieso die ganze Zeit denkst.

So ein Quatsch! – Ah, dieses dämliche Wolfsvieh!

Du kannst ruhig zugeben, dass du sie lieber tot sehen würdest. Selbst SIE weiß es. Kann dir aber keiner verübeln. Ein Sympathieträger ist sie ja nicht gerade ...

Sei still!

»Habt ihr noch mal was von White gehört? Wie weit ist er mit dem Heilmittel?«, fragte Amilia.

Mrs Benett hörte gespannt zu. Doch ich wurde wieder abgelenkt.

Wenn du tief einatmest und dich für ihren Geruch sensibilisierst, findest du sie bei Vollmond problemlos.

Sei endlich still!

»Nein. Fertig ist er noch nicht, aber er arbeitet mit Hochdruck daran. Schließlich wollen wir alle, dass du wieder gesund wirst«, erwiderte Liam aufmunternd.

Einen weiteren Biss von dir wird sie garantiert nicht überleben.

»Nein! Ich will das nicht!«, rief ich, um endlich diese penetrante, nervtötende Stimme aus meinem Kopf zu verbannen, da starrten mich Liam, Mrs Benett und Amilia entsetzt an. Erschrocken hielt ich mir die Hand vor den Mund.

»Du willst nicht, dass ich gesund werde?«, fragte Amilia schockiert, während Liams entsetzter Gesichtsausdruck von vorwurfsvoll zu verunsichert wechselte. Von Mrs Benett, die gerade so aussah, als wollte sie mich am liebsten zerfleischen, fing ich lieber erst gar nicht an.

»Äh ... was?«, piepste ich.

»Noch deutlicher hättest du nicht sein können, Emma. Dann weiß ich ja, woran ich bin.«

»Nein! So war das doch gar nicht gemeint!«, verteidigte ich mich.

»Wie denn dann?« Amilia warf mir einen Blick zu, der vernichtender nicht hätte sein können und auch der Rest der Runde schaute mich skeptisch an.

»Ich meinte: Nein, ich möchte nicht, dass dir etwas passiert. Natürlich sollst du wieder gesund werden«, erklärte ich und versuchte dabei möglichst überzeugend zu klingen, doch weder Amilia noch Liam oder Mrs Benett sahen so aus, als wenn sie es mir abkauften.

Amilia erwiderte gar nichts mehr darauf und wandte sich schließlich ab, um irgendetwas mit ihrer Mutter zu besprechen. Doch Liam schaute mich einfach nur an.

Da ich sowieso mehr durch ihn hindurchsah als direkt in seine Augen, schaffte ich es, seinem Blick standzuhalten.

Sollte ich ihm endlich davon erzählen, dass mein Wolf richtig zu mir sprach? Ging es ihm womöglich genauso?

Einerseits wollte ich mich ihm unbedingt anvertrauen. Ihn fragen, ob es normal war. Wissen, was ich tun konnte, damit die Stimme nicht so präsent in meinen Gedanken war. Erfahren, ob sein Wolf genauso angriffslustig war wie meiner. Andererseits hatte ich Angst, dass auch das wieder »falsch« bei mir war und ich mich dadurch noch mehr als Monster outete. Außerdem blieb ja immer noch die Möglichkeit, dass das alles gar nichts mit dem Wolf zu tun hatte, sondern ich einfach nur verrückt wurde. Wie alle anderen Gebissenen vor mir auch.

Ich spürte, wie es mir bei dem Gedanken eiskalt den Rücken hinunterlief. Früher hatte ich mir öfter mal gewünscht, etwas Besonderes zu werden. Doch jetzt würde ich alles dafür geben, einfach nur stinknormal zu sein. Ein normaler Mensch. Ohne Viren im Blut, die mich einmal im Monat zu einem blutrünstigen Monster machten.

»Du zitterst ja. Ist alles ok mit dir?« Liam war zu mir gekommen und hatte mir seinen Arm um die Schulter gelegt. Ich nickte und beschloss, einfach bei nächster Gelegenheit unbemerkt auf das Thema zu lenken. Hoffentlich konnte ich ihm dann klammheimlich ein paar Antworten entlocken. Natürlich hätte ich das schon längst hinter mich bringen können, aber Liam war schlau. Ich hatte nach wie vor Angst, dass er sofort herausfinden würde, warum ich solche Fragen stellte. Ich erschauerte.

»Du, ich glaube, ich ruhe mich noch etwas aus. Vielen Dank, Liam, dass du so schnell kommen konntest«, sagte Amilia. Mir nickte sie lediglich zu. Aber um ehrlich zu sein, ich konnte ihr das nicht mal verübeln. Ich würde an ihrer Stelle sicher nicht anders reagieren.

»Findet ihr allein raus?«, fragte daraufhin ihre Mutter.

»Natürlich, Mrs Benett. Wir wünschen dir gute Besserung, Amilia.« Liam knuffte mir unbemerkt in die Seite. Er wollte mich vermutlich daran erinnern, dass ich Wiedergutmachung leisten sollte, aber das hätte ich sowieso getan.

»Auch von mir gute Besserung, Amilia. Und noch mal sorry wegen des Missverständnisses vorhin.« Ich lächelte entschuldigend.

Mit den Worten »Wenn du weiteres Blut brauchst, zögere nicht, mich anzurufen«, verabschiedete Liam sich und schob mich aus Amilias Zimmer. Ich konnte gerade noch ein »Tschüss« rufen, bevor er die Tür hinter uns zumachte.

Nachdem wir das Haus verlassen hatte, wandte Liam sich mir zu.

»Ist dir noch kalt?«, fragte er besorgt.

»Kalt?«

»Du hast vorhin gezittert.«

»Hab ich das?«

»Ja?« Liam sah mich nachdenklich an.

»Ähm … nein, das war wegen Amilia«, redete ich mich heraus.

»Darüber sollten wir sprechen, Emma. Ich weiß, dass du ein gutes Herz hast. Doch ich weiß auch, dass du Amilia – wenn auch nicht unbegründet – nicht so gut leiden kannst. Aber musste das sein?«

Schuldbewusst sah ich ihn an. »Das war wirklich nicht so gemeint. Ehrlich.«

»Ach nein?«

Schnell schüttelte ich den Kopf. »Ich war mit den Gedanken woanders und da ist mir das rausgerutscht. Es hatte wirklich nichts mit ihr zu tun.«

Liam nickte. »Ich glaube dir. Du scheinst in letzter Zeit sowieso viel nachzudenken. Gibt es etwas, was du mir erzählen möchtest?«

Ich schluckte.

Jetzt ist es soweit, jetzt ist es soweit.

Halt die Klappe!, dachte ich grimmig, achtete aber darauf, es dieses Mal wirklich nur zu denken.

»Also?«

»Ähm …« Wie um alles in der Welt sollte ich meine Fragen stellen, ohne dass Liam Verdacht schöpfte, ich sie aber so genau wie möglich beantwortet bekam? Meine Mom (oh Gott, ich zitierte meine Mom!) hatte immer gesagt, dass man beim Lügen so nah wie möglich an der Wahrheit bleiben musste. Nur dann konnte sowas gut gehen.

»Ich denke über meinen Werwolf nach.«

»Deinen Werwolf?«, fragte Liam verwirrt. Mist, damit wusste er also schon mal nichts anzufangen.

»Na ja, das Werwolfdasein eben.«

»Ach so … Über was machst du dir dabei Gedanken?«

»So genau kann ich das gar nicht sagen. Über alles Mögliche. Weißt du, du bist damit aufgewachsen. Für dich ist das nichts Neues … Aber ich? Ich bin gerade mal seit kurzer Zeit ein Werwolf und grübele, glaube ich, über alles, was damit zu tun hat.«

Liam nickte verständnisvoll. »Das stimmt. Ich vergesse das immer wieder, weil ich noch nie mit einem gebissenen Werwolf zu tun hatte. Tut mir leid, Emma. Ich werde mich bemühen, in Zukunft alles zu erklären.«

»Danke.«

»Hast du denn ein paar konkrete Fragen, bei denen ich dir schon helfen kann?«

Ich seufzte. »Gefühlte hundert.«

»Na dann schieß mal los.« Liam lächelte. »Lass uns dabei aber zu mir nach Hause gehen. Meine Mom sagt nichts, wenn wir früher aus der Schule heimkommen und ich möchte mich ungern mit dir mitten auf der Straße über sowas unterhalten.«

»Aber hier ist doch kein Mensch?«

»Das nicht. Aber hier ist es mir zu ungemütlich.« Er grinste verschmitzt und entlockte mir damit ein Lächeln. Alter Kuschel-Wolf.

Auf dem Weg zu Liam stellte ich bereits meine erste Frage. Darauf bedacht, bloß kein Misstrauen in ihm zu wecken.

»Du sagst immer: ›Der Wolf in mir mag das‹. Woher weiß man eigentlich, was der Wolf möchte?« Das war doch mal allgemein gestellt, lobte ich mich selbst.

Ich sag dir doch, was du möchtest.

»Hör einfach auf dein Innerstes.«

Siehst du.

»Ich verstehe nicht. Kannst du das nicht ein bisschen genauer erklären?«

»Na ja, es sind meist Gefühle beziehungsweise Vorlieben, die dir gut gefallen.«

»Und woher weiß ich, welches die Vorlieben meines Wolfs und welches meine eigenen sind?«

»Das ist für mich schwierig zu beantworten, Emma. Der Wolf ist seit jeher ein Teil von mir. Ich unterscheide nicht zwischen sein und mein. Wir sind eins.«

Ich nickte unzufrieden.

»Aber wenn es für dich wichtig ist, würde ich es so beschreiben: Alles, was du jetzt magst und du vorher nicht mochtest, will dein Werwolfteil. Oder vielleicht auch: Alles, was untypisch für einen Menschen ist. Und das weißt du ja sogar besser als ich.«

Okay, damit konnte ich schon mehr anfangen. Trotzdem war mir das nicht genug.

»Also macht sein Wille sich als Gefühl bemerkbar?«

Liam nickte. »Würde ich so sagen, ja. Aber du redest von ihm, als wäre er eine eigenständige Person. Der Wolf bist du, Emma. Nicht irgendein Ding, welches deinen Körper bewohnt. Er ist jetzt ein Teil von dir und umso eher du das akzeptierst, desto weniger Probleme wirst du damit haben.«

»Was meinst du damit?«

»Hm, nehmen wir deine neue Fleischlust mal als Beispiel. Du hast früher nie gern Fleisch gegessen. Da ein Werwolf aber ein Raubtier ist und das gern tut, mag dein Werwolfanteil natürlich auch gern Wurst und solche Köstlichkeiten. Es wäre nicht gut, sich dagegen zu wehren.«

»Du meinst also, ich soll tun, was er sagt?«

»Sagt?!«

Ups!

»Ja, äh ..., ich wusste gerade kein anderes Wort für die Art, wie mein Werwolfanteil mit seinem Gefühlskram kommuniziert.«

»Ich sagte ja, es ist schwierig zu beschreiben. Aber im Großen und Ganzen würde ich dich schon dazu ermutigen, dich auf ihn einzulassen.«

Na endlich mal einer, der Ahnung hat.

»Und, äh ... wenn mir das irgendwie falsch vorkommt?«

»Warum sollte dir das falsch vorkommen?«

»Ich weiß nicht. Was tue ich, wenn er mir Dinge vorschlägt, die ich für falsch halte?«

»Was meinst du?«

Oje, wie sollte ich das bloß beschreiben?

»Na ja, du hast gesagt, er sei ein Raubtier.«

»Und deine Angst ist welche?« Liam schien immer noch nicht zu begreifen. Offensichtlich hatte ich mir zu viele Gedanken gemacht, ob er hellhörig werden könnte.

»Was tue ich, wenn er zum Beispiel jagen möchte? Das machen Raubtiere doch, oder?«

»Ich weiß, Emma, dass dir nichts fernerliegt, als ein anderes Tier zu verletzen. Aber wie du schon selbst festgestellt hast: Du bist jetzt ein Raubtier und Raubtiere machen das nun mal. Davon aber mal abgesehen, wirst du das gar nicht mitbekommen. Ich kann dir versichern, dass du in Menschengestalt keine Lust bekommst, irgendwelchen Rehen im Wald hinterher zu springen oder Hasen auf der Wiese nachzulaufen«, feixte er. »Und in Werwolfgestalt wirst du davon nichts merken. Von daher mach dir da mal keine Sorgen.«

Mittlerweile waren wir bei Liams Zuhause angekommen. Nachdem er aufgeschlossen hatte, stellte ich erst mal beruhigt fest, dass anscheinend keiner daheim war. Das ließ mich aufatmen. Wer wusste schon, ob Fingerbrecher-Florence nicht ein feineres Näschen hätte als ihr Sohn und merken würde, dass hier immer weniger stimmte?

Liam ging voran in sein Zimmer, schwang sich auf seine Couch und klopfte neben sich. Ich setzte mich, doch ich konnte mich nicht so entspannen wie er. Zu viele Fragen waberten in meinem Kopf herum.

»Liam?«

»Ja?«

»Ich habe Angst, dass ich in Werwolfgestalt etwas tue, was ich nicht möchte«, gestand ich.

Da nahm Liam mich in die Arme und drückte mich beherzt an sich.

»Diese Bedenken haben wir alle, Emma. Und ich kann sie dir nicht nehmen. Die einzige Chance ist, zu lernen, wie man seinen Geist kontrolliert.«

Ich nickte niedergeschlagen.

»Und solange man das noch nicht kann, weitab jeglicher Dörfer und Menschen die Vollmondnächte verbringen.«

Wieder ein Nicken meinerseits.

»Weißt du, Emma. Ich muss zugeben, als geborener Werwolf hat mich das nie interessiert. Es ist einfach normal für uns, deswegen macht sich auch keiner wirklich Gedanken darüber. Erst als ich dich kennenlernte, wollte ich es unbedingt lernen. Vor allem nachdem, was mit Tyler passiert war. Allein der Gedanke daran, dass dir etwas Ähnliches geschehen könnte, während ich verwandelt bin, ist schier unerträglich.«

Mir wurde ganz warm ums Herz. Ich nahm seine Hand und streichelte sie sanft.

»Verstehst du jetzt, warum ich mich mit Amilia getroffen habe?«, fragte er und schaute mich entschuldigend an.

Prompt kam ich mir schlecht vor. Aus dieser Perspektive hatte ich das noch nie betrachtet. Aber gut, wenn man selbst am Arsch war, sah man manche Dinge eben anders.

»Apropos Amilia: Ich habe mir etwas überlegt«, sagte ich.

»Und zwar?«

»Wenn wir meinen Beißer getötet haben, meinst du, ihre Krankheit geht dann vielleicht auch weg?«

Liam schaute mich verblüfft an. »Darüber habe ich noch gar nicht nachgedacht. Ich habe bis jetzt nur davon gehört, dass der Gebissene seinen Beißer töten muss, um die Viren wieder loszuwerden. Wie das bei einem Opfer von einem Gebissenen ist, weiß ich nicht.« Dann erhellten sich seine Augen. »Aber das ist gar nicht mal so abwegig, Emma. Wenn es die gleichen Viren sind, müsste es bei Amilia auch der Fall sein.«

»Dann –«

»Dann müssten wir uns um sie auch keine Gedanken mehr machen!«, fiel Liam mir ins Wort. Er drückte mich erneut. »Siehst du, deswegen liebe ich dich!« Dann gab er mir einen innigen Kuss.

»Also müssen wir uns jetzt eigentlich nur darum kümmern, schnellstmöglich meinen Beißer zu finden?« Ich freute mich, dass es jetzt noch einen anderen wichtigen Grund gab, ihn ausfindig zu machen. Jetzt hörte es sich wenigstens nicht mehr ganz so danach an, als würde ich Werwölfe über alles hassen.

»Sieht so aus, ja. Bevor wir uns aber zu früh freuen, sollten wir White noch eine Blutprobe von Amilia vorbeibringen, damit wir sichergehen können.«

Beruhigt kuschelte ich mich an Liam. Das waren doch ausnahmsweise mal gute Nachrichten.

4. Kapitel

Am nächsten Morgen gingen wir erst einmal wieder brav in die Schule. Liam war zwar so Feuer und Flamme, dass es bestimmt ein Leichtes gewesen wäre, ihn zum Schwänzen zu überreden (Und das wollte schon etwas heißen!), doch ich wollte lieber nichts riskieren. Da ich normalerweise sehr gewissenhaft war, würde es dem Lehrer bestimmt auffallen und bei meinem Glück rief er dann bei uns zu Hause an, um sich nach meinem Befinden zu erkundigen. Und ich hatte wahrlich keine Lust, das alles vor meinen Eltern zu rechtfertigen.

Was sollte ich auch sagen? Hey Mom, hey Dad, ich hab eine Blutprobe von Amilia mit Liam zu Dr. White gebracht, damit er untersuchen kann, ob sie die gleichen Werwolfviren in sich trägt wie ich? Brrrr ... Zudem war ich im Lügen noch nie besonders gut gewesen. Wenn ich meiner Mom also irgendeine dumme Ausrede auftischte, würde sie es direkt merken.

***

Nachdem die Schule endlich vorbei war, fuhren wir wie geplant zu Amilia. Liam hatte ein Röhrchen dabei, welches mit Natriumcitrat gefüllt war, damit das Blut nicht gerann, bis wir bei White waren. Wieder einmal war ich beeindruckt, an was er alles so dachte.

Liam zapfte Amilia etwas Blut ab und gab ihr danach noch eine Spritze mit frischem Blut von sich. Nur um sicher zu sein, dass sie den Tag gut überstand. Außerdem erzählte er ihr von unserer Vermutung und auch Amilia war plötzlich ganz aus dem Häuschen.

»Ihr habt Recht! Das könnte durchaus stimmen!«, rief sie begeistert.

»Da ist Emma drauf gekommen«, erklärte Liam stolz und ich spürte, wie sich meine Wangen rosig verfärbten. Ich war halt eher der bescheidene Typ und wenn ich in aller Öffentlichkeit gelobt wurde, war mir das unangenehm.

»Das war Emmas Idee?«

Auch wenn es (zumindest ging ich davon aus, denn dafür schien Amilia wirklich zu überrascht zu sein) vermutlich nicht so gemeint war, hörte sie sich völlig ungläubig an.

Als ich sie daraufhin fragend ansah, entschuldigte sie sich sofort.

»Sorry, war nicht so gemeint. Es ist nur ... du hast ja am wenigsten Erfahrung mit dem Werwolfdasein und wenn jemand darauf kommen müsste, hätten das White, Liam oder ich sein müssen.«

»Schon gut. Wie heißt das schließlich? Ein blindes Huhn findet auch mal ein Korn?« Ich grinste und hatte den Eindruck, Liams Gesichtsausdruck wurde noch stolzer. Vermutlich, weil ich mich vor Amilia endlich mal selbst auf die Schippe nehmen konnte und nicht direkt losging wie ein hypernervöser Feuermelder.

»Okay, wir machen uns dann mal auf den Weg. Ich möchte wissen, was White dazu sagt.« Mit diesen Worten wandte Liam sich zur Tür, als Amilia noch einmal das Wort erhob.

»Emma?«

Nanu? Was wollte sie denn von *mir*?

»Würdest du mir bitte Bescheid geben, wenn ihr mehr wisst?«

Kurz war ich perplex. Amilia hatte *mich* anstatt Liam angesprochen und sie hatte auch noch das Wort »bitte« benutzt? Gleich zwei völlig untypische Dinge für sie. Dann fasste ich mich wieder.

»Natürlich. Ich ruf dich an, sobald White dein Blut untersucht hat, okay?«

»Danke.« Sie schenkte mir ein Lächeln. Und zum wiederholten Mal war es ein aufrichtiges und nicht das Auslach-Lächeln, mit dem sie sonst immer alle in ihren Augen niederen Geschöpfe bedachte.

Ich lächelte zurück und kam erneut zu dem Schluss, dass Amilia doch gar nicht so verkehrt war. Klar, sie war zickig ohne Ende. Mit einem gehörigen Schuss Diva. Aber im Grunde ihres Herzens schien sie doch richtig nett zu sein. Wer weiß? Wenn wir uns irgendwo anders oder zu einem anderen Zeitpunkt kennengelernt hätten, wären wir vielleicht sogar Freunde geworden?

Liam und ich verabschiedeten uns, holten danach sein Auto und machten uns auf den Weg zu Dr. White.

»Ich freue mich, dass du und Amilia euch endlich besser versteht«, sagte Liam, nachdem wir losgefahren waren.

»Ich muss zugeben, dass sie mir – von den Zickanfällen, die sie des Öfteren hat, mal abgesehen – mehr und mehr sympathisch wird.«

»Emma?« Liam räusperte sich.

Oh oh … hatte ich schon wieder zu viel gesagt?

Aber dann lachte er. »Du hast sowas von Recht! Das geht mir auch tierisch auf den Sack.«

Verdutzt schaute ich ihn an. Solche Ausdrucksweisen kannte ich von ihm gar nicht, doch daraufhin begann er nur noch mehr zu lachen.

»Du kannst dir nicht vorstellen, wie oft ich mir schon vorgestellt habe, ihr ein Elektrohalsband für Hunde anzulegen und immer, wenn sie irgendetwas Dummes sagt, auf ein Knöpfchen drücken zu können, um ihr dann einen gehörigen Stromschlag zu verpassen.« Dann wurde er wieder ernst. »Nichtsdestotrotz gehört sie zu meinem Rudel und deshalb ist es meine Pflicht, sie zu beschützen und ihr zu helfen. Verstehst du das?«

Ich nickte.

»Ich möchte nur nicht, dass es deswegen ein Problem zwischen uns gibt«, fügte er noch an.

»Ganz ehrlich, Liam?« Ich legte meine Hand auf sein Bein. »Ich möchte auch, dass es ihr schnellstmöglich wieder besser geht. Und ich werde dich dabei unterstützen, so gut ich kann.«

Liam lächelte mich dankbar an. Es tat gut, ganz rational über solche Dinge mit ihm sprechen zu können und mittlerweile schämte ich mich sogar, dass ich mich damals wegen ihr so idiotisch verhalten hatte.

»Ich hoffe nur, wir haben Recht und die Viren, die ich übertragen habe, sind die gleichen wie meine und nicht weiter mutiert.«

»Das hoffe ich auch.«

Ich seufzte.

»Ach, ich bin da zuversichtlich«, sagte Liam mit fester Stimme.

Bei White angekommen stiegen wir aus dem Auto. Als ich Richtung Haus gehen wollte, zog Liam mich am Arm zurück und gab mir einen sanften Kuss auf meine Lippen.

»Danke.«

Ich nahm sein Gesicht in meine Hände und küsste ihn ebenso zärtlich zurück.

»Dafür gibt es keinen Grund.«

Bevor wir klingeln konnten, öffnete White bereits wieder die Tür und begrüßte uns.

»Sich an Sie anzuschleichen ist völlig unmöglich, oder?«, rutschte es mir heraus, doch White grinste nur.

»Ihr seid so schnell wieder da? Was kann ich für euch tun?«, fragte er gut gelaunt. Irgendwie hatte ich das Gefühl, er versuchte einen fröhlichen Eindruck zu machen, doch es kam mir ziemlich gespielt vor.

Misstrauisch folgte ich ihm und Liam in die Wohnung und registrierte sofort wieder diesen seltsamen Geruch, den wir auch schon beim letzten Mal gewittert hatten und der sein ganzes Haus erfüllte. Da Liam das aber nicht kommentierte, sagte ich ebenfalls nichts. Vielleicht hatte es ja einen bestimmten Grund, dass er schwieg?

»Wir haben Blut von Amilia mitgebracht und möchten dich bitten, es mit Emmas Blut zu vergleichen. Wir haben die Hoffnung, dass du vielleicht gar kein Heilmittel finden musst, sondern – wenn die Viren gleich sind – wir einfach nur den Beißer zu erledigen haben.«

White zog die Brauen nach oben. »Das könnte durchaus möglich sein«, sagte er nachdenklich. »Dass ich da nicht selbst drauf gekommen bin!«

Liam zog das Röhrchen mit dem Blut aus seiner Tasche und gab es dem Doktor.

»Ich werde das sofort überprüfen.« Mit diesen Worten ließ er uns im Wohnzimmer stehen und verschwand aufgeregt. Als ich hörte, wie White in ein anderes Zimmer ging (ich vermutete, es war sein Labor), gab ich Liam ein Zeichen, dass er mal schnuppern sollte.

Liam nickte. Offensichtlich war ihm der Geruch auch schon aufgefallen. Doch gerade, als ich etwas dazu sagen wollte, legte er mir den Zeigefinger auf den Mund und schüttelte mit dem Kopf.

Dann hörten wir einen Aufschrei.

Liam und ich hechteten zeitglich zu Whites Labor, um nachzuschauen, was passiert war, aber dieser saß glückselig vor dem Mikroskop und strahlte uns an.

»Ihr hattet Recht. Die Viren sind gleich.«

»Keine Mutation?«, fragte Liam noch mal nach.

»Nein.«

Erleichtert fiel ich Liam um den Hals. »Dann müssen wir ja jetzt nur noch den Werwolf finden und alles wird wieder gut.«

Ich merkte, wie Liam White musterte, als ich das sagte, doch etwas Ungewöhnliches konnte ich an ihm nicht feststellen.

»Über den Beißer hast du noch nichts herausgefunden, nehme ich an?«, hakte Liam nach.

White schüttelte den Kopf. »Nein, tut mir leid, Liam. Aber ich versuche mein Bestes. Allerdings fehlen auch noch etliche Krankenakten.«

»Okay. Dann lassen wir dich in Ruhe weiterarbeiten. Uns war vor allem wichtig zu wissen, ob die Viren die gleichen sind. Du weißt, wie du mich erreichen kannst, White.«

»Wie ich schon sagte: Sowie ich etwas weiß, melde ich mich«, versicherte der Doktor.

»Das will ich hoffen«, entgegnete Liam und sah ihm dabei fest in die Augen.

Na nu? Was war das denn jetzt?

Liam und ich verabschiedeten uns von White und verließen sein Haus. Nachdem wir wieder auf dem Weg nach Hause waren, hielt ich es nicht mehr aus.

»Was war das für ein Kommentar vorhin?«

»Welcher Kommentar?«

»Das will ich hoffen?«

»Hm … eigentlich wollte ich noch nicht mit dir darüber sprechen.«

»Über was?«

»Ich bin nicht sicher, ob ich Recht habe«, wand Liam sich.

»Sag's mir trotzdem. Bitte!«

»Ich glaube, White ist nicht so loyal, wie er tut.«

»Und das heißt?«, fragte ich.

»Erinnerst du dich an den Geruch?«

»Ja, aber ich weiß immer noch nicht, woher ich ihn kenne.«

»Ich glaube es zu wissen.«

»Ja? Und?« Neugierig sah ich Liam an.

»Ich glaube, es ist der gleiche Geruch, den ich damals bei euch in der Wohnung gerochen habe.«

»Bei uns im Haus?«

Liam nickte.

»Sorry, ich hab keine Ahnung, was du mir damit sagen willst.«

»Als du dich das erste Mal verwandelt hast.«

»Ich weiß nicht …« Da fiel es mir wie Schuppen von den Augen. »Du meinst, das war der Geruch des Werwolfs, der mich gebissen hat?!« Ich konnte nicht verhindern, dass meine Stimme gegen Satzende immer schriller wurde.

»Wie gesagt, ich bin mir nicht sicher, aber ich glaube, es ist der gleiche Geruch.«

»Das heißt, White ist der Werwolf, der mich gebissen hat?«

»Ich weiß es nicht, Emma.«

»Was sollte er davon haben?«

»Ich weiß es nicht.«

»Na, dann fahren wir zurück und fragen ihn!« Angriffslustig fletschte ich die Zähne, unterdrückte dieses tierische Verhalten aber sofort. Ich war schließlich ein Mensch!

»Emma, das ist eine schwere Anschuldigung und um ehrlich zu sein, fällt es mir auch nicht leicht, das zu glauben. White ist ein langjähriges Rudelmitglied und hat sich nie etwas zu Schulden kommen lassen. Wir brauchen schon etwas mehr an Beweisen als mein Glaube, mich an irgendeinen Geruch erinnern zu können.«

Ich sagte nichts dazu, sondern schaute aus dem Fenster. Das wäre ja unglaublich! Dann drehte ich mich wieder zu Liam.

»Weißt du denn nicht, wie er im verwandelten Zustand riecht?«

Liam schüttelte den Kopf. »White gehört zwar zu meinem Rudel, aber ich habe ihn schon ewig nicht mehr als Werwolf gesehen. Oder gar gerochen. Er verbringt seine Vollmondnächte immer mutterseelenallein in den Bergen.«

»Und was machen wir jetzt?«

»Wir machen erst mal nach Plan weiter. Wie gesagt, ich bin mir überhaupt nicht sicher. Vielleicht liege ich ja auch total daneben.«

Auch wenn es mir widerstrebte, dem ab und an doch ziemlich eingebildeten Liam Folgendes zu sagen, musste ich es doch tun. »Es kommt selten vor, dass du dich irrst«, antwortete ich.

»Im Zweifel für den Angeklagten, Emma. Außerdem hilft er uns. Was sollte das dann für einen Sinn ergeben?«

»Um von sich abzulenken?«, knurrte ich.

»Ja, jetzt vielleicht. Aber als wir ihm erzählt hatten, dass du gebissen wurdest oder dass du trotz entzündeter Wunde ein Werwolf bist, schien er wirklich überrascht zu sein.«

»Schauspieler ... «

»Das glaube ich nicht. White war, wie gesagt, immer ein treues Rudelmitglied und ist dazu ein langjähriger Freund unserer Familie.«

»War«, konterte ich.

»Emma, bitte. Solange wir nichts Genaueres wissen, behandele ihn bitte, als hätte ich nichts gesagt, ja?«

Ich schnaubte missmutig, erklärte mich dann aber einverstanden.

»Dann ruf ich erst mal Amilia an«, lenkte ich ein. Schnell wählte ich ihre Nummer und es dauerte keine zwei Sekunden, da hatte sie bereits abgehoben. Wow! Dafür, dass sie mich sonst immer ignoriert hatte, ging das jetzt wirklich flott!

»Emma?«

»Ja, ich bin's. Wir waren gerade bei Dr. White.«

»Und? Gibt's was Neues?«

»Es gibt in der Tat Neuigkeiten.« Liam sah mich warnend an, aber natürlich hätte ich Amilia nichts von unserer Vermutung erzählt. »Unsere Viren gleichen sich.«

Ich hörte, wie sie am Telefon jubelte. – Auch wenn das mehr als kläglich klang.

»Dann müssen wir jetzt nur noch die Ratte finden, die dich gebissen hat und dann werde ich auch wieder gesund?«, fragte Amilia.

»So ist es.«

»Vielen Dank für deinen Anruf, Emma.«

»Gern geschehen«, antwortete ich und Liam lächelte mich von der Seite aus an, während er bei uns auf den Hof rollte.

»Okay Emma, mach's gut. Bye!«

»Bye!«, sagte auch ich und legte auf. Dann blickte ich zu Liam.

»Okay. Und was schlägst du jetzt vor, wie wir weiter vorgehen?«

»Mir ist gerade noch etwas eingefallen«, erwiderte Liam nachdenklich.

»Und was?«

»White kann es gar nicht gewesen sein.«

»Warum?«

»Weil er kein Alpha-Wolf ist. Und da du ja von einem Alpha-Tier gebissen wurdest ...«

Ich schnaufte verärgert. »Das scheint die ultimative Ausrede für alles zu sein.«

»Ich wünsche auch, wir hätten deinen Beißer bereits, Emma.«

»Andererseits ist es ganz gut, dass es White offensichtlich doch nicht ist«, sagte ich.

»Warum meinst du?«

»Wärst du in der Lage ihn zu töten? Ich meine, als langjährigen Freund der Familie?«

Liam starrte eine Zeitlang aus dem Fenster. Dann sah er mich an. »Ja. Das wäre ich.«

Mitfühlend nahm ich seine Hand. »Trotzdem bin ich froh, dass du es nicht tun musst.«

Sanft strich mir Liam eine Haarsträhne hinters Ohr, die sich bereits bei den Hechtsprüngen durch Whites Haus gelöst hatte.

»Ich müsste es aber auch gar nicht selbst tun«, klärte Liam mich auf.

»Nein?«

»Nein. Ich habe dir doch von dem Werwolf-Kodex erzählt.«

Ich nickte.

»Das Verwandeln von Menschen in Werwölfe ist verboten. Und darauf steht –«

»– die Todesstrafe«, beendete ich seinen Satz und Liam nickte.

Eigentlich war der ganze Werwolfkram gar nicht so schwer zu verstehen. Egal, was man tat: Wenn es verboten war, stand darauf die Todesstrafe. Fertig. Auch wenn es echt krass klang, aber zumindest konnte man so nichts verwechseln.

5. Kapitel

Meine Mutter trat aus der Haustür heraus, um Müll wegzubringen, als sie uns im Auto sitzen sah. Freudig winkte sie uns zu.

»Kommst du noch mit rein?«, fragte ich Liam.

»Ich möchte nur kurz mit deiner Mom sprechen.«

»Mit meiner Mom?«

»Wart's ab ...«

Wir stiegen aus und meine Mom kam von den Mülltonnen wieder.

»Schau mal, Schatz. Hast du das aus dem Müll wieder herausgeholt?«

»Was?«, fragte ich neugierig.

Sie hielt mir den Zeitungsartikel über den jungen Mann vor die Nase, der umgebracht worden war.

Den du umgebracht hast!

Oh nein! Ging das schon wieder los?

»Nein. Keine Ahnung, wo der herkommt«, log ich.

Liam schielte auf den Artikel, sagte aber nichts dazu.

»Mrs Forsyth? Ich habe eine Frage«, begann er höflich.

»Liam, bitte. Ich habe dir schon hundertmal gesagt, dass mein Name Ava ist.«

»Sorry, Ava.« Er schenkte ihr ein hinreißendes Lächeln und man konnte förmlich sehen, wie meine Mom dahinschmolz.

»Emma und ich haben ja bald Ferien und ich wollte fragen, ob ich mit ihr in den Urlaub fahren darf.«

»Oh! Ja natürlich darfst du, Liam. Wo geht's denn hin? Ans Meer? Miami Beach vielleicht? Ich habe gehört, da ist es fantastisch. Die schlafen dort nie. Jeden Abend bis zum frühen Morgen Party.«

Manchmal hatte man wirklich das Gefühl, sich nicht mit einer Erwachsenen zu unterhalten, sondern mit irgendeiner pubertären Partygöre.

»Nein, Ava, wir hatten eher an die Berge gedacht«, entgegnete Liam.

»An die Berge?! Bist du auch so ein Naturliebhaber?«

»Absolut.«

Meine Mom seufzte. »Na, wie schön. Ihr scheint euch ja wirklich gesucht und gefunden zu haben.«

»Sie haben keine Ahnung, wie viel Wahrheit in diesem Satz steckt.« Liam lachte, doch meine Mom verdrehte nur die Augen.

»Hormone ... wann soll es denn losgehen?«, fragte sie.

»Na ja, wir hatten gedacht direkt zu Ferienbeginn.«

»Und für wie lange?«

»Zwei bis drei Wochen, wenn's recht ist.«

»Zwei bis drei Wochen?! Meine Güte, Liam. Da hast du dir aber was vorgenommen.«

Entnervt verdrehte ich die Augen. War ja klar, dass das Niveau des Gesprächs irgendwann wieder sinken musste. Wie immer halt.

»Aber gut, du bist ja noch ein junger Kerl. Deine Lenden werden das bestimmt aushalten. Trainiert genug bist du ja.«

Ich schlug mir mit der Hand vor die Stirn, doch Liam grinste nur.

»Ich werde mein Bestes geben, Ava«, lachte er.

Meine Wangen wurden schlagartig dunkelrot. Es gab einfach Dinge, über die ich im Beisein meiner Mutter nicht reden wollte. Und schon gar nicht im Beisein meiner Mutter UND meines Freundes! Außerdem fragte ich mich, wie man ständig nur an das Eine denken konnte? Meine Mom war schlimmer als jeder Kerl, vor denen mein Dad mich immer gewarnt hatte. Ob ihm jemals bewusst werden würde, dass er eine hundertmal schlimmere Version eines jeden Machos geheiratet hatte?!

»Es gibt auch noch andere Dinge, die man im Urlaub tun kann, als pausenlos übereinander herzufallen«, knurrte ich meine Mom an.

»In eurem Alter?« Sie zog die Brauen nach oben. »Und was?«

Ich seufzte und gleichzeitig ärgerte ich mich, dass ich mich schon wieder auf solch ein Gespräch eingelassen hatte. Eigentlich dachte ich ja, sie habe sich gebessert, aber ab und an kam diese Seite doch noch mal zum Vorschein. – Leider!

Tja, die Wahrheit ist nicht einfach zu verdauen. Du solltest alle umbringen, die davon wissen. Nur so kannst du dich selbst schützen.

Alle, die davon wissen?

Amilia, Mrs Benett und ganz besonders Liam und seine Familie. Sie sind die Alphas. Sie haben die oberste Pflicht, dich zu melden.

Spinnst du? Ich würde niemals jemandem etwas antun! Und schon gar nicht Liam!

Aber er ist schuld an allem!

Ist er nicht!

Wer dann?

Ich ganz allein.

Du redest dir alles schön. Aber wenn du ehrlich zu dir selbst wärst, würdest du erkennen, dass Liam dir das alles angetan hat. Nicht direkt vielleicht, aber er ist dafür verantwortlich.

Nein!

Er hat dich zu einer Mörderin gemacht.

Hat er nicht!

Wehr dich endlich! Bestrafe ihn dafür!

Lalala! Mittlerweile hatte ich die Kopfhörer wieder herausgezogen und hielt mir stattdessen die Ohren zu. Da die Stimme jedoch mitten in meinem Kopf war, nutzte das leider gar nichts.

Du wirst nie wieder ein normales Leben führen! Wirst immer an den jungen Mann denken. Und an Amilia, wenn sie tot ist.

Hilflos vergrub ich meinen Kopf unter dem Kissen und drückte es fest an mich. Ich wollte das nicht hören! Ich wollte einfach nicht.

Tränen rannen mir über die Wangen und ich schluchzte leise vor mich hin. Was war bloß los mit mir? Warum hörte ich diese Stimme? War es den anderen gebissenen Werwölfen, von denen White erzählt hatte, auch so ergangen? Oder war das vielleicht sogar der Grund dafür, dass sie sich schlussendlich umgebracht hatten?

Selbstmord ist keine Lösung! Ziehe die zur Rechenschaft, die verantwortlich sind, und es wird dir besser gehen.

Mit diesem Satz verschwand die Stimme endlich.

Es war zwar erst früher Abend, doch ich legte mich schon schlafen. Wenn ich schlief, würde ich wenigstens diesen verdammten Wolf nicht mehr hören müssen.

6. Kapitel

Am nächsten Morgen wachte ich wie gerädert auf. Mein Kopf tat mir weh und ich fühlte mich in der gleichen Verfassung wie vor ein paar Tagen, als ich weinend vor den Mülltonnen gesessen und mir den Zeitungsartikel des getöteten Mannes angesehen hatte.

Müde blickte ich auf mein Handy. Drei Anrufe in Abwesenheit. Alle von Liam. Oje ... Daran hatte ich gar nicht mehr gedacht. Er wollte sich ja gestern Abend noch melden, um mir zu erzählen, was seine Eltern gesagt haben. Na gut, würde er das eben gleich nachholen müssen.

So schnell es ging machte ich mich für die Schule fertig und eilte zu unserer Laterne. Doch obwohl ich nicht besonders früh dran war: Liam war noch nirgends zu sehen. Ratlos blickte ich mich um. Wo er nur blieb? Dann kam er plötzlich um die Ecke gerannt.

»Sorry, Emma. Ich war noch bei Amilia. Sie bat mich, ihr heute Morgen noch etwas Blut zu spenden.«

»Heute Morgen? Aber du hast ihr doch gestern Nachmittag erst eine frische Dosis gespritzt«, erwiderte ich überrascht.

Ich hab's dir doch gesagt: Die Abstände werden kürzer. Euch rennt die Zeit davon.

»Ich weiß auch nicht. Wobei ich der Meinung bin, dass sie es durchaus noch einige Stunden ausgehalten hätte«, entgegnete er leicht genervt.

Siehst du!, freute ich mich innerlich.

Er will dich nur nicht belasten.

»Aber du siehst auch nicht besonders gut aus, Emma«, stellte Liam fest. Er strich über meine Wange. »Hast du schlecht geschlafen?«

»Es geht ...«

»Ist es wegen Amilia?« Er musterte mich besorgt.

»Es geht wirklich.«

Ich rang mir ein Lächeln ab und er nahm mich in den Arm. »Manchmal braucht es weniger Worte, sondern einfach nur eine herzliche Umarmung von einem Menschen, der einem wichtig ist.«

Er hatte keine Ahnung, wie Recht er damit hatte. Ich drückte ihn fest an mich.

Jetzt wäre ein guter Zeitpunkt, ihm deine Zähne in sein Fleisch zu schlagen.

Du verdammter Mistwolf! Gönnst du mir keinen ruhigen Moment mehr?

Nein. Ich werde für dein restliches Leben da sein und jeden Tag mit dir sprechen.

Ich seufzte und kuschelte mich noch fester an Liam.

»Willst du über irgendetwas reden?«, fragte er.

»Ich würde gern wissen, was deine Eltern gesagt haben.«

»Das meinte ich nicht. Und das weißt du auch ...«

»Es ist alles in Ordnung, Liam. Wirklich«, beteuerte ich noch mal.

»Es geht nicht zufällig um den Artikel, den deine Mom dir gestern unter die Nase gehalten hat?«, mutmaßte er dann.

Oh, oh ... Ich würde sagen, jetzt bist du am Arsch.

»Welcher Artikel?«, tat ich unschuldig.

»Du weißt genau, welchen ich meine.«

Ich schluckte. War jetzt der Zeitpunkt gekommen, ihm alles zu erzählen? Wie würde er reagieren, wenn er erfuhr, was ich getan hatte?

Mir wurde heiß, mir wurde kalt. Schuldgefühle drohten mich zu übermannen.

Wie er reagieren würde? Verlassen würde er dich! Was denkst du denn? Wer will schon etwas mit einer Mörderin zu tun haben?

»Hey. Du zitterst ja.« Liam streichelte beruhigend über mein Haar. »Hast du Angst, dass es der gleiche Wolf war, der dich gebissen hat? Dass er näher ist, als du denkst?«

Eine Träne lief mir über die Wange. Wenn Liam wüsste, wie nah er wirklich war. Aber wie sollte er? Schließlich hatte er noch nie mit einem Fall wie mir zu tun gehabt.

»Ist doch gut, Emma. Ich habe dir gesagt, dass ich auf dich aufpasse und den Wolf finden werde.«

Doch Liams fürsorgliche Worte machten es nur noch schlimmer. Eine Träne nach der anderen kullerte mir über das Gesicht.

»Sollen wir erst mal woanders hingehen, damit du dich etwas beruhigen kannst?«, fragte Liam.

Ich schüttelte den Kopf. »Es geht schon.«

Liam schien zwar nicht überzeugt, doch wir gingen zur Schule.

»Ich habe Amilia gefragt, wann du vorbeikommen kannst.«

Aufmerksam hörte ich zu.

»Sie meint, sie würde sich gern noch ein paar Tage ausruhen und ab nächster Woche könntest du kommen.«

»Danke, Liam. Ich bin schon gespannt, was mich erwarten wird.«

Liam grinste schief. »Ich will dich ja jetzt nicht entmutigen, aber vielleicht solltest du deine Erwartungen nicht zu hoch stecken. Ich habe die Trainingsstunden mit Amilia gehasst.«

»Warum?«

»Sie sind STINKLANGWEILIG!«

Ich lächelte.

»Nein, wirklich. Ich fand sie furchtbar und habe mich jedes Mal schwarz geärgert, dass ich kein Naturtalent bin, um diese Unterrichtsstunden schnellstmöglich wieder los zu sein.«

Mein Lächeln wurde breiter. Und dieses Mal war es sogar echt.

»Meine Eltern glauben übrigens nicht, dass White etwas mit der Sache zu tun hat. Sie haben zwar festgestellt, dass er sich in der letzten Zeit mehr und mehr zurückzieht, doch sie schieben es darauf, dass ein alter Werwolf immer mehr die Einsamkeit sucht. Was aber wohl völlig normal und kein Grund zur Beunruhigung ist«, berichtete Liam.

»Hast du ihnen das mit dem Geruch erzählt?«, hakte ich nach. Ich wusste, dass ich dazu neigte, Leute schon mal vorschnell zu verurteilen, doch in diesem Fall lag es doch auf der Hand. Warum sonst sollte sein ganzes Haus nach dem Werwolf riechen, der mich gebissen hatte?

»Ja, habe ich. Doch sie glauben eher, dass der Werwolf dort in Behandlung ist und es deshalb nach ihm gerochen hat.«

Ich nickte unzufrieden und Liam legte mir die Hand auf die Schulter.

»Auch ich wäre froh, wenn wir ihn bereits hätten, Emma. Aber zum einen muss ich noch mal sagen, dass ich ja gar nicht sicher bin, dass es derselbe Geruch war und zum anderen kennen wir White wirklich schon lange. Und irgendwie wehrt sich mein Innerstes dagegen, so über ihn zu denken.«

Ich seufzte.

»Kopf hoch, Emma. Wenn meine Eltern mit ihrer Vermutung Recht haben und der andere Wolf sich dort in Behandlung befindet, dauert es nicht lange, bis White ihn gefunden hat. Du hast doch selbst gehört, dass er für jeden Patienten eine Krankenakte angelegt hat.«

Liam strahlte so viel Zuversicht aus. Ich wollte ihm gern glauben – dennoch hegte ich meine Zweifel.

Die folgenden Unterrichtsstunden gaben meinen Grübeleien weiteren Raum zur Entfaltung. Doch nicht nur die Schule selbst erwies sich als denkbar unspektakulär, auch so mancher Klassenkamerad gab sich plötzlich auffallend normal. Seit der Sache mit Amilia saß Kyle nur noch ruhig auf seinem Platz, wohl darauf bedacht, möglichst unauffällig zu sein. Kein lautstarkes durch die Klasse Brüllen mehr, kein Niedermachen der Schwächeren, und mir sagte er ganz demütig »Guten Morgen« und schaffte es noch nicht einmal, mir dabei in die Augen zu schauen.

Als ich Liam darauf ansprach, meinte dieser zwar, dass läge an meiner neuen autoritären Werwolf-Aura und dass sich Rangniedere den Alpha-Tieren gegenüber so verhalten würden, doch ich war mir da nicht so sicher. Eher glaubte ich, Kyle verhielt sich so, weil er jetzt Angst vor mir hatte. Und wenn ich an Amilia dachte, konnte ich ihm das noch nicht mal verdenken.

Was ja auch gut ist.

Klappe!

***

Auch die Restwoche verging elendig langsam. Liam und ich besuchten wie zwei normale Schüler die Schule, nahmen am Unterricht teil, machten zusammen Hausaufgaben und entspannten uns das eine oder andere Mal kuschelnd auf der Couch oder Kakao trinkend in einem Café, sofern Liam nicht bei meinem Dad arbeiten musste.

Man hätte fast meinen können, mein normales Leben kehrte wieder zurück. Doch leider nur fast. Denn obwohl sich alles wieder halbwegs normalisiert hatte – zumindest, was den Tagesablauf anbelangte – gab es eine Sache, die von Tag zu Tag schlimmer wurde. Und ich wusste nicht, wie lange ich das noch durchhalten würde: Die Stimme, die in meinem Innern rumorte, sprach mittlerweile mehrere Male täglich zu mir. Ich versuchte zwar so gut es ging, sie zu ignorieren, doch das war alles andere als leicht. Sie bohrte sich geradezu penetrant in mein Gehirn und versuchte mich zu überzeugen, dass ich ein schlechter Mensch sei. Und es fiel mir immer schwerer, ihr Kontra zu geben.

Ich hatte noch nie so viel Selbstbewusstsein, von mir zu behaupten, nie Fehler zu machen oder dass ich perfekt sei. Das wollte ich auch gar nicht haben, ganz Gegenteil: Solche aufgeblasenen Leute fand ich furchtbar. Doch ich mochte mich, fand mich okay.

Seit ich jedoch diese Stimme im Kopf hatte, die mir täglich eintrichterte, wie schrecklich ich doch sei, dass mein Menschsein zusehends flöten ging und ich immer mehr zum Raubtier wurde, fragte ich mich mittlerweile, ob sie vielleicht sogar Recht hatte?

Unumstößlich war, dass ich einen Menschen getötet hatte. Und obwohl ich nichts davon mitbekommen hatte und das – Gott bewahre – sicher nicht meine Absicht gewesen war, änderte es nichts an der Tatsache. Und dieses Wissen machte mich fertig!

Nach außen ließ ich mir nichts anmerken, doch in mir drin herrschte das reinste Chaos.

Hinzu kam, dass die Stimme – oder mein Wolf mich ständig dazu ermutigen wollte, Amilia oder Liam ebenfalls in die ewigen Jagdgründe zu schicken. Ich versuchte die Stimme dann immer zum Schweigen zu bringen, doch ich hatte das Gefühl, sie war stärker als ich und bald wären meine ganzen Kraftreserven aufgebraucht.

Um nicht vollends den Verstand zu verlieren rief ich mir immer wieder Amilias Versprechen ins Gedächtnis, dass sie mir helfen würde, meinen Geist zu kontrollieren. Vielle dem ich nicht mehr standhalten und einknicken würde. Nicht, weil ich freiwillig nachgab, sondern weil der Wolf in mir einfach zu übermächtig geworden war.

7. Kapitel

Heute war Montag und zum ersten Mal in meinem Leben fieberte ich diesem regelrecht entgegen. Genau wie der Schule. Krank, oder?

Aber Montag bedeutete, eine neue Woche war angebrochen. Und nein, es war nicht nur die letzte Woche vor den Ferien. Vielmehr würde ich Amilia heute wiedersehen und endlich mit meinem Unterricht anfangen. – Ja, ich weiß, kaum zu glauben. Aber ich freute mich auf die Trainingsstunden.

Ich hatte zwar keine Ahnung, was mich erwartete, doch allein die Tatsache, irgendetwas tun zu können, beruhigte mich. Keine drei Wochen mehr, dann stünde der nächste Vollmond vor der Tür und ich wollte mich so gut es ging vorbereiten, falls wir den Beißer bis dahin noch nicht gefunden hatten.

Nachdem ich mich also für die Schule fertig gemacht hatte und zu unserer Laterne geeilt war, wartete ich auf Liam. Und wartete und wartete und wartete.

Er war schon wieder zu spät dran? Sonst geschah das doch nur, wenn Vollmond gewesen war oder etwas anderes Unvorhergesehenes dazwischen kam. Da wir jetzt aber ein ähnliches Schicksal teilten, konnte ich mit Bestimmtheit sagen, dass die Vollmondvariante schon mal ausschied. – Oh, oh. Amilia!

Ohne weiter darüber nachzudenken, rannte ich los, doch da kam Liam schon mit hängenden Schultern um die Ecke geschlichen. Das Gesicht blass und mit tiefen Augenringen verziert.

Verdattert blieb ich stehen. »Liam! Was ist denn mit dir passiert?«

Er trat langsam näher und umarmte mich erst mal. Allerdings war das keine Umarmung, bei der man wie sonst das Gefühl hatte, er würde einen jeden Augenblick hochheben und vor Glück durch die Luft wirbeln. Nein.

Diesmal hängte er sich geradezu auf mich und ich hatte Mühe und Not, gerade stehenzubleiben.

»Was ist denn los mit dir?«, fragte ich betroffen.

»Ach …« Liam machte eine abwertende Handbewegung. »Halb so wild.« Dann gähnte er herzhaft.

»Halb so wild? Du siehst aus, als wärst du aus irgendeiner Gruft gestiegen?!«

»So ähnlich fühle ich mich auch.«

»Und warum?«

»Amilia hat mich heute Nacht aus dem Bett geschmissen.«

Fragend schaute ich ihn an.

»Sie hat angerufen, dass sie Blut braucht«, erklärte er dann.

»Nachts?!«

Liam nickte.

»Brauchte sie denn so dringend welches?« Ich erinnerte mich daran, dass Liam beim letzten Mal gesagt hatte, es wäre gar nicht sooo eilig gewesen.

»Leider ja«, bestätigte er niedergeschlagen. »Und eben auch schon wieder. Sie scheint das Blut nicht nur in kürzeren Abständen zu brauchen, sie benötigt auch immer mehr.«

Ich schluckte. Dann stimmte es also doch, was mein Wolf gesagt hatte.

Natürlich stimmt das. Und nicht nur das.

»Es geht ihr nicht gut, Emma. Sie wird auch heute nicht zur Schule kommen.«

Zwar registrierte ich, was Liam gesagt hatte, doch die dumme Andeutung des Wolfs bereitete mir mehr Sorgen.

Was meinst du?

Alles was ich gesagt habe, stimmt.

Ich merkte, dass ich vor mich hinstarrte, doch ich konnte nicht anders. Mein Gehirn war so sehr damit beschäftigt, alles durchzugehen, was der Wolf jemals zu mir gesagt hatte, dass es zu nichts anderem mehr fähig war. Ich war schuld. Ich war an allem schuld!

»Emma?« Liam rüttelte mich am Arm.

Ich schaute ihn an, doch ich konnte meinen Blick nicht fokussieren, sondern sah einfach durch ihn hindurch. Und plötzlich überfielen mich unbändige Zweifel. Was, wenn es stimmte? Was, wenn der Wolf wirklich immer die Wahrheit gesagt hatte?

Warum sollte ich dich anlügen? Hat Liam nicht selbst erklärt, ich sei ein Teil von dir?

Schon, aber ...

Und würdest du dich selbst belügen? Du musst endlich aufhören, mich als Fremdkörper zu sehen. Ich bin du, du bist ich.

Aber ich bin keine Mörderin!

Du warst keine Mörderin!

Tränen stiegen in mir hoch.

Und nichts wird jemals wieder so sein, wie es war. Akzeptiere mich, vertraue mir und es wird uns beiden besser gehen.

»Alles in Ordnung?«, fragte Liam besorgt.

Vollkommen aufgelöst fasste ich hinter mich und suchte nach etwas, auf das ich mich setzen konnte, doch da ich nichts fand, ließ ich mich einfach auf den Boden sinken.

»Ja«, flüsterte ich tonlos.

»Wie ja?«

»Ja«, wiederholte ich.

»In deinen Augen steht ein Meer von Tränen und du willst mir erzählen, dass alles in Ordnung ist? Wo du dich in der letzten Zeit immer seltsamer verhältst?«

Ich wusste nicht, ob ich Liams Tonlage eher als verzweifelt oder als aggressiv deuten sollte.

Er kniete sich vor mich hin, dann sah er mich enttäuscht an. »Und ich hatte gedacht, wir könnten über alles reden.«

Verzweifelt versuchte ich, mich zusammenzureißen. Ich würde so gern mit Liam sprechen, mein Herz ausschütten, ihm erzählen, was mich schon seit Tagen belastete und fast verrückt werden ließ, aber ich hatte panische Angst, dass der Wolf wirklich die Wahrheit sagte.

Was sollte ich nur tun? Abermals überlegte ich, ob ich Liam alles anvertrauen konnte. Die Sache mit der Stimme in meinem Kopf. Vielleicht war ich gar nicht so ungewöhnlich und alle Werwölfe machten so etwas durch?

Allein die Tatsache, dass du solche Überlegungen hast, zeigt dir, dass du bereits weißt, dass es nicht normal ist.

Und wenn ich ihm nur von dem jungen Mann erzählte? Mein Gewissen erleichterte? Liam musste doch wissen, dass ich das niemals mit Absicht getan hätte. Und er wusste auch, dass man sich an rein gar nichts erinnern konnte, wenn man verwandelt war.

Andererseits hat dir Liam von Anfang an erzählt, dass er und seine Familie extra weitab in die Wälder fuhren, um ja keinem Menschen Schaden zuzufügen.

Ich erwiderte nichts.

Und auch, was sie von Wölfen hielten, die das nicht taten.

Aber ich hatte doch gar keinen Einfluss darauf, was ich getan hatte!

Würde er mit einer Freundin leben können, die diesen Anspruch nicht erfüllt?

Wieder schwieg ich innerlich. Da war sie wieder, die Frage, vor der ich mich über alle Maßen fürchtete.

Er würde dich dem Gremium verraten.

Würde er nicht!

Wenn er es nicht täte und eine Geächtete deckt, ist er genauso mitschuldig. Kann sein, dass er dich mag, aber würde er für dich sterben?

»Was könnte so schlimm sein, dass du mir nicht traust und mir nichts erzählen möchtest?« Mit diesen Worten riss Liam mich aus meinen Gedanken. Noch immer kämpfte ich gegen meine Tränen. Wenn du wüsstest, was ich getan habe, dachte ich traurig.

Ich war momentan sowieso schon in keiner guten Verfassung. Die schier ausweglose Gesamtsituation, der junge Mann, Amilia, all das nagte bereits seit Tagen an mir und zermürbte mich langsam, aber sicher, doch was Liam da gerade zu mir gesagt hatte, schmerzte fast noch mehr.

»Emma, bitte sprich doch mit mir …«

Doch ich schaute nach unten. Ich konnte es ihm ja nachfühlen. Wie sollte er auch verstehen, warum ich mich so verhielt?

Die Wahrheit zu sagen, ist dein sicheres Todesurteil.

Kurz überlegte ich, dann antwortete ich ein weiteres Mal: »Es ist wirklich alles in Ordnung, Liam.«

Liam stand auf. »Du benimmst dich in letzter Zeit sehr seltsam, Emma. Ich erkenne dich kaum noch wieder.« Dann wandte er sich ab und ging in Richtung Schule.

Nun konnte ich meine Tränen nicht mehr zurückhalten. Was sollte ich bloß tun?

»Liam?«, rief ich ihm hinterher.

Wenn du es ihm sagst, bist du so gut wie tot!

Egal! Ich konnte das nicht mehr länger! Dieses Versteckspiel machte mich verrückt!

Sag nicht, ich hätte dich nicht gewarnt.

Liam kam wieder zurück.

»Meinung geändert?«, fragte er ohne eine winzige Regung im Gesicht, doch er wischte mir liebevoll eine Träne von der Wange.

»Können wir irgendwo hingehen, wo wir ungestört sind?«, bat ich.

Liam nickte. »Lass uns zu mir nach Hause gehen.«

»Nein, ich meine dahin, wo niemand ist.«

»Nicht mal andere Werwölfe?« Er zog überrascht die Brauen nach oben, doch ich schüttelte wortlos den Kopf.

»Gut. Dann lass uns in den Wald gehen, wo ich mit Amilia die Trainingsstunden hatte.«

Anstatt einer Antwort ergriff ich seine Hand und ging bereitwillig mit ihm. Liam nahm derweil sein Handy und entschuldigte uns in der Schule wegen eines »familiären Zwischenfalls«. Glücklicherweise hatten wir heute bei Mr Pickel, welcher gutgläubig genug war, das nicht weiter in Frage zu stellen und uns lediglich »viel Kraft« wünschte. Er hatte ja keine Ahnung, wie gut ich die gebrauchen konnte, dachte ich und seufzte innerlich.

Den ganzen Weg bis zur Lichtung redeten wir kein Wort miteinander. Ich wollte dieses Thema nicht während der sprichwörtlichen »Tür und Angel« besprechen. Ich wollte, dass Liam vor mir saß und mir gut zuhörte, was ich zu sagen hatte. Und ich wollte, dass er dabei so aufmerksam war, dass ich mich nicht wiederholen musste. Ich wusste nämlich nicht, ob ich diesen Mut noch einmal aufbringen und es ihm zweimal erzählen könnte. Der einzige, der wie ein Maschinengewehr auf mich einredete, war mein Wolf, der mich zu überzeugen versuchte, Liam nichts zu sagen. Oder wenn, ihn danach sofort umzubringen. Doch mein Entschluss war gefasst.

Nach einer guten Stunde Fußmarsch waren wir endlich an der besagten Lichtung angekommen. Ich steuerte einen umgefallenen Baumstamm an und setzte mich darauf. Liam bedeutete ich, sich neben mich zu setzen.

»Was ist denn nur los, Emma?«, flehte er zu wissen.

»Warte einen Moment ...« Ich atmete noch mal tief ein und aus und versuchte mich zu sammeln. Dann fing ich an.

»Ich werde verrückt.« Ich sagte es so nüchtern wie möglich, ohne das kleinste Anzeichen, das einen Scherz vermuten ließe.

»Was meinst du?«

»Du hast gesagt, ich habe mich verändert.«

Liam nickte. »Das hast du auch.«

»Woran machst du das fest?«, fragte ich.

»Du bist stiller. In dich gekehrter. Den einen Moment unterhält man sich mit dir, den anderen Moment starrst du stur geradeaus und rührst dich nicht mehr.«

Ich nickte wissend.

»Du bist ernster geworden. Ich spüre, dass dir etwas auf dem Herzen liegt, doch ich kann dir nur helfen, wenn du mir endlich erzählst, was dich bedrückt.« Liam streichelte mir mitfühlend über den Rücken.

»Du kannst mir nicht helfen ...«, flüsterte ich, bevor meine Stimme versagte.

»Sag sowas nicht, Emma. Ich kann viel, das weißt du doch.« Aufmunternd sah er mich an, doch als er merkte, dass sein Versuch die Stimmung zu lockern in die Hose ging, wurde sein Blick sofort wieder ernst.

»Was kann ich denn nur tun, damit du dich wenigstens besser fühlst?« Liam schien verzweifelt, doch er hatte ja keine Ahnung, mit was ich ihn gleich belasten würde.

»Zuhören«, sagte ich knapp.

Liam nickte.

»Ich habe …« Doch ich brachte es nicht übers Herz, es auszusprechen.

Liam sagte nichts. Er sah mich lediglich aufmerksam an.

»Ich habe …«, begann ich erneut, doch wieder brach ich ab. So etwas von sich zu wissen, ist etwas ganz anderes, als es laut aussprechen zu müssen. Und so etwas laut aussprechen zu müssen, ist noch mal etwas ganz anderes, wenn es zudem vor anderen Leuten ist.

Da ich nicht weitersprach, versuchte Liam mir zu helfen.

»Du hast?«, formte er den Satz für mich erneut, doch ich musste gerade so dagegen kämpfen, nicht laut loszuheulen und mich völlig zu vergessen, dass ich nichts sagen konnte.

»Egal, was es ist, Emma. Wir kriegen das wieder hin.«

Mit Tränen in den Augen schaute ich ihn an.

»Selbst du bekommst das nicht wieder hin«, schluchzte ich.

»Was denn?«

»Keiner kann das.« Ich schniefte.

»Herrgott, Emma! Jetzt sag es doch endlich! Nichts kann so schlimm sein, dass man es nicht wieder geradebiegen kann!«, rief Liam aufgebracht, doch ich erkannte sofort, dass ihm sein Ausbruch leid tat.

»Ach ja?«, fragte ich ruhig. »Kannst du Tote wieder lebendig machen?«

Verwirrt sah er mich an. »Was soll das heißen, Emma? Du sprichst in Rätseln!«

Da konnte ich mich nicht mehr zurückhalten. Tränen rannen sturzbachartig über mein Gesicht und ich blickte Liam mit der ganzen Trauer an, die ich empfand.

Verunsichert schaute er zurück.

»Was denn nur?« Er nahm meine Hand und streichelte sie sanft.

»Ich habe jemanden umgebracht!«, schluchzte ich, darauf gefasst, weggeschubst oder angeschrieben zu werden; oder wenigstens dafür eine geknallt zu kriegen. Doch Liam tat gar nichts dergleichen. Er sah weder erschrocken aus, noch angewidert, noch böse. Er zeigte keinerlei Reaktion.

»Sag etwas«, flehte ich. »Bitte.«

»Was genau meinst du mit *jemanden*?«, fragte er tonlos.

»Du weißt genau, wie ich es meine. Zwing mich nicht, es auch noch sagen zu müssen.«

Liam nickte.

»Wie kommst du darauf?«

»Erinnerst du dich an den Zeitungsartikel, den mir meine Mom letztens unter die Nase gehalten hat?«

Wieder ein Nicken.

»Der tote junge Mann. Das war ich.« Ich schluckte laut.

Liam stutzte, doch dann sagte er: »Das ist Quatsch!«

»Sag sowas nicht, nur um mich aufzumuntern.« Ich wischte mir die Tränen weg, doch sofort flossen neue nach.

»Sag ich nicht. Der Typ ist hier gestorben. Du warst etliche Meilen weg. Aus gutem Grund. Völlig unmöglich, dass du damit etwas zu tun hast.« Doch ich hörte die Unsicherheit in Liams Stimme.

»Ach ja? Und wieso hatte ich dann wundgelaufene Sohlen nach der letzten Vollmondnacht? Und das sogar als Werwolf?«, fragte ich.

»Du könntest überall hingelaufen sein, Emma. Vielleicht hast du deinen Jagdtrieb ausgekostet und hast mehrere Beutetiere gehabt?«

»Beutetiere?«

»Keine Ahnung, was in den Wäldern alles lebt. Rehe, Hirsche, vielleicht sogar Bären oder was weiß ich.«

»Und warum träume ich dann nicht von Rehen? Sondern davon, wie ich den jungen Mann zerfleische?« Meine Lippe zitterte, als ich das sagte und meine Augen brannten.

Liam verschluckte sich an seiner eigenen Spucke und begann zu husten. »Du hast was?!«

Ich nickte traurig.

»Das glaub ich dir nicht.« Fassungslos starrte er mich an.

»Meinst du etwa, ich mache Witze über sowas?!«, fuhr ich ihn an. Ich konnte gar nicht glauben, was ich da hörte. »Meinst du, es ist schön, mit so etwas leben zu müssen? Meinst du, ich finde das Ganze cool?«

»Emma, beruhige dich wieder«, lenkte er ein.

»Ich kann mich bei sowas nicht beruhigen!«

»Erzähl mir erst mal, was du genau geträumt hast. Ich bin nach wie vor der Meinung, dass es unmöglich ist! Du bist mehrere hundert Meilen weg gewesen. Solch eine Strecke zurückzulegen, ist selbst für einen Werwolf anstrengend.«

»Aber nicht unmöglich«, warf ich ein.

»Unmöglich nicht, nein. Aber du hättest ja auch die ganze Strecke wieder zurücklaufen müssen. Schließlich habe ich dich in der Hütte gefunden und nirgendwo anders«, gab Liam zu bedenken.

»Und wie erklärst du dir das dann mit dem Traum? Hast du nicht selbst gesagt, dass man das, was man als Werwolf erlebt, in seinen Träumen verarbeitet?«

»Ja, schon.«

»Wie kannst du dann sagen, dass ich mir das alles nur einbilde?«

»Das habe ich nicht gesagt. Ich meinte nur, dass es nicht sein kann«, verteidigte er sich.

Ich schaute ihn an, als wollte ich sagen: »Und wo ist da der Unterschied«?

»Erzähl mir doch erst einmal, was du überhaupt geträumt hast.«

Also begann ich Liam von dem Traum zu erzählen. Wie ich ein Reh gejagt hatte, ihm mit voller Vorfreude die Hinterbeine wegschlug, damit es hinfiel und ich endlich meine Zähne in sein Fleisch versenken konnte.

»Bis jetzt nichts Ungewöhnliches für ein Raubtier«, kommentierte Liam.

Dann berichtete ich weiter, wie ich über dem Reh stand, welches sich versuchte freizustrampeln. Ich hielt es jedoch mühelos fest und quälte es sogar noch ein bisschen länger, weil mir der Gedanke kam, dass das Fleisch von dem Adrenalin besonders gut schmecken würde.

»Das ist in der Tat so. Da hat wohl dein Instinkt übernommen.«

»Dann habe ich die Augen geschlossen, um mich allein an dem Gedanken zu ergötzen, wie das Blut gleich meine Kehle runterrinnen wird«, erzählte ich weiter.

Liam sah mich immer noch an, als wäre dies das Normalste auf der Welt.

»Kurz bevor ich jedoch zubiss, machte ich die Augen auf und plötzlich lag nicht mehr das Reh vor mir, sondern ein junger Mann.«

Liam zog ungläubig die Augenbrauen nach oben. »Ein junger Mann?«

»Nicht *ein* junger Mann. DER junge Mann aus dem Zeitungsartikel.«

Nun machte Liam große Augen. »Im Ernst?« Doch zu meinem Ärger hörte er sich immer noch mehr neugierig an als verachtend.

»Verstehst du nicht, was ich sage?«, blaffte ich ihn an.

»Laut und deutlich. Doch ... ach, dazu kommen wir gleich. Was ist danach passiert?«

»Der Mann starrte mich an und hielt sich dann die Hände abwehrend vors Gesicht. Ich wollte ihm noch sagen, dass er weglaufen sollte, doch alles was aus meiner Kehle kam war ein tiefes, freudvolles Knurren.«

Liams Augen wurden noch größer. »Und dann?«

»Nichts und dann. Wie eine Bestie habe ich meine Zähne in sein Fleisch geschlagen. Der arme Mann schrie, doch das war mir egal. Es störte mich nicht mal.« Ich wischte mir eine weitere Träne weg. »Und weißt du, was das Schlimmste an allem ist, Liam? Es hat mir noch nicht mal geschmeckt. Warum zum Teufel konnte ich dann nicht aufhören?!«

Ich vergrub das Gesicht in meinen Händen und weinte erneut los.

Liam nahm mich in den Arm und ich ließ mich von ihm halten, doch er sagte nichts. Nachdem wir eine Weile eng umschlungen dagesessen hatten, machte ich mich wieder los von ihm.

»Und, was hältst du jetzt von mir?«, fragte ich vorsichtig, nicht sicher, ob ich die Antwort überhaupt hören oder vielmehr: ertragen konnte.

»Ich finde es schlimm.«

Deprimiert senkte ich den Kopf. Was hatte ich auch erwartet?

Dann nahm Liam seinen Zeigefinger und hob mein Kinn an, so dass ich ihn ansehen musste. In seinen Augen konnte ich ein verdächtiges Glitzern erkennen. Hatte ich ihn etwa zum Weinen gebracht? Ich schluckte.

»Ich finde es schlimm, dass du das alles wegen mir ertragen musst. Es tut mir so leid, Emma.«

Ich zuckte mit den Schultern. »Ist jetzt eh nicht mehr zu ändern, oder?« Ich setzte ein schiefes Lächeln auf, doch ich spürte, dass es nicht echt wirkte.

Liam ergriff meine Hände und sah mich eindringlich an.

»Trotzdem glaube ich nicht, dass du etwas mit dem Tod des Mannes zu tun hast.«

»Welche Beweise brauchst du denn noch?« Ich verstand das alles nicht. War ja schön und gut, dass er das nicht wahrhaben wollte, um keine Mörderin als Freundin zu haben. Doch wie konnte man nur so die Augen verschließen?

»Emma, hör mir mal zu.« Er packte mich an den Oberarmen und hielt mich dicht vor sein Gesicht. »Das, was du schilderst, ist nicht normal. Damit du solche zusammenhängenden Ereignisse träumen kannst, hättest du währenddessen bei Bewusstsein bleiben müssten. Wie willst du dich so detailliert an etwas erinnern könne, wovon du gar nichts mitbekommen hast?«

»Aber du hast mir doch selbst erzählt, dass man davon träumt, was man getan hat?«

»Bruchstücke! Du träumst Bruchstücke! Szenen, Ausschnitte, wie auch immer. Jedenfalls keine kompletten Geschehnisse. Oder meinst du, ich wäre so versessen darauf gewesen, meinen Geist kontrollieren zu können, wenn ich hinterher sowieso alles träume?«

Abwartend sah ich ihn an.

»Außerdem träumt man nicht, wie man ein Reh jagt, welches dann plötzlich zu einem Mensch wird! Wie soll das gehen? Du kannst nur Dinge träumen, die auch tatsächlich passiert sind.«

»Aber –«

Doch er unterbrach mich. »Rehe verwandeln sich nicht einfach in Menschen. So etwas gibt es nicht.«

»Und warum träume ich dann davon?«

»Ich weiß es ehrlich gesagt nicht, Emma. Allein die Tatsache, dass du überhaupt schon von Geschehnissen träumst, ist nicht normal. Ich denke, es war einfach nur ein blöder Albtraum.«

»Ein Albtraum? Meinst du wirklich?«, fragte ich skeptisch.

»Es könnte schon sein. Ich kann mich noch gut daran erinnern, als du dich das zweite Mal verwandelt hattest und mich dann völlig aufgelöst angerufen hast, dass du einen Menschen umgebracht hast. Weißt du noch? Vielleicht hast du so eine Angst davor, dass so etwas passieren könnte, dass dein Unterbewusstsein dir einen Streich gespielt hat?«

»Hm ...«

»Glaub mir, Emma. Das muss die Erklärung sein. Alles andere ist einfach ... So etwas gibt es nicht. Davon habe ich noch nie gehört!«

»Genauso wie von einem Werwolf, der für seine Artgenossen giftig ist?«, fragte ich niedergeschlagen.

Liam seufzte und strich mir durch die Haare.

»Ich bleibe dabei. Du bist keine Mörderin. Außerdem gibt es noch einen Grund, warum du das nicht gewesen sein kannst.«

»Und der wäre?«, fragte ich müde.

»Ich bin nach jeder Vollmondnacht bei dir gewesen, oder?«

Ich nickte.

»Meinst du nicht, mir wäre aufgefallen, wenn du nach Menschenblut gerochen hättest?«

Meine Augen erhellten sich. Vielleicht hatte Liam ja doch Recht?

Das versucht er dir nur zu erzählen, damit du dich besser fühlst.

»Du meinst also wirklich, es war nur ein stinknormaler Albtraum?« Ich seufzte erleichtert. Und deswegen hatte ich mich so verrückt gemacht. Hätte ich ihm bloß schon früher davon erzählt.

Liam nickte und nahm mich erneut in die Arme, trotzdem konnte ich mich nicht angemessen freuen.

»Was ist los, Emma? Bist du noch nicht überzeugt?«, fragte Liam. Sollte ich ihm das mit der Stimme ebenfalls sagen? Vielleicht gab es auch eine ganz harmlose Erklärung dafür?

Die gibt es. Die Frage ist nur, ob sie harmlos ist ...

Wie meinst du das?

Stimmen zu hören ist auch nicht normal. Er wird dich für schizophren halten und in eine Anstalt einweisen lassen.

Aber das bin ich doch gar nicht.

Nein? Wieso bist du dir da so sicher?

So etwas merkt man doch.

Wirklich? Weiß ein Dummer, dass er dumm ist?

Hin- und Hergerissen entschied ich mich dafür, diese Kleinigkeit doch erst mal für mich zu behalten. Ich hatte den Eindruck, Liam war von der Traumsache doch mehr geschockt als er zugab. Vielleicht waren beide Sachen auf einmal ein bisschen viel? Es würde sicher noch ein besserer Zeitpunkt kommen, wo ich auch die Sache mit der Stimme in meinem Kopf erzählen konnte.

Gleichzeitig ärgerte ich mich jedoch über diesen verdammten Kopf-Wolf. Warum schaffte er es nur immer wieder, mich dermaßen zu verunsichern? WARUM?! Aber vielleicht war das so, wenn plötzlich zwei Persönlichkeiten in einem wohnten? Vielleicht musste ich mich einfach damit abfinden oder üben mich geistig gegen ihn zu wehren, damit er nicht mehr diese Gewalt über mich hatte?

»Doch, doch. Du hast mich überzeugt«, antwortete ich Liam und bemühte mich, auch so zu klingen. Da dieser nicht weiter nachfragte, schien mir das gelungen zu sein.

8. Kapitel

Die nächsten zwei Tage vergingen und ich hoffte an jedem einzelnen darauf, endlich Unterricht bei Amilia nehmen zu können, doch anstatt besser ging es ihr immer schlechter. So sehr ich mir auch das Gegenteil wünschte.

Wie mein Wolf vorausgesagt hatte, brauchte sie in immer kürzeren Abständen immer mehr Blut und ich fragte mich, wie lange das noch so weitergehen konnte. Liam sah durch den ganzen Blutverlust nämlich ebenfalls immer schlechter aus. Hinzu kam, dass er sogar nachts mehrere Male raus musste, um Amilia zu spritzen und dadurch auch nur noch eingeschränkt Schlaf bekam.

Was ich jedoch am Erschreckendsten fand, war die Geschwindigkeit, in der Amilias Gesundheitszustand in den Keller purzelte. Davon, dass sie noch vor drei Wochen sprichwörtlich das blühende Leben gewesen war, sah man jetzt nichts mehr. Im Gegenteil: Ich hatte sogar das Gefühl, dass sie von Mal zu Mal mehr abbaute, denn immer wenn wir sie besuchten, um ihr Blut zu spenden, sah sie schlimmer aus als vorher. Die Einzigen, die einem fast noch mehr leid tun konnten als Amilia selbst, waren ihre Eltern. Sie mussten mitansehen, wie es ihrer Tochter zusehends schlechter ging und so sehr sie es sich auch wünschten: Sie konnten nichts dagegen tun. White arbeite zwar laut eigenen Angaben mit Hochdruck an einem Heilmittel, doch bisher ohne Erfolg. Und so wie es sich am Telefon bei den Gesprächen mit Liam anhörte, war vorerst auch kein Fortschritt in Sicht.

***

Es war bereits Donnerstag und ich schrieb fleißig im Unterricht mit, da Liam dazu nicht in der Lage war. Er hing wie ein Schluck Wasser neben mir und gähnte quasi im Fünf-Minuten-Takt.

»Wir müssen uns etwas einfallen lassen«, flüsterte ich zu ihm hinüber.

»Was meinst du?«

»Du musst deine Mom überreden, dass sie Amilia ebenfalls Blut von sich gibt.«

»Das wird sie nicht«, antwortete Liam knapp.

»Das kannst du nicht wissen.«

»Doch. Amilia ist an fünfzehnter Stelle der Rangfolge.«

»Na und? Ihr seid doch ein Rudel! Ihr müsst doch füreinander einstehen!«

Liam schüttelte den Kopf. »Schon, aber so einfach ist das nicht. Ein Weibchen zu haben hat mich automatisch für den Posten des Anführers qualifiziert und das bedeutet, dass ich alles, was sich irgendwie allein regeln lässt, auch allein regeln muss, da ich sonst als schwach gelte und die Ränge unter mir dann versuchen werden, mir meinen Posten streitig zu machen. Ein Werwolfsrudel lebt in einer strengen Hierarchie. Das ist gleichzusetzen mit einer Regierungsform. Nicht mit Freundschaft. Wir funktionieren zusammen und wir halten auch zusammen, doch wenn mir jemand helfen muss, ist das quasi eine Einladung für ihn, mit mir um meinen Rang zu kämpfen.«

»Aber hattest du nicht mal etwas von Loyalität erzählt?«, fragte ich.

»Loyalität hat nichts mit Freundschaft zu tun«, erklärte er weiter.

»Aber deine Mom muss doch sehen, wie sehr du dich aufopferst und wie schlecht es dir geht! Und sie würde doch sicher nicht mit dir um deinen Rang kämpfen, oder?«

»Nein, aber sie würde es trotzdem nicht tun.«

»Und warum nicht?«, fragte ich völlig verständnislos.

»Sie würde sagen, dass es meine eigene Schuld ist. Amilia ist einfach zu unwichtig, als dass sie sich um sie Sorgen machen würde. Geschweige denn, helfen ... «

»Was ein Quatsch! Wenn du es nicht tust, rede ich mit deiner Mom.«

»Emma? Liam? Seid still jetzt!«, ermahnte uns Mr Graham genervt und wir schauten beide wieder brav nach vorn zur Tafel.

Trotzdem flüsterte Liam in meine Richtung. »Du?«

»Ja«, antwortete ich entschlossen und Liam sagte nichts mehr dazu.

Nach zwei weiteren nervtötenden Mathestunden war die Schule endlich zu Ende.

»Ich geh kurz bei Amilia vorbei und dann komme ich zu dir, okay?«, sagte Liam auf dem Schulhof.

»Alles klar. Und danach sprechen wir mit deiner Mom.« Ich gab Liam einen Kuss und wir beide nahmen unterschiedliche Heimwege.

Anfangs war ich noch jedes Mal mit zu Amilia gegangen, doch ihr grauenvoller Zustand belastete mich sehr. Ich konnte mir nur ganz schlecht mit ansehen, wie sie mehr und mehr vor sich hinvegetierte – vor allem mit dem Wissen, Auslöser dieser ganzen Sache gewesen zu sein. Also ließ ich Liam lieber allein gehen. Er hatte glücklicherweise Verständnis dafür und bat mich auch nicht mehr, ihn zu begleiten.

Nachdem ich zu Hause angekommen war, dauerte es keine Viertelstunde, da klingelte es bereits an der Tür.

Nanu? War das bereits Liam? Nein. Unmöglich. Normalerweise dauerte es mindestens eine halbe Stunde, bis er Amilia wieder auf dem Damm hatte.

Ich ging hinunter und öffnete die Tür, doch da stand tatsächlich Liam vor mir.

Überrascht sah ich ihn an. »Du bist schon da?«

»Kann ich reinkommen?«

»Äh ... klar.«

Ich trat beiseite und ließ ihn eintreten. Dann gingen wir hinauf in mein Zimmer.

»Sieht so aus, als müsste meine Mom doch nicht zum Blutspenden zu Amilia«, sagte Liam.

»Nein? Geht es ihr besser? Oh, Gott sei Dank! Ich hatte mir schon Sorgen gemacht, dass deine Mom eventuell –«

»Amilia ist tot«, unterbrach Liam mich.

Ich verstummte.

»Was?!«, fragte ich dann, nachdem ich den ersten Schock überwunden hatte.

»Du hast richtig gehört. Amilia ist tot«, wiederholte er.

»Sie ist gestorben? Oh mein Gott! Wie konnte das geschehen? Du bist doch immer fleißig zu ihr gegangen und hast sie mit Blut versorgt? Wie konnten die Viren … haben sie sich verändert? Wie ist das nur passiert?«, plapperte ich fassungslos mehr vor mich hin, als an Liam gewandt.

Trotzdem antwortete mir dieser. »Sie ist nicht an den Viren gestorben.«

»Nein? Woran denn dann?«

»Sie hat sich umgebracht«, flüsterte Liam tonlos.

Ich schluckte hart. Dann setzte ich mich erst mal auf mein Bett und starrte Liam an. Ich wusste nicht, was ich tun sollte. Ich fühlte Trauer, Schmerz und ich hätte direkt losheulen können, doch irgendwie war ich zu keiner Reaktion fähig. Es war, als wäre mein Körper in eine Art Schockzustand verfallen, unfähig, sich zu bewegen.

Dann begann Liam zu erklären.

»Es muss heute Morgen passiert sein, als wir in der Schule waren. Nachdem ich Amilia noch mal eine ordentliche Menge Blut gespritzt hatte, damit sie für die nächsten paar Stunden auf jeden Fall fit war, hat sie sich wohl aus dem Haus geschleppt und ist zum Bahnhof gefahren.«

»Zum Bahnhof?!«, fragte ich verwirrt.

Liam nickte.

»Sie hat sich dort vor einen Zug gestürzt.«

Entsetzt schlug ich mir die Hand vor den Mund. Ach du liebe Güte! »Das ist wohl ein schlechter Scherz, oder?«

Liam schüttelte den Kopf, kam zu mir und setzte sich neben mich aufs Bett. Dann nahm er mich fest in den Arm und drückte mich.

»Es tut mir leid, Emma.«

»Mir auch«, flüsterte ich und begann zu weinen.

Wie schrecklich! Was war bloß in Amilia gefahren, dass sie das als einzigen Ausweg sah?

»Und selbst die Tatsache, dass sie ein Werwolf ist, konnte sie nicht retten?«

Liam schüttelte den Kopf. »Ihr Körper war bereits zu schwach und der Zug muss sie wohl ziemlich böse erwischt haben ...«

»Hast du mit ihren Eltern gesprochen?«, schniefte ich.

»Nur kurz. Aber ich wollte sie nicht länger belästigen. Das müssen sie erst mal verdauen.«

Ich nickte mitfühlend. »Wann ist die Beerdigung? Ich möchte dahin. Solange muss die Suche nach dem Beißer warten!«

»Mrs Benett möchte das nicht.«

»Verstehe ... Weil ich sie gebissen habe und alles meine Schuld ist ...«, sagte ich traurig und schluckte schwer.

»Nein. Daran liegt es nicht. Sie hat sich gewünscht, dass wir den Beißer schnellstmöglich finden und ihm den Garaus machen, bevor er noch mehr Unheil anrichtet. Und ich möchte ihrem Wunsch entsprechen«, beruhigte mich Liam.

Ich nickte. Ich konnte Mrs Benett verstehen. An ihrer Stelle hätte ich vermutlich genauso reagiert und gleichzeitig war ich heilfroh, dass sie mir (angeblich) nicht die Schuld dafür gab.

Warum eigentlich nicht? Wo du doch die einzig Schuldige bist?

Ich senkte den Blick. Irgendwie hatte mein Wolf ja Recht. Wenn man es genau nahm, war ich für Amilias Krankheit verantwortlich, auch wenn mir Liam hundertmal versicherte, dass sie sich die Sache selbst eingebrockt hatte.

»Emma? Kann ich noch etwas für dich tun?«, fragte Liam.

Ich schüttelte den Kopf. Ich war immer noch zu geschockt, um überhaupt richtig reagieren zu können.

Liam setzte sich auf mein Bett, das Kopfende im Rücken und zog mich an sich. So saßen wir da, bis er am Abend irgendwann nach Hause ging, doch keiner sagte mehr ein Wort. Jeder war mit seinen Gedanken vermutlich bei Amilia. Was sie dazu bewogen hatte, sich ausgerechnet vor einen Zug zu stürzen und warum sie sich niemandem anvertraut hatte.

9. Kapitel

Heute war Freitag und somit der letzte Schultag vor den Ferien. Liam blieb zu Hause und organisierte bereits alles für unseren »Urlaub«. Nach der Sache gestern waren wir uns beide einig gewesen, dass wir noch heute losfliegen mussten, um die Sache so schnell wie möglich klären zu können.

Während Liam also die nächsten Schritte einleitete, ging ich brav in die Schule, um unsere Zeugnisse in Empfang zu nehmen. Ich seufzte auf dem Weg dorthin. Am liebsten hätte ich alles schon hinter mir.

Ich hatte nämlich nicht im Geringsten Lust auf meine Klassenkameraden und schon gar nicht auf meinen Lehrer Mr Pickel, der uns heute Morgen empfing und ziemlich religiös angehaucht war. Am Ende würde er uns wie bei Tyler wieder irgendeinen Schmu erzählen, von wegen, dass sich Amilia jetzt in einer besseren Welt befand und der Tod nicht als solcher angesehen werden dürfe, sondern eher als Erlösung. Blabla.

Noch einmal holte ich tief Luft, dann nahm ich meine ganze Kraft zusammen und ging in die Klasse. Wie auch ich war jeder dort schwarz angezogen.

Ich setzte mich auf meinen Platz und ließ meinen Blick durch das Klassenzimmer schweifen. Kyle saß ganz hinten in einer Ecke, hatte Taschentücher vor sich liegen und den Kopf gedankenverloren in die Hände gestützt. Ich überlegte, ob ich mich zu ihm setzen sollte, entschied mich dann aber dagegen, da er nicht so aussah, als würde er Gesellschaft haben wollen.

Wie befürchtet hielt unser Klassenlehrer die besagte Rede. Kyle weinte und er tat mir so furchtbar leid, dass mir ebenfalls Tränen in die Augen stiegen.

Nachdem Mr Pickel fertig war, gab es noch die obligatorische Schweigeminute. Dann bekamen wir unsere Zeugnisse und konnten nach Hause gehen. Ich war schon fast vom Schulhof runter, als ich hinter mir jemanden rufen hörte.

»Emma? Warte mal kurz.« Es war Kyle.

Ich blieb stehen und sah ihn auf mich zujoggen. Oje, was er wohl wollte?

Was will er wohl?! Mein Wolf lachte hämisch.

»Emma?«, begann Kyle erneut.

Ich ging einen kleinen Schritt zurück und machte mich darauf gefasst, von ihm gehörig die Meinung gesagt zu bekommen. Schließlich war Amilia durch mich krank geworden und auch wenn Liam und Mrs Benett es nicht sehen wollten, stand fest, dass ich an ihrem Tod Schuld trug. Warum sonst sollte sich ein junges Mädchen vor einen Zug stürzen, wenn es nicht an dem Biss und den damit verbundenen Umständen lag?

Das siehst du vollkommen richtig.

Danke.

Keine Ursache.

Doch zu meiner Überraschung tat Kyle nichts dergleichen.

Waschlappen!

Sei still.

»Von Mrs Benett weiß ich, dass ihr euch auf die Suche nach deinem Beißer begeben wollt«, sagte er.

Ich nickte.

»Tust du mir einen Gefallen?«

Waaaschlappen!

»Natürlich, Kyle«, antwortete ich reumütig und ignorierte meinen Wolf.

»Sag Liam, er soll diesem Arschloch den Arsch aufreißen.«

Dem Arschloch den Arsch aufreißen? Wie gebildet ... Vielleicht sollten wir ihn mit auf die Liste setzen.

Ich nickte Kyle zu, der sich eine Träne wegwischte und dann davonging. Etwas perplex starrte ich ihm hinterher. Auch er schien mir nicht die Schuld zu geben.

Komisch, nicht? Obwohl es da doch keinen Zweifel gibt.

Ich fürchte, da hast du ausnahmsweise mal Recht, seufzte ich.

Ich sag doch, du bist ein Killer. Jetzt fehlen nur noch Liam und seine Familie, damit wir uns endlich wieder besser fühlen.

Ich erwiderte nichts mehr darauf und die Stimme verschwand.

***

Niedergeschlagen machte ich mich auf den Heimweg, da klingelte mein Handy.

»Emma? Ich bin's, Liam. Mrs Benett hat mich gebeten, dass ich noch mal vorbeikomme. Möchtest du mit?«

»Nein, danke. Ich möchte lieber nicht«, entschuldigte ich mich.

»Du trägst keinerlei Schuld daran, Emma. Ich hoffe, du weißt das?«, fragte Liam.

Klar. Natürlich nicht. Ist ja auch völlig normal, dass sich ein junges Mädchen vor den Zug wirft. Und das angeblich grundlos. Doch das war nur das, was ich dachte. Gesagt habe ich, was er hören wollte.

»Ich weiß«, antwortete ich, um ihn zu beruhigen. »Ich würde in der Zeit nur gern zum Bahnhof. Ich habe gehört, an der Stelle, wo Amilia umgekommen ist, haben sie ein kleines Andenken errichtet. Ich wollte gern ein paar Blumen dort hinbringen.«

»Das verstehe ich. Soll ich dich dann in einer Stunde vom Bahnhof abholen?«

»Das wäre toll.«

»Na gut, Emma. Dann fahren wir von dort aus weiter zum Flughafen.«

»Ok, bis dann.«

»Bis dann.«

Ich legte auf und ging die restlichen Meter bis zu mir nach Hause. Klingeln brauchte ich nicht. Meine Mom machte bereits die Tür auf.

»Na, Spätzchen? Wie geht's dir?«, empfing sie mich und drückte mich an sich.

Soweit mir das möglich war, zuckte ich mit den Schultern. Was sollte ich auch auf diese Frage antworten? Beschissen? Ätzend? Grauenvoll?

»Ich geh in mein Zimmer und pack meine Sachen.«

Meine Mom nickte mitfühlend. Sie dachte, ich wäre so down und wollte jetzt schon in den Urlaub, weil Amilia eine gute Freundin gewesen war und ich Abstand bräuchte. Wüsste sie den wahren Grund, wäre sie sicher nicht mehr so lieb zu mir.

Das kannst du aber annehmen.

Fünf Minuten später stand sie in meinem Zimmer.

»Brauchst du noch etwas, Spätzchen?«, fragte sie.

»Nein, Mom. Es ist alles okay!«, entgegnete ich traurig.

Einfühlsam legte sie die Hand auf meine Schulter. »Das wird schon wieder«, sagte sie und schaute mich liebevoll an.

Ich nickte tapfer, packte meinen Koffer zu Ende und rollte ihn zur Treppe. Gerade, als ich ihn anheben wollte, kam mein Dad herbeigeeilt.

»Warte, Liebes. Ich helfe dir.«

Ich lächelte dankbar. Ich hatte zwar ein schlechtes Gewissen dabei, als ich sah, wie sich mein Dad mit dem Koffer abmühte, den ich dank Werwolfdasein mit Leichtigkeit hätte tragen können, doch auch hier musste ich wieder lügen. Ich konnte meinem Dad ja schlecht erzählen, warum ich plötzlich so stark geworden war.

»Wann kommt Liam denn?«, wollte er wissen.

»Liam und ich treffen uns am Bahnhof.«

Mein Dad zog fragend die Brauen nach oben.

»Er will noch bei Mrs Benett vorbei«, erklärte ich.

»Und da willst du nicht mit?«

»Ach Dad, du weißt doch, wie das bei mir ist. Ich kann sowas nicht gut ...«, redete ich mich heraus.

Mein Dad klopfte mir auf die Schulter. »Das hast du wohl von mir geerbt, Liebes. Und du bist sicher, dass du nicht hier auf Liam warten willst?«

Ich schüttelte den Kopf. »Nein. Ich möchte ja noch die Blumen zum Bahnhof bringen.«

»Stimmt ja, stimmt ja.« Mein Dad nickte verständnisvoll. »Dann lass mich dich fahren.«

»Nicht nötig, Dad.«

»Doch, Emma. Das ist doch kein Problem.«

»Das ist wirklich nicht nötig.«

»Keine Widerrede. Ich bestehe darauf. Verabschiede dich noch von deiner Mom und dann komm.«

Verabschieden ... Darüber hatte ich mir schon die ganze Zeit Gedanken gemacht. Was, wenn wir meinen Beißer fanden? Was würde passieren? Würde *uns* etwas passieren?

Ich ging zu meiner Mom in die Küche.

»Mach's gut, Mom. Dad fährt mich zum Bahnhof.« Ich gab ihr einen Kuss auf die Wange und spürte, wie sich Tränen in meinen Augen sammelten.

»Ach, Spätzchen«, sagte sie sanft, als sie meine glitzernden Augen bemerkte. »Du bist doch nur drei Wochen weg. Ich bin sicher, du willst gar nicht wieder zurück, wenn du erst mal mit Liam unterwegs bist.«

»Ich hab dich lieb, Mom«, antwortete ich und drückte sie noch mal an mich.

»Ich hab dich auch lieb, Spätzchen.«

Sie gab mir die Blumen, die sie extra für Amilia mitgebracht hatte und ich ging zur Tür hinaus. Dad hatte bereits meinen Koffer eingeladen und wartete im Auto auf mich. Ich stieg ein.

»Dann wollen wir mal«, verkündete er, warf den Motor an und fuhr los.

Es dauerte nur ein paar Minuten, da waren wir am Bahnhof angekommen. Mein Dad stieg aus und half mir den Koffer aus dem Kofferraum zu heben.

»Und du bist sicher, dass ich nicht warten soll, bis Liam da ist?«, fragte er noch mal.

»Nein, Dad. Ganz sicher.«

Er gab ein unwilliges Brummen von sich, doch er fragte nicht weiter.

»Dann mach's mal gut, Spätzchen. Ich wünsche euch einen ganz tollen Urlaub!« Er drückte mich herzlich.

Eigentlich hatte ich mit mehr Widerstand gerechnet, wenn ich allein mit Liam in den Urlaub wollte, doch offensichtlich hatte meine Mom ihn schon dementsprechend gebrieft.

Ich gab meinem Dad ebenfalls einen Kuss auf die Backe.

»Mach's gut, Dad.« Diesmal konnte ich mich besser zusammenreißen und brachte sogar ein Lächeln zu Stande.

»Komm gesund wieder, hörst du?«

Ich sah meinen Dad an. Das hoffte ich. Nicht nur meinetwegen. Ich wollte auch auf gar keinen Fall, dass meine Eltern das Gleiche wie Amilias durchmachen mussten. Ich hatte zwar nicht mit Mrs Benett gesprochen, doch das, was Liam gesagt hatte, reichte mir schon.

»Natürlich, Dad«, antwortete ich und umarmte ihn zum Abschied noch einmal.

Dann stieg er ins Auto und fuhr mit einem Hupen davon.

Ich schnappte mir meinen Koffer und zog ihn auf seinen Rollen in den Bahnhof hinein.

Dort angekommen sah ich mich um. Was hatte meine Mom gesagt? Gleis acht? Ich setzte mich in Bewegung, zog den Koffer hinter mir her und hielt in der anderen Hand den Strauß festumklammert. Es waren wunderschöne gelbe Blumen. Keine Ahnung, was für eine Sorte, aber Amilia hätten sie bestimmt gefallen.

Ich ging weiter bis zu dem Gleis, da sah ich schon ein großes Foto von ihr an einen Pfeiler gelehnt und unzählige Blumensträuße drum herum.

Langsam trat ich näher. Ich spürte, wie sich mein Hals immer mehr zuschnürte. Schließlich ließ ich den Koffer stehen und ging die letzten zwei Meter zu dem Foto. Amilia sah darauf wunderschön aus. Ihre blonden Haare fielen ihr in großen Locken über die Schultern, sie hatte die Augen dezent, aber dennoch ausdrucksstark geschminkt, ein bisschen Rouge aufgelegt und sie trug eine weiße Bluse. Um ehrlich zu sein, sah sie aus wie ein Engel.

Ich schluckte schwer, nahm die gelben Blumen und strich sanft über die seidenweichen Blütenblätter. Dann hockte ich mich hin und legte sie mit den Worten »für dich« direkt vor ihr Foto. Meine Augen begannen zu brennen, doch so sehr ich es mir auch versuchte zu verkneifen, ich konnte die Tränen einfach nicht mehr zurückhalten. Was ein Glück, dass der Bahnhof nicht gut besucht war. Ich hatte keine Lust darauf, dass Leute kommen und mich bedauern würden.

Keine Ahnung, wie lange ich dasaß und einfach nur das Foto anstarrte. Wie nichtig mir unsere Streitigkeiten jetzt vorkamen. – Jetzt, nachdem sie tot war.

Eine Träne nach der anderen rann über meine Wangen, doch ich wischte sie weder weg, noch versuchte ich sie weiter zurückzuhalten. Sie waren für Amilia und wenn es wirklich so etwas wie einen Himmel gab und sie mich sehen konnte, sollte sie auch sehen, dass meine Tränen ihr galten. Dass ich um sie weinte, denn das hatte sie verdient.

War es nicht das, was du immer wolltest?

Dass Amilia stirbt? Spinnst du?

Warum hast du sie dann gebissen?

Zum hundertsten Mal! Das war keine Absicht!

Die arme Amilia ... Wusste keinen anderen Ausweg mehr, als sich vor einen Zug zu werfen. Na los, dreh dich um. Das ist genau die Stelle, wo sie gesprungen ist.

Schwankend stand ich auf und ging auf das Gleis zu, das ungefähr einen Meter tiefer als der Bahnsteig lag, damit man ebenerdig einsteigen konnte. Ich blickte hinunter.

Das erfordert schon Mumm, oder? Einfach so vor einen Zug zu springen?

Ich nickte.

Da kannst du mal sehen, zu was du sie getrieben hast.

Hör auf!

Du hast einen jungen Mann getötet und Amilia. Wie ich es gesagt habe: Killer!

Ich habe sie nicht getötet!

Nein? Warum hat sie sich dann umgebracht? Wenn nicht wegen dir?

Ich schniefte.

Jetzt brauchst du auch nicht mehr zu heulen. Du hättest überlegen sollen, bevor du sie tödlich infiziert hast.

Kannst du mich nicht einfach in Ruhe lassen?

Ist es nicht schlimm, am Tod eines anderen Individuums Schuld zu sein? Als Werwolf wirst du dich allerdings daran gewöhnen müssen.

Was soll das denn schon wieder heißen?

Das war erst der Anfang ...

Der Anfang von was?

Wenn ein Werwolf erst mal Blut geleckt hat, wird er sich immer wieder dazu hinreißen lassen.

Wozu?

Beute zu machen. Und er wird instinktiv die wählen, die am besten geschmeckt hat.

So ein Quatsch! Es hat uns doch noch nicht mal geschmeckt!

Dir vielleicht nicht. Mir hingegen schon. Oder warum glaubst du, konntest du nicht aufhören?

Ich ...

Du wirst noch mehr Leute umbringen. Und Liam wird einer der Ersten sein.

Nein!

Nein? Das heißt, du kannst das beeinflussen? Warum dann Amilia? Warum der junge Mann?

Ich kann es nicht beeinflussen.

Wie kommst du dann darauf, dass Amilia dein letzter Mord gewesen sein wird?

Ich hab sie nicht umgebracht.

Hast du wohl!

Hab ich nicht!

Oh doch!

Halt endlich die Klappe!, schrie ich und drückte mir mit den Händen gegen die Schläfen, um die Stimme verstummen zu lassen, doch es half wie immer nichts.

Zwing mich doch!

Ich schluchzte. Kein Wunder, dass die anderen gebissenen Werwölfe sich alle umgebracht hatten. Das war ja nicht zum Aushalten! Warum mochte mein Werwolf mich nicht?!

Gib dir keine Mühe. Du kannst mich sowieso nicht zum Schweigen bringen. Ich habe dir schon mal gesagt: Ich bin jetzt immer hier, bei dir.

Geh weg!, weinte ich.

Nur wenn du unsere Feinde tötest, werde ich gehen.

Ich habe keine Feinde!

Liam, Liams Familie ...

Das sind nicht meine Feinde!

Sie tragen die Schuld an allem.

Ich hörte das noch leise Rattern eines herannahenden Zuges. Und wenn ich es einfach wie Amilia machte? Ich ging noch einen Schritt auf das Gleis zu und übertrat damit die Sicherheitslinie. Dann streckte ich beide Arme zur Seite aus, als wollte ich fliegen und schaute hinunter auf die Bahngleise. Das Rattern des Zuges kam näher. Wenn ich mich jetzt einfach fallen ließe?

Tu das nicht!

Dann wäre ich alle Sorgen auf einen Schlag los!

Du kannst das Problem anders lösen.

Und wie? Tränen rannen mir aus den Augen.

Beseitige Liam und die anderen Werwölfe, damit keinem das Gleiche widerfahren kann wie dir!

Ich werde keine anderen Werwölfe umbringen! Ich werde gar keinen umbringen! Und schon gar nicht Liam!

Umbringen, was für ein hartes Wort. Du sollst andere davor bewahren, dass es ihnen so geht wie dir!

Ich werde niemanden umbringen!, wiederholte ich.

Was glaubst du, warum du die Macht dazu hast? Du wirst nicht der letzte Mensch bleiben, der gebissen wurde.

Trotzdem! Ich werde niemandem etwas tun!

Tja, dumm nur, dass das nicht in deiner Hand liegt. Wenn du verwandelt bist, habe ich das Sagen.

Hast du nicht!

Ich glaube, als Erstes sollten wir uns wirklich Liam entledigen. Er trägt schließlich am meisten Schuld.

An dem nun lauten Rattern hörte ich, dass der Zug so gut wie da war und ein Teil von mir wollte, dass es endlich aufhörte! Ich konnte es einfach nicht mehr länger ertragen! Die Stimme in meinem Kopf, die mir noch mehr Schuldgefühle einredete, als ich eh schon hatte. Und die mich dazu anstiften wollte, weitere Morde zu begehen. Ich wünschte mir, dass ein für alle Mal Ruhe herrschte!

Vielleicht sollte ich mich wirklich fallen lassen?!

Ein starker Arm umschlang meine Körpermitte und riss mich nach hinten. Bevor ich irgendetwas sagen konnte, hatte Liam mich bereits zu sich umgedreht und starrte mich über alle Maßen entsetzt an.

»Emma! Was war das? Wolltest du dich vor den Zug werfen?« Seine Augen waren weit aufgerissen und seine Atmung ging schnell.

»Nein!«, antwortete ich erschrocken, selbst ganz entsetzt darüber, dass ich überhaupt nur daran gedacht hatte.

»Es sah aber ganz danach aus!«, schrie er mich an, doch es war kein böses Anschreien. Es klang hilflos. So hilflos, wie ich mich fühlte.

Bei diesen Worten brach ich erneut in Tränen aus. Liam hatte ja keine Ahnung, wie es mir ging!

Da nahm er mich in seine Arme.

»Was um alles in der Welt ist nur los mit dir, Emma?«, fragte er, während er mir über das Haar streichelte.

»Ich ... ich weiß es doch auch nicht«, weinte ich. Was sollte ich auch sagen? Tut mir leid, Liam, aber ich bin dabei verrückt zu werden? Ich schnappe über? Ich höre Stimmen? Stimmen, die möchten, dass ich dich umbringe?

»Sch ... Ist doch gut ...«, versuchte er mich zu beruhigen, doch ich weinte und weinte. Mein Leben war so beschissen geworden!

»Magst du mir nicht endlich sagen, was los ist?«, fragte er mitfühlend.

»Ich bin schuld an Amilias Tod!«, heulte ich.

»So ein Quatsch, Emma. Amilia hat sich umgebracht.«

»Und warum? Weil ich sie gebissen habe und sie danach eine furchtbare Krankheit bekommen hat«, entgegnete ich.

»Wir hätten ihr helfen können«, hielt Liam dagegen.

»Ich weiß! Und das ist noch viel schlimmer!«

»Wie meinst du das?«, fragte er verwirrt.

»Sie hat sich umgebracht, obwohl sie hätte Hilfe erhalten können. Das heißt, was ich ihr angetan habe, war so schlimm, dass sie nicht einmal mehr warten wollte.« Ich ließ mich in seine Arme sinken und legte den Kopf gegen seine Brust.

Jetzt war es an der Zeit. Ich würde ihm von meiner Schizophrenie berichten müssen. Doch es war mir mittlerweile egal, ob ich danach weggesperrt wurde. Vermutlich war das sogar besser. Besser für alle Beteiligten.

»Ich muss dir etwas beichten, Liam«, begann ich.

»Was denn?« Aufmerksam schaute er mich an.

»Ich habe dir etwas verschwiegen.«

»Und das wäre?«

»Als ich dir von meinen Träumen erzählt habe ...«, fuhr ich fort.

»Ja?«

»Nun ja ... das war nicht alles.«

»Das heißt?«

»Ich bin krank«, presste ich hervor.

Fragend sah er mich an.

»Erinnerst du dich noch daran, als ich von dir wissen wollte, woher du weißt, was du willst und was dein Wolf möchte?«

Liam nickte.

Dann senkte ich die Stimme. »Meiner spricht zu mir.«

»Bitte?«

»Ja, ich höre Stimmen. Oder vielmehr eine.«

»Wie lange schon?«, fragte er.

»Seit dem Morgen, wo du mich vor den Mülltonnen gefunden hast.«

Liam schwieg.

»Bist du jetzt sauer?«, fragte ich vorsichtig.

»Nein. Ich habe es mir bereits gedacht«, antwortete er.

Ich sah ihn erstaunt an. »Also ist das normal? Ich meine, dass der Wolf zu mir spricht?«

»Nein.«

»Warum hast du es dir dann gedacht?«

»Ich war heute Morgen bei Mrs Benett, weil sie noch mal mit mir sprechen wollte. Sie erzählte mir, dass Amilia, bevor sie sich vor den Zug geworfen hat, immer öfter Selbstgespräche führte und dabei teilweise richtig ausgerastet ist. Und da bist du mir eingefallen. Wie du zum Beispiel bei White oder auch bei Amilia unpassende Antworten gegeben hast. Lass mich raten: Da hast du auch Selbstgespräche geführt?«

Ich nickte niedergeschlagen. »Ich habe mit dem Wolf geredet.«

»Und was möchte er?«, fragte Liam neugierig.

»Er möchte ...« Sollte ich das jetzt wirklich sagen? Andererseits hatte ich wirklich genug von dem Verheimlichen und dem Versteckspiel. »Er möchte, dass ich unter anderem dich und deine Familie umbringe.«

Liam zog die Brauen nach oben, verkniff sich aber einen Kommentar dazu.

»Ich habe keine Ahnung, was da los ist. Eigentlich kann dein Wolf gar keine Gespräche mit dir führen. Du bist schließlich der Wolf. Ihr müsstest als eins agieren und nicht wie jemand mit verschiedenen Persönlichkeiten. Vielleicht ist das aber auch bei verwandelten Werwölfen anders. Ich weiß es nicht. Eins steht jedenfalls fest ...«

»Und das wäre?« Traurig sah ich ihn an.

»Wir müssen auf schnellstem Wege deinen Beißer finden, damit das alles ein Ende hat. Und noch was, Emma: Du musst mir etwas versprechen.«

»Was?«, flüsterte ich.

»Du wirst mir ab jetzt immer sagen, wann dein Werwolf zu dir spricht und vor allem, was er sagt, in Ordnung?«

Ich schluckte.

»In Ordnung?«, hakte Liam noch mal nach. Dieses Mal aber energischer.

»In Ordnung«, bestätigte ich und fühlte mich plötzlich wie befreit, da er endlich über alles Bescheid wusste.

Eine Welle des Schams überflutete mich, hatte ich doch kurzzeitig wirklich daran gedacht, mich ebenfalls vor einen Zug zu stürzen, anstatt Liam alles anzuvertrauen. Wie dumm von mir! Und wie traurig für Amilia, dass sie anscheinend keinen Vertrauten gehabt hatte.

Gut nur, dass der Bahnhof so schlecht besucht war und man sich hier lediglich Tickets am Automaten ziehen konnte. Hätte ein Fremder mich so gesehen oder irgendwelches Bahnpersonal hier herumgelungert, wäre ich schwer in Erklärungsnot geraten.

Liam riss mich wieder einmal aus meinen Grübeleien. »Lass uns jetzt erst einmal fahren. Nicht, dass wir noch unseren Flug verpassen.« Er schnappte sich meinen Koffer und zog mich mit sich.

10. Kapitel

Der Bahnhof war nicht weit entfernt vom Flughafen, so dass wir relativ schnell ankamen. Liam nahm unser Gepäck, während ich in seinem Rucksack nach den Tickets suchte.

»Liam?«

»Ja?«

»Wo hast du denn die Tickets hingetan? Ich kann sie nicht finden«, murmelte ich und wühlte weiter in dem Rucksack herum.

»Wir brauchen keine.«

»Wir brauchen keine?«

»Nein. Wir fliegen mit einem Privatflugzeug.«

»Du hast ein Flugzeug?«, fragte ich überrascht.

»Nein. Es gehört der Familie Benett«, sagte Liam.

»Und wir können es einfach so benutzen? Ein ganzes Flugzeug?« Ich konnte es nicht glauben. Wahnsinn!

»Mrs Benett hat mich sogar extra darum gebeten.«

»Wo fliegen wir überhaupt hin?«

»Nach Wyoming. Um genau zu sein: zum Yellowstone National Park«, klärte Liam mich auf.

»Oh, das ist ja toll«, sagte ich lahm. Eigentlich wäre das ein absoluter Anlass zum Freudentaumel gewesen, zumal ich schon immer mal dahin wollte, doch unter den gegebenen Umständen konnte ich mich nicht einmal ansatzweise dafür begeistern.

»Du weißt schon, dass wir dort nicht zum Vergnügen hinfahren, oder?«, fragte Liam sarkastisch.

Ich nickte. Dann lächelte er.

»Ich mache dir einen Vorschlag: Wir kümmern uns um die Beißer-Sache und wenn du möchtest, können wir uns danach noch ein bisschen den Park ansehen. Ich weiß doch, dass du dich eigentlich dafür interessierst und vielleicht tut es dir sogar ganz gut, mal ein bisschen Abstand von allem zu gewinnen. Was hältst du davon?«

»Mir egal«, seufzte ich und dachte an Amilia. Daran, ob sie schon mal dort gewesen war und dass sie es so oder so nie mehr erleben würde. Ich spürte, wie meine Unterlippe zu zittern begann und bemühte mich, schnell an etwas anderes zu denken, was mir überraschenderweise sogar gelang. Doch meine Stimmung besserte sich dadurch nicht.

Willenlos ließ ich mich von Liam zum Flugzeug führen. Dank der Privatmaschine mussten wir uns glücklicherweise nicht mit Einchecken und Gepäck aufgeben aufhalten, sondern konnten direkt starten.

Der Flug selbst dauerte schon lang genug. Ganze neun Stunden mit zwei Tankstopps brauchten wir, bis wir endlich angekommen waren. Und damit war die Reise noch nicht zu Ende. Liam charterte einen Mietwagen, der uns zu einem Hotel bringen sollte. Da es mittlerweile schon dämmerte, hatten wir einstimmig beschlossen, erst am Morgen loszugehen. Liam meinte nämlich, es wäre noch ein ganzes Stück zu Fuß bis wir beim Quartier des Clearwater-Clans eintreffen würden. Zumal wohl auch keiner so genau wusste, wo es sich befand.

Wir checkten in das Hotel ein und machten uns für die Nacht fertig. Morgen lag ein anstrengender Tag vor uns und dafür wollten wir gewappnet sein. Ich kuschelte mich an Liam und wir schliefen eng umschlungen ein.

***

Am nächsten Morgen wachten wir beide gut ausgeruht auf und machten uns über das Frühstückbuffet her. Keine Stunde später hatten wir unsere Rucksäcke zum Wandern gepackt und waren startklar.

Wir fuhren mit dem Mietwagen zu unserem Ausgangspunkt, den Liams Dad ihm auf einer Wanderkarte markiert hatte.

»Wie lang ist es noch?«, fragte ich Liam immer wieder, welcher daraufhin jedes Mal genervt mit den Augen rollte.

»Emma, bitte frag mich nicht alle fünf Minuten. Wir brauchen eine gute Stunde mit dem Auto und danach steht uns noch ein langer Fußmarsch bevor.«

Ich schnappte mir die Karte und verzog das Gesicht, als ich darauf den markierten Ausgangspunkt und die Entfernung zu der ungefähren Stelle des Clearwater-Quartiers sah. Ich liebte die Natur und auch Wandern mochte ich gerne, wenn auch nicht unbedingt durch das Revier fremder Werwölfe. Liam hatte mir zwar mehrfach versichert, dass der Clearwater-Clan ein friedliches Rudel sei, jedoch fand ich den erklärenden Satz dazu »Die bringen keine anderen Werwölfe um« nicht gerade überzeugend. Zwischen friedlich und niemanden um die Ecke bringen lagen meiner Ansicht nach doch Welten. Das einzig Gute daran war, dass wir quer durch den Park wandern mussten und ich mich so mental ein wenig auf das Bevorstehende einstellen konnte. Im Vergleich zum Vortag ging es mir heute nämlich schon wieder etwas besser und ein Teil meiner Trauer war dem Willen gewichen, diesen verfluchten Beißer endlich zu finden. Ich fand, das war ich nicht nur mir, sondern auch Amilia schuldig.

Endlich hielt Liam auf einem Schotterplatz an.

»Wir sind da. Ab hier müssen wir zu Fuß weiter«, verkündete er und stieg aus.

»Und was ist mit dem Auto?«

»Das bleibt hier stehen. Das hier ist Werwolfsgebiet. Hier verirrt sich sowieso kein anderer hin.«

»Ach, stimmt ja. Weil deine Kumpels so friedlich sind, nehme ich an«, entgegnete ich ironisch.

»Das sind nicht meine Kumpels«, erwiderte Liam trocken und mir wurde zunehmend mulmiger.

»Liam, ich hab kein gutes Gefühl bei der Sache«, wandte ich ein.

»Das ist nur der Werwolf in dir. Er weigert sich, fremdes Territorium zu betreten. Völlig natürlich. Ist bei mir auch so«, erklärte Liam.

»Und meinst du nicht, wir sollten darauf hören?«

»Normalerweise schon. Aber hier geht es eben nicht anders.«

Ohne ein weiteres Wort hatte Liam sich seinen Rucksack geschnappt und wartete darauf, dass auch ich abmarschbereit war. Ich tat es ihm gleich und schlug die Autotür zu. Liam schloss den Wagen ab und wir gingen los, quer in den Wald hinein.

Anfangs war ich noch ganz fasziniert: Die Bäume hier waren andere als die, die ich von zu Hause kannte, dazu das beeindruckende Spiel aus Felsen, Gräsern und Sträuchern mit ihrer unterschiedlichen Farbgebung. Einfach einmalig! Jetzt ärgerte ich mich fast ein wenig, dass ich keine Malsachen dabei hatte. Es wäre mir eine Freude gewesen, dies auf Papier festzuhalten. Andererseits: Bei dem Tempo, das Liam vorgab, hätte ich sowieso keine Chance gehabt, die Dinge auch nur anzuskizzieren.

Zwei Stunden waren vergangen, doch bis auf den Morning Glory Pool (laut Liam eine heiße Quelle, die ihr sonderbares Farbenspiel verschiedenen Bakterien verdankt – Klugscheißer!) hatte ich nichts Weltbewegendes zu Gesicht bekommen. Soviel zu den in Prospekten stets viel beworbenen Sehenswürdigkeiten im Yellowstone National Park.

»Sind wir bald da?«, fragte ich Liam wieder, der immer noch fleißig vorneweg schritt.

»Ich habe keine Ahnung, Emma. Meine Eltern konnten mir nur sagen, an welchem Pfad das Haus des Clans liegt. Nicht, wo genau.«

»Und wie lang ist der Pfad?«, schnaufte ich.

»Willst du das wirklich wissen?«, war seine Gegenfrage.

»Wenn du so fragst, lieber nicht …«, lehnte ich ab, doch ich bekam die Antwort trotzdem.

»56 Meilen.«

»56 Meilen?!«, platzte es aus mir heraus. »Und deine Eltern waren nicht in der Lage, das ein bisschen genauer einzugrenzen?«

»Nein, Emma. Ich bin sogar froh, dass die Strecke *nur* 56 Meilen lang ist und sie ungefähr wussten, wo sich das Rudel aufhält. Sonst hätten wir nämlich den gesamten Park durchkämmen müssen und das wären dann ca. 9000 km^2 gewesen.«

»9000 km^2? Heilige Sch… «

Da wurde ich plötzlich von hinten gepackt und unsanft zu Boden geworfen. Ich spürte, wie mir jemand ein Knie in den Rücken drückte und mich dadurch versuchte, am Boden zu halten, doch ich wehrte mich mit Händen und Füßen.

»Was zum Teufel …«, legte ich los, doch ehe ich mich versah klebte mir jemand Panzertape über den Mund.

»Klappe!«, schrie die Person, doch auch wenn ich nichts mehr sagen konnte, trat und schlug ich wenigstens, wohin ich konnte.

»Bring sie zum Kooperieren, Ray«, sagte ein anderer Typ, der über Liam stand.

Liam lag auf dem Bauch, ebenfalls ein Stück Tape über dem Mund, und der Typ hatte ihm den Arm merkwürdig auf den Rücken gedreht, womit er ihn zu Boden zwang. Allerdings sah Liam nicht wirklich so aus, als würde er sich wehren. Hatte er bereits aufgegeben? Andererseits, wenn man mir den Arm so verdrehen würde, könnte ich mich vermutlich auch nicht mehr wehren.

Was zur Hölle war hier los?!

»Würde ich ja! Aber das kleine Mistvieh ist ganz schön stark!«, antwortete der Kerl (Ray?) und versuchte mich zu bändigen. Doch er hatte Recht. Ich WAR ganz schön stark und ich mobilisierte alle Kräfte, um nicht beraubt oder sonst was zu werden!

Der andere Kerl lachte. »Das sieht wirklich witzig aus«, grunzte er.

Ich rammte dem Fremden meinen Ellbogen in den Bauch, welcher darauf kurz aufstöhnte.

Dann schlug er mir mit der Faust ins Gesicht. Ich sah noch, wie Liam sich aufbäumte, dann wurde mir schwarz vor Augen.

***

Ich spürte, wie mir jemand unsanft die Wange tätschelte. »Hey! Aufwachen!« Wieder ein leichter Schlag auf meine Backe. Diesmal etwas energischer. »Aufwachen hab ich gesagt!«, knurrte der Kerl, der mich mitten im Wald überfallen hatte, doch bevor ich richtig zu mir kam, wurde ich auch schon auf die Beine gerissen. Mein Mund war immer noch zugeklebt und ich hatte mörderische Kopfschmerzen.

Ich blinzelte angestrengt und sah Liam neben mir stehen. Er hatte ebenfalls die Hände hinter dem Rücken gefesselt und einen Klebestreifen über dem Mund. Er sah zu mir rüber, doch seinen Gesichtsausdruck konnte ich nicht wirklich deuten.

»Los jetzt! Mrs Clearwater erwartet euch!« Ich bekam einen Stoß in den Rücken und wurde mit Liam aus dem Raum geschubst. Der Kerl bedeutete uns, ein paar Meter weiter in einen großen Saal zu gehen. Ich blieb erst mal stehen und wollte mich umsehen, doch schon bekam ich den nächsten Stoß.

»Vorwärts! Mrs Clearwater wartet nicht gern.«

Widerwillig betrat ich den Saal. Vor mir stand ein riesiger, hölzerner Esstisch, an dessen Kopfende eine ältere Dame saß.

»Nehmt Platz«, wies die Dame uns an, doch bevor ich mich eigenständig hinsetzen konnte, wurde ich bereits wie Liam unsanft auf einen Stuhl gedrückt.

»Ich bin Mrs Clearwater, Leitwölfin des Clearwater-Clans. Und ihr seid?«

Der Kerl riss uns beiden das Panzertape vom Mund, was mir vor Schmerz die Tränen in die Augen trieb.

»Ich bin Liam Hunter, Mitglied des Moonhunter-Clans und das ist meine Gefährtin Emma«, stellte Liam uns vor.

»Ihr seid Alpha-Wölfe«, bemerkte Mrs Clearwater nach einem kurzen Schnuppern.

Liam nickte.

»Was ist euer Begehr?«, fragte sie.

»Wir haben ein Problem und hoffen auf Ihre Hilfe.«

»Nimm ihnen die Fesseln ab, Ray«, wies sie den Kerl an. Dann wandte sie sich an uns. »Verzeiht unsere rabiate Vorgehensweise, aber wir sind vorsichtig geworden. Nun sprecht.«

»Meine Gefährtin wurde von einem Werwolf gebissen.«

»Sie ist ein gebissener Werwolf?« Mrs Clearwater bekam große Augen.

Wieder nickte Liam. »Und genau deswegen sind wir hier.«

»Wie soll ich euch da helfen können?«

»Wir wollten fragen, ob Ihnen vielleicht ähnliche Fälle bekannt sind? Oder Sie in Ihrem Clan vielleicht jemanden haben, der in letzter Zeit ... na ja ... irgendwie verhaltensauffällig geworden ist?«

»Bedaure, nein. Aber wir haben Ärger mit einem anderen Rudel. Ich könnte mir gut vorstellen, dass es etwas damit zu tun hat.«

»Warum meinen Sie?«, fragte Liam.

»Wenn dem so ist, werdet ihr es schon selbst herausfinden.«

»Können Sie es nicht einfach sagen?«, meldete ich mich auch mal zu Wort.

»Ganz schön vorlaut bist du, Frischling.« Sie bleckte die Zähne. »Aber ich habe schon gehört, dass Gebissene anders sind.«

»Wie darf ich das verstehen?«, fragte ich und hielt ihrem bohrenden Blick stand.

»Ich bin sicher, ein cleveres Mädchen wie du wird das auch allein in Erfahrung bringen ...«

»Und wo finden wir das andere Rudel, mit dem Sie Ärger haben?«, fragte Liam höflich.

»Es hält sich im Flathead National Forest auf.«

»Aber ... liegt der nicht in Ihrem Gebiet?«

»Wie ich bereits sagte: Wir haben Ärger.«

»Und wo *genau* finden wir das Rudel?«, fragte Liam.

Da brach Mrs Clearwater in geiferndes Gelächter aus. »Oh ... lieber Liam. Da macht euch mal keine Gedanken. Sie werden euch finden.«

Mich überkam ein mulmiges Gefühl, da ich nicht genau wusste, wie ich diese Reaktion einzuordnen hatte.

Liam nickte und stand auf. Ich tat es ihm gleich.

»Wir danken Ihnen für Ihre Zeit.«

Mrs Clearwater entließ uns mit einem Kopfnicken und befahl Ray, uns zur Tür zu geleiten. Als wir zur Haustür raus waren, warf er jedem von uns seinen Rucksack in die Arme und verabschiedete sich mit einem wölfischen Grinsen und den Worten »Viel Glück«.

***

»Ich dachte, das sind eure Freunde?«, murmelte ich und rieb mir die Handgelenke von den Fesseln, während wir Richtung Flathead National Forest gingen.

»Das habe ich nie behauptet.«

»Nein? Warum waren wir dann hier?«, fragte ich verdutzt.

»Es hätte ja sein können, dass sie etwas wissen ...«

»Und ein Anruf hätte nicht genügt?«

»Mrs Clearwater beliebt es nicht zu telefonieren«, erklärte Liam.

»Und warum war sie so zickig und hat in Rätseln gesprochen? Hätte sie nicht einfach sagen können, was es mit dem anderen Rudel auf sich hat? Oder beliebt ihr das auch nicht?«, frotzele ich.

Liam grinste und legte seinen Arm um meine Schultern.

»Ich fürchte eher, *ich* beliebe ihr nicht.«

»Und darf man auch fragen warum?«

»Na ja ... ich habe dir doch mal erzählt, dass Werwölfe ein großes Revier benötigen.«

»Ja und?« Mir war nicht klar, was das eine mit dem anderen zu tun haben sollte.

»Wir haben unseres immer weiter vergrößert, so dass sie immer weiter Richtung Norden ziehen mussten.«

Jetzt fiel der Groschen. »Ihr habt sie vertrieben?«

Liam nickte.

»Und dann erwartest du, dass sie uns helfen?! Dummbeutel-Werwolf ...«

»Vorsicht, Liebste. Du sprichst hier mit einem der einflussreichsten Werwölfe der USA. Ein bisschen mehr Respekt bitte!« Trotzdem konnte er sich ein Lachen nicht verkneifen.

Ich rollte mit den Augen und machte eine alberne Fratze, woraufhin er nur noch mehr lachte.

»Meinst du, das stimmt? Ich meine, dass das andere Rudel etwas mit meinem Biss zu tun hat?«, fragte ich nun wieder ernst.

»Ich weiß es nicht, aber wir werden es herausfinden.«

Eine Zeitlang gingen wir schweigend nebeneinander her.

»Liam?«

»Ja?«

»Meinst du, das andere Rudel ist gefährlich?«, fragte ich.

»Ja.«

»JA?!« Stocksteif blieb ich stehen, doch Liam zog mich weiter.

»Jedes Rudel ist gefährlich, wenn du einfach in sein Territorium eindringst.«

»Na toll ... Sollten wir dann nicht lieber hier stehenbleiben und warten, bis sie zu uns kommen?«, schlug ich vor.

»Wozu?«

»Damit sie aus ihrem Territorium rauskommen?!«

»Du stehst bereits mittendrin, Emma«, erklärte Liam und ging seelenruhig weiter.

Ich schluckte. »Woher weißt du das?«

»Du solltest lernen, deine Nase mehr zu benutzen«, tadelte er.

Ich schnupperte. Jetzt, wo er es gesagt hatte, fiel mir neben dem Geruch, den Mrs Clearwater ausgeströmt hatte, tatsächlich noch ein zweiter auf.

»Liam, ich halte das für keine gute Idee ...«, führte ich noch mal an, doch Liam bedeutete mir schlagartig still zu sein. Ich sagte keinen Mucks und versuchte sogar, so unauffällig wie möglich zu atmen. Da hörte ich ein Rascheln hinter mir. Ich drehte mich um und sah, wie etwas hinter einem Busch verschwand. Leider war es zu schnell gewesen, als dass ich erkennen konnte, was es war.

»Hast du das auch gesehen?«, flüsterte ich Liam zu, welcher daraufhin nickte.

»Was war das?« Gänsehaut machte sich auf meinem gesamten Körper breit.

»Ich weiß es nicht«, flüsterte er zurück. »Vielleicht ein Grizzly? Hier gibt es jede Menge davon.«

»Ein Grizzly? Bist du wahnsinnig? Das sagst du mir jetzt erst?« Ich konnte das Entsetzen in meiner Stimme nicht verbergen.

»Emma, wir sind im Yellowstone-Park. Was erwartest du?«, fragte Liam mit einem Kopfschütteln.

»Aber ... aber ... hier gibt es Touristenattraktionen. Die Touris dürften doch im Leben das Gelände nicht betreten, wenn hier Grizzlys frei rumlaufen?«

Doch bevor Liam antworten konnte, hörten wir wieder ein Rascheln. Ich stellte mich näher zu ihm und blickte mich nervös um. Trotz Werwolf-Supergehör hatte ich das Gefühl, das Rascheln kam von allen Seiten.

»Da wo wir sind, laufen auch für gewöhnlich keine Touristen rum. Und jetzt komm weiter.« Liam packte mich an der Hand und zog mich mit sich, doch ich sträubte mich.

»Du willst doch nicht im Ernst weiter in den Wald hineingehen?«, fragte ich fassungslos.

»Warum nicht?«

»Was, wenn der Grizzly uns da auflauert?«

»Was, wenn er immer noch hinter dir ist und darauf wartet, dass du stehenbleibst, damit er dich fressen kann?«, konterte Liam.

»Du bist doof!« Trotzdem ließ ich mich nun bereitwillig mitziehen. Ich hatte nicht gesehen, dass das Ding an mir vorbeigelaufen war, also konnte er mit seiner Vermutung, dass es sich immer noch hinter uns befand, Recht haben.

Das Rascheln wurde lauter und lauter. Nun blieb auch Liam stehen und sah sich um.

»Was ist das nur?«, fragte ich panisch.

»Ich weiß es nicht. Ich kenne den Geruch nicht!«

»Ich habe Angst ...«, wisperte ich.

»Weißt du noch, als ich dir gesagt habe, dass du in Menschengestalt deine Werwolf-Fähigkeiten nicht benutzen darfst?«

»Ja.«

»Vergiss das!« Liam zog mich am Arm und rannte so schnell los, wie er konnte. Ich hatte Mühe und Not, Schritt zu halten, doch meine Angst war ein guter Antrieb, um meine Kräfte zu mobilisieren.

»Was zur Hölle ist das?«, rief ich ihm während des Laufens zu.

Das Rascheln wurde noch lauter. Hinzu kamen dumpfe Schläge und tiefes Schnaufen, so als würde uns etwas ziemlich Großes verfolgen.

Mein Herz überschlug sich und ich machte mir vor Angst fast in die Hose! *Was zum Teufel war das?*

Da sprang Liam zwei Sätze zur Seite und zog mich hinter eine kleine Baumgruppe. Kurze Zeit später donnerten ungefähr ein Dutzend Bisons an uns vorbei. Als ich das sah, atmete ich beruhigt aus.

»Bisons?«, fragte ich mit einem erleichterten Lachen. »Wir sind vor Bisons weggerannt? Als Raubtiere?«

Doch Liam war nicht zum Spaßen zu mute. Er schaute sich immer noch angespannt um. »Nein, Emma«, korrigierte er mich. »Nicht vor den Bisons.«

»Sondern?« Ich lehnte mich gegen einen der Bäume, um verschnaufen zu können.

»Vor der gleichen Gefahr, wovor auch die Bisons weglaufen sind.«

Entsetzt schaute ich ihn an, doch in dem Moment sprang ein riesiger Werwolf auf einen der letzten Bisons und brachte ihn mit einem einzigen Prankenhieb zu Fall.

Ich wollte schreien, doch Liam schlug mir mit der Hand vor den Mund und erstickte somit jeden Laut.

»Sch…«, flüsterte er kaum hörbar. »Wenn wir uns ruhig verhalten, wird er uns vielleicht nicht bemerken.«

Doch! Pfeife! Schreie! Mach dich bemerkbar! Der Werwolf wird sowieso zuerst ihn angreifen, weil er das stärkere Alpha-Tier ist! Und dann sind wir ihn los!

Aber ich war viel zu geschockt, um mich mit meinem Wolf beschäftigen zu können, was ihn zum Glück schnell wieder verstummen ließ. – Ob das die Lösung des Problems war?

»Wir hatten eigentlich auf eure Hilfe gehofft«, sagte er hoch erhobenen Hauptes.

»Du? Der Alpha der Moonhunters braucht unsere Hilfe?«

»Woher weißt du, wer ich bin?«, forderte Liam zu wissen.

»Ich habe schon viel von dir gehört. Und sei mal nicht so vorlaut. Du hast hier nichts zu sagen.«

»Darf ich auch erfahren, wer du bist?«, fragte Liam, die Anweisung von Wolverine außer Acht lassend.

»Man nennt mich Rocks.«

»Angenehm.« Liam hielt ihm die Hand hin, doch Rocks ignorierte ihn.

»Ich frage noch einmal: Was wollt ihr?«

»Wir ... meine Gefährtin wurde gebissen und wir suchen ihren Beißer«, erklärte Liam.

»Sie ist ein gebissener Werwolf? Sieh und staune ... Und du lebst noch?« Wieder ein fieses Grinsen, das über sein Gesicht glitt.

»Was soll das heißen?«, fragte Liam.

»Oh, werter Moonhunter. Ich könnte dir so einiges über gebissene Werwölfe erzählen, aber das wird dich natürlich eine Kleinigkeit kosten ...«

»Das ist egal. Ich zahle jeden Preis«, antwortete Liam knapp.

»Typisch sozialisierter Werwolf. Ich spreche nicht von Geld. Wozu sollte ich hier welches benötigen?«

»Was verlangst du dann?«

»Ich weiß, dass ihr die Clearwaters aus eurem Gebiet vertrieben habt. Hilf uns, sie auch noch aus unserem zu vertreiben und ich sage dir alles, was du wissen möchtest.«

»*Eurem* Gebiet?«, fragte ich und trat neben Liam. »Ich dachte, es gehört den Clearwaters?«

»Das ist Ansichtssache, Schnuckelchen.«

»Das ist Erpressung«, konterte ich.

»Du bist ganz schön frech, Kleine. Vielleicht solltest du mein Tauschgeschäft werden?«

Liam schob mich wieder hinter sich. »Vielleicht sollte ich dir eins vorschlagen? Du sagst mir, was ich wissen möchte und dafür werde ich dem Clearwater-Clan nicht helfen, euch zu vertreiben.«

Rocks machte einen Satz auf Liam zu und war nur noch Zentimeter von seinem Gesicht entfernt. Er knurrte und zeigte ihm die Zähne, doch Liam zuckte nicht mal mit der Wimper.

»Du spuckst ganz schön große Töne, dafür dass du dich in meinem Revier befindest und nicht mal in der Lage bist, dich jederzeit verwandeln zu können«, knurrte Rocks.

»Weil ich weiß, dass du die Konsequenzen scheust. Mein Rudel hätte sicher Lust, hier mal ein bisschen aufzuräumen.«

»Was wagst du dich!«, polterte Rocks los, doch dann ging er zwei Schritte zurück. »Mein Angebot steht, Moonhunter. Schlag ein oder lass es bleiben.«

»Das kommt nicht in Frage, Rocks. Unser Rudel war mit dem Clearwater-Clan lange verfeindet. Ich kann die Fehde nicht wieder aufleben lassen, indem ich ihnen noch mehr Raum wegnehme.«

»Bist du dir sicher?«

»Ich bin gern bereit, mich für deine Info zu revanchieren. Aber diese Sache geht nicht.«

»Du hast sonst nichts, was ich begehre. Dann sieh jetzt besser zu, dass du Land gewinnst, bevor ich mir das mit der Verwandlung noch mal überlege.«

»Haben wir dein Wort, dass wir dein Territorium unbeschadet wieder verlassen können?«, fragte Liam.

»Ich bin froh, ein wildlebender Werwolf zu sein. So bin ich wenigstens nicht so verweichlicht wie du.«

Ich merkte, dass Liam die Zähne zusammenbiss, doch er riss sich zusammen.

»Haben wir dein Wort?«, fragte er noch einmal.

»Ja, du Heulsuse. Und nun schert euch weg! Wenn ihr es euch anders überlegt, wisst ihr ja, wo ihr mich findet.«

Liam nahm mich an der Hand und wir gingen zielstrebig den Weg zurück, den wir gekommen waren, ohne uns noch einmal umzudrehen.

»Meinst du, er hält Wort?«

»Ja.«

»Warum bist du dir da so sicher? Für mich sah er nicht gerade vertrauenserweckend aus«, wandte ich ein.

»Ist er auch nicht.«

»Und was macht dich dann so sicher?«

»Offensichtlich scheint er mich ja gut zu kennen. Und ihm wird klar sein, dass er es, wenn er uns etwas antut, mit meinem Rudel zu tun bekommt.«

»Ich dachte, jeder von euch ist mehr oder weniger auf sich allein gestellt?«, fragte ich.

»Das kann man so nicht sehen. Im Gegenteil: Das ganze Rudel würde sich darum reißen, mir den Arsch zu retten, doch eher, weil sie eine Chance auf meine Entmachtung wittern, als es mir zum Gefallen zu tun. Außerdem hätten sie so einen Grund, unser Territorium zu erweitern und ein großes Territorium ist das Bestreben eines jeden Werwolfs.«

Ich seufzte. Unter diesen Umständen war Liams Gottvertrauen wirklich beachtlich.

Eine Weile gingen wir schweigend nebeneinander her, bis Liam wieder das Wort ergriff.

»Ich kann es einfach nicht fassen …«

»Was?«

»Es ist kein Vollmond und ich habe einen verwandelten Werwolf gesehen.« Liam schüttelte nachdenklich den Kopf.

Meine Gedanken waren nonstop um Rocks gekreist und darüber, was er wohl über gebissene Werwölfe alles wusste und ob er uns auch wirklich gehen ließ, so dass ich den Wolf dabei vollkommen ausgeblendet hatte.

»Ich dachte, wir können uns nur verwandeln, wenn Vollmond ist?«, fragte ich Liam.

»Das dachte ich auch …«

»Wie meinst du, ist es dann möglich?«

»Ich habe nicht den geringsten Schimmer.« Es schien Liam sehr zu wurmen, dass dieser Typ mehr wusste als er.

»Meinst du, du kannst das auch?« Neugierig sah ich ihn an.

»Ich glaube nicht, Emma. Ich wüsste zumindest nicht wie. Es ist ja auch nichts, was man gern freiwillig macht und selbst wenn ich es könnte, würde ich es nicht tun.«

Ich nickte wissend und dachte an die Schmerzen, die man während der Verwandlung durchleiden musste.

»Ich auch nicht«, pflichtete ich ihm bei.

Plötzlich blieb Liam stehen.

»Was ist?«

Da kam er ganz langsam – beinahe katzenartig – näher, bis sich unsere Körper berührten.

»Was ist?«, wiederholte ich meine Frage. Mir wurde unwohl und ich schaute mich um, doch ich sah nichts, was dieses merkwürdige Verhalten rechtfertigen könnte.

»Beweg dich nicht«, so seine wenig zufriedenstellende Antwort.

»Was ...« Doch ich kam gar nicht dazu, den Satz zu Ende zu sprechen. Vor uns im Gebüsch bewegte sich wieder etwas und obwohl es Fell besaß, war mir klar, dass es sich diesmal nicht um einen Bison handelte.

Rocks hatte nicht Wort gehalten. Er würde uns nicht in Frieden ziehen lassen.

Ich schluckte schwer. Das war's also: Ganze 17 Jahre sind wir alt geworden und würden morgen als nächste Opfer in der Zeitung stehen. Genau wie Tyler, genau wie der arme junge Mann oder Amilia.

Zittern schmiegte ich mich an Liam, der schützend seinen Arm um mich legte, doch selbst er konnte in Menschengestalt nichts gegen einen anderen Werwolf ausrichten.

»Er hat gelogen«, presste ich hervor. »Rocks hat gelogen.« Ich wunderte mich selbst darüber, dass ich so fassungslos klang. Denn mal ehrlich: Rocks hatte ja nicht gerade vertrauenswürdig ausgesehen. Trotzdem war es etwas ganz anderes, jemanden einfach nur zu misstrauen, als plötzlich den Beweis dafür zu haben.

»Sieht so aus …«, antwortete Liam tonlos. Er nahm meine Hand und drückte sie.

»Was machen wir jetzt?«, fragte ich.

»Hoffen.«

Das Rascheln wurde lauter. Irgendetwas wälzte sich in dem Gebüsch. Es knurrte. Es knurrte laut!

Ich hielt die Luft an und schickte sämtliche Stoßgebete, die ich kannte, in den Himmel. Doch mir war klar, dass das nichts nützen würde.

Der Busch vor uns bewegte sich und gerade, als ich dachte, ich würde vor Angst sterben, kam etwas heraus: eine junge Frau. Splitterfasernackt.

Liam drehte sich – ganz Gentleman – sofort weg, doch er gab mir mit einer Kopfbewegung zu verstehen, dass ich sie im Auge behalten sollte.

Fassungslos starrte ich die Frau an. Dabei war ich weniger über die Tatsache erschrocken, dass sie vollkommen nackt war, als darüber, dass sie ein Mensch war. Schließlich hatte ich ganz sicher ein tierähnliches Wesen gesehen, was da durchs Gebüsch gehuscht war.

»Wie … wer …«, begann ich, doch sie schnitt mir das Wort ab.

»Ich habe nicht viel Zeit. Rocks darf nicht merken, dass ich euch gefolgt bin.«

»Wer bist du?«

»Ich bin seine Gefährtin und gleichzeitig der Wolf, der für ihn Beute geschlagen hat, als ihr unser Territorium betreten habt.«

»Aber, ich dachte …«

»Du dachtest, ich hätte euch nicht bemerkt?« Sie schnaubte amüsiert. »Rocks hat im Lager erzählt, dass du ein gebissener Werwolf bist und ihr nach Antworten sucht. Ich möchte dich warnen: Du bist eine Gefahr für alle normalen Werwölfe. Dein Biss ist tödlich.«

»Erzähl mir was, was ich noch nicht weiß«, antwortete ich niedergeschlagen.

»Auch wenn du deinen Beißer nicht finden solltest: Es gibt Lösungen. Ihr müsst sie nur suchen.«

»Wo?«

»In Arizona, im Grand Canyon National Park. Rocks war ein liebevoller Partner, bevor er dort Urlaub gemacht hat. Als er wiederkam, war er voll mit Wissen. Und Wissen bedeutet Macht. Seitdem hat er sich sehr zum Negativen verändert«, erklärte sie.

»Warum bleibst du dann bei ihm?«, fragte ich.

»Ich liebe ihn. Und ich hoffe, dass er irgendwann wieder zu seinen Wurzeln zurückfindet.« Sie lächelte leicht.

»Und warum erzählst du mir das alles?«

»Ich bin auch ein gebissener Werwolf und du hast mich an mich selbst erinnert. Ich verstehe deshalb gut, wie verwirrend es ist, plötzlich mit dem Werwolfdasein konfrontiert zu sein.«

»Kannst du uns dann nichts über gebissene Werwölfe erzählen?«

»Ich weiß nicht mehr als du. Rocks behält alles für sich.«

Nun mischte sich Liam ein. »Du sagtest im Grand Canyon National Park. Weißt du etwas Genaueres?«

»Er war am Angels Window am Cape Royal. Nur, ob er seine Informationen von dort hat, weiß ich nicht. Aber ein Versuch ist es wert, oder?«

Plötzlich hob die Frau hektisch den Kopf. »Ich muss weg! Viel Glück!« Sie rannte zurück in das Gebüsch.

»Warte!«, rief ich ihr hinterher. Ich wollte doch noch unbedingt fragen, wie sie sich verwandeln konnte, doch ein Rascheln sagte mir, dass es zu spät war. Kurz darauf folgte ein Knurren und ein Werwolf jagte an uns vorbei in den Wald hinein.

Gedankenverloren sah ich ihm hinterher, bis Liam mir über den Rücken strich.

»Können wir ihr vertrauen?«, fragte ich.

»Haben wir eine Wahl?«, stellte Liam als Gegenfrage.

»Und wenn es eine Falle ist?«

»Das werden wir dann merken ...«

11. Kapitel

Der Rückweg durch den Yellowstone-Park dauerte beschwerlich lang. Liam war der Meinung, wir sollten das Gebiet der Wilden Werwölfe wie auch das der Clearwaters großräumig umgehen, was uns aber leider mindestens fünf Extrastunden Fußmarsch einbrachte. Andererseits war das immer noch besser, als erneut k.o. geschlagen zu werden und sich dann gefesselt auf einem Holzstuhl wiederzufinden, oder diesem übergeschnappten Rocks vor die Füße zu laufen.

Es wurde bereits dunkel, da sah ich endlich unseren Mietwagen.

»Gott sei Dank!«, schnaufte ich und ließ mich sofort dagegen fallen, als wir ihn erreicht hatten.

»Lass uns zum Hotel zurückfahren. Morgen früh fliegen wir dann direkt weiter nach Arizona.«

Ich nickte. Aber ich war auch so müde, dass Liam mir sonst was hätte erzählen können. Ich wäre mit allem einverstanden gewesen, wenn ich nur hätte schlafen können.

Während der Fahrt zum Hotel telefonierte Liam mit dem Piloten. Er erklärte ihm, warum wir unbedingt dorthin mussten, doch soweit ich das aus Liams Antworten schließen konnte, wäre das überhaupt nicht notwendig gewesen. Der Pilot schien gewillt, uns überall hinzufliegen, wo wir hinwollten.

Danach rief er White an, stellte aber das Handy laut, damit ich mithören konnte.

Irgendwie tat Liam mir leid. Er schien mit der Entdeckung, dass es auch Werwölfe gab, die sich ohne den Vollmond verwandeln konnten, völlig überfordert zu sein.

»Hi White, ich bin's!«

»Hallo Liam. Wie geht es euch?«

»Wir haben eine sensationelle Entdeckung gemacht, White. Wir haben Werwölfe gesehen, die sich ohne den Vollmond verwandeln können!«

Einen kurzen Moment sagte White gar nichts, doch dann: »Oh ... das gibt's doch nicht!«

Liam war sofort Feuer und Flamme, doch mir kam die Reaktion des Doktors etwas merkwürdig vor. Irgendetwas sagte mir, dass er nicht halb so überrascht war, wie er eigentlich sein sollte.

»Ich habe auch gedacht, ich sehe nicht richtig! Weißt du, was das heißt, White?«

»Ähm ... nein?«

»Wenn wir in der Lage wären, uns auf freiwilliger Basis zu verwandeln, könnten wir –«

»– die Verwandlung vielleicht sogar unterdrücken?«, beendete ich seinen Satz und sah Liam fragend an, als ich auf den Gedanken kam. War es das, was die Gefährtin von Rocks uns sagen wollte? Von wegen: Es gibt noch andere Lösungen?

»Die Verwandlung zu kontrollieren ist unmöglich«, widersprach White.

»Aber ...«

»Nichts aber, Liam.«

»Warum bist du dir da so sicher?«, fragte ich.

»Meinst du nicht, ich wüsste es? Als Arzt?«

»Vielleicht möchtest du es uns nur nicht sagen?«, konterte ich.

»Emma, was soll das?«, zischte Liam mir zu. »Sorry, White. Die Nerven sind momentan etwas dünn ... Wir waren leider nicht so erfolgreich, wie wir gehofft hatten.«

»Kein Problem, Liam. Seid ihr wieder auf dem Heimweg?«

»Wir wollten ...« Doch Liam hielt mir den Mund zu.

»Wir bleiben noch ein paar Tage und schauen uns noch ein paar Sehenswürdigkeiten an. Dann kommen wir zurück.«

»Viel Spaß euch beiden«, wünschte White.

»Danke! Bye!«, verabschiedete sich Liam.

»Bye!«

»Warum hast du …«, fing ich an, doch ich wurde unterbrochen.

»Meinst du, mir ist nicht aufgefallen, dass er sich immer komischer verhält? Manchmal ist es eben nur besser, die Leute in Sicherheit zu wiegen.«

»Stimmt«, gab ich zu. »Meinst du immer noch, er könnte etwas mit der ganzen Sache zu tun haben?«

Liam sah mich an. »White war stets ein Freund. Aber seit den letzten Geschehnissen bin ich mir da nicht mehr so sicher …«

***

Als wir im Hotel ankamen, hätte man eigentlich meinen können, wir würden über einander herfallen. Immerhin war das schon der zweite Tag, wo wir ganz allein waren. Sprich: ohne, dass eine Mutter eine Etage weiter unter uns war. Doch uns ging beiden viel zu viel durch den Kopf.

Ich war mir sicher, Liam dachte immer noch an den Werwolf, der sich am helllichten Tag verwandelt hatte, während ich mir Gedanken um meinen Beißer machte und darüber, ob wir ihn jemals finden würden.

Was, wenn nicht? Würde ich für alle Zeit ein Werwolf bleiben müssen? Oder gab es eben doch andere Alternativen, um mich von diesem Fluch zu befreien?

Schnell machten Liam und ich uns bettfertig und fielen hundemüde in die weichen Kissen. Ich kuschelte mich an ihn, doch es dauerte nicht lange, da war ich auch schon eingeschlafen.

***

Am nächsten Morgen war Liam bereits auf den Beinen, während ich gegen neun Uhr das erste Mal die Augen öffnete.

»Na? Ausgeschlafen?«, fragte er mich liebevoll und gab mir einen Kuss auf die Stirn. »Ich hab uns gebratenen Speck geholt. Ich hoffe, du hast Hunger?«

Etwas verschlafen rieb ich mir die Augen, doch bei dem Wort »Speck« wurde ich hellhörig. Jetzt erst merkte ich, wie hungrig ich war. Glücklicherweise hatte Liam mengenmäßig für eine ganze Kompanie vorgesorgt, so dass ich mich kugelrund essen konnte. Und da wir allein unter Werwölfen waren, musste ich mir noch nicht einmal stinkendes Brot (Ja, ich empfand es mittlerweile auch als absolut unnötig.) runterwürgen.

Nachdem wir aufgegessen hatten, fuhren wir zurück zum Flughafen. Liam gab den Wagen wieder ab und trug unser Gepäck zum Flugzeug. Der Pilot erwartete uns bereits.

»Ihr wollt nach Arizona?«, fragte er.

»Ja, genau. Zum Flughafen des Grand Canyon National Parks.«

»Sehr wohl, Sir.«

Der Pilot half mir ins Flugzeug, während Liam bereits unser Gepäck verstaute. Dann ging es auch schon los.

Der Flug dauerte zwar nicht so lang wie der erste, doch vier Stunden erschienen mir immer noch zu viel. Ich sah jetzt schon kommen, dass ich, wenn ich wieder in Greenwood war, für immer dort bleiben wollte. Vielflieger würde ich jedenfalls nicht werden. Stundenlanges Sitzen im Flugzeug war einfach nicht mein Ding.

Nach der Landung nahmen wir lediglich unsere Rucksäcke mit. Den Rest ließen wir nach Absprache mit dem Piloten im Flugzeug, da Liam der Meinung war, dass dieses Mal keine Übernachtung nötig war.

Er zauberte eine Karte hervor, die er irgendwo am Flughafen mitgehen lassen hatte und zeigte quer ins Niemandsland.

»Dort müssen wir hin. Da befindet sich das Angels Window.«

Kritisch beäugte ich die Karte. »Das sieht weit aus«, seufzte ich.

»Das ist es auch.«

»Noch mal so lange stillsitzen?«, fragte ich gequält.

Liam nickte.

Wir gingen in Richtung Ausgang und genau wie der Pilot gesagt hatte, konnte man hier Fortbewegungsmittel mieten.

»Wir brauchen einen Wagen«, sagte Liam zu einem älteren dicken Mann, der wie Bud Spencer aussah. »Können Sie uns weiterhelfen?«

»Natürlich«, antwortete dieser höflich. »Ich bin übrigens Bud«, stellte er sich vor und hielt Liam die Hand hin, der daraufhin einschlug.

Ich konnte mir ein Grinsen nicht verkneifen. Ich wusste einfach, dass ich bei meinen vielen Vergleichen irgendwann mal einen Treffer landen würde.

»Wo soll's denn hingehen?«, fragte Bud neugierig.

»Wir wollen zum Angels Window«, antwortete Liam.

»Ein kleiner Ausflug in den Flitterwochen?«, scherzte Bud, doch bevor ich etwas sagen konnte, antwortete Liam.

»Richtig.« Er nahm meine Hand und streichelte sie zärtlich.

Liam war das wahrscheinlich nicht bewusst, aber durch seine Aussage wurde mir ganz warm ums Herz. Sie ließ mich für kurze Zeit meinen Kummer vergessen und ich stellte mir vor, wie es wäre, wenn wir tatsächlich unsere Flitterwochen genießen könnten.

»Seid ihr sicher, dass ihr ein Auto wollt? Ich habe auch einen Hubschrauber und kann euch rüberfliegen.«

»Schon wieder fliegen?«, seufzte ich.

»Es sei denn, ihr möchtet lieber mit dem Auto fahren. Das dauert allerdings gute fünf Stunden, da ihr den kompletten Canyon umständlich umfahren müsstet.«

Ich machte große Augen. Das war ja noch schlimmer!

»Fliegen«, entschied ich daraufhin direkt und Liam schlug bei Bud ein.

»Earl? Übernimmst du hier so lange?«, rief Bud einem anderen Mann zu, welcher gemächlich nickte.

Dann gingen wir zu dem Hubschrauber und waren keine zehn Minuten später schon wieder in der Luft.

Ich schaute aus dem Fenster und ließ meine Gedanken ein wenig schweifen. Flitterwochen mit Liam ... Warum konnte unser Leben nicht einfach mal normal sein?

Doch viel Zeit zum Träumen blieb mir nicht: Nach unglaublichen 15 Minuten waren wir auch schon angekommen.

»Ruft einfach an, wenn ihr zurückwollt. Ich hol euch dann«, verabschiedete sich Bud und flog direkt wieder los, nachdem wir ausgestiegen waren.

»Emma?«

»Ja?«

Liam kam näher und nahm mich in den Arm. »Egal, wie das hier alles ausgeht: Ich hoffe sehr, dass wir irgendwann das Vergnügen von echten Flitterwochen haben werden.« Dann gab er mir einen zärtlichen Kuss, der mich geradezu dahinschmelzen ließ und ich fragte mich, ob er wohl vorhin auch darüber nachgedacht hatte.

»Das ist nicht unbedingt die beste Methode, mich zu einer Kletterpartie durch den Grand Canyon zu motivieren«, neckte ich verführerisch.

»Weil dir spontan so viel schönere Sachen einfallen würden?«

»Ja«, gab ich zu und merkte, wie meine Wangen leicht erröteten.

»Tröstet es dich, wenn ich sage, mir auch?«

Ich lächelte. Und wie mich das tröstete.

Liam reichte mir seine Hand und wir machten uns auf den Weg.

Das Gelände war steinig und staubig, aber das Schlimmste war, dass wir beide keine Ahnung hatten, wonach wir suchten. Oder nach wem. Liams Standardfloskel darauf war immer »nach Antworten«, doch weder er noch ich wussten, wie diese aussahen.

»Mein Wolf hat sich zwischendurch auch noch mal gemeldet«, erzählte ich ihm dann. Das hatte ich vor lauter Aufregung schon wieder völlig vergessen, doch da er seit kurzem sowieso sehr still war, dachte ich nicht unbedingt an ihn.

Ich fragte mich, woran das lag. Ob ich ihn nun endlich im Griff hatte? – Hoffentlich!

»Wann?«

»Als wir bei Rocks waren.«

»Und was wollte er?«, fragte Liam neugierig.

»Er …« Ich stockte.

»Raus damit. Wollte er mich wieder umbringen?«, witzelte Liam.

Ich nickte schüchtern. »Als die Wölfin vor uns die Beute geschlagen hat und du meintest, dass ich still sein soll, wollte er, dass ich laut bin. Er meinte, dass die Wölfin sowieso zuerst auf dich losgehen würde, weil du der stärkere Alpha von uns beiden bist.«

»Dann ist er vielleicht doch gar nicht so dumm, wie du denkst.«

Entrüstet rollte ich mit den Augen, doch Liam grinste nur.

»Wollte er sonst noch was?«

Ich schüttelte mit dem Kopf und wir gingen weiter.

***

Nach ungefähr drei Stunden hatten wir alle möglichen Pfade rund um das Angels Window abgeklappert. Erfolglos.

Deprimiert und erschöpft ließ ich mich auf einen Felsen sinken. Es war alles so hoffnungslos! Wie sollte man etwas finden, wenn man nicht einmal wusste, wonach man suchte?

Liam setzte sich neben mich.

»Was machen wir jetzt?«, fragte ich bedrückt.

»Um ehrlich zu sein, habe ich keine Ahnung, Emma.« Er schaute zu Boden. Eine völlig untypische Geste für ihn.

»Dann endet es wohl hier, oder?«, fragte ich mit zittriger Stimme.

»Ich fürchte, ja ...«

Doch gerade, als wir aufstehen wollten und Liam schon das Handy für die Vereinbarung des Rückflugs gezückt hatte, hörten wir merkwürdige Geräusche.

»Wo kommt das auf einmal her?«

Liam zuckte mit den Schultern. »Lass uns nachsehen.«

Mit neu erwachtem Tatendrang sprang ich auf. Ich weiß, es hätte sonst was sein können, doch mein Gefühl sagte mir, dass wir uns auf einmal auf der richtigen Fährte befanden.

»Komm«, sagte Liam, anscheinend von mir angesteckt, und joggte los.

Das ließ ich mir natürlich nicht zweimal sagen und lief hinterher. Mein Herz hämmerte vor lauter Aufregung, je näher wir dem Geräusch kamen.

Wir mussten ein bisschen klettern – nein, wenn ich ehrlich war, fühlte ich mich schon wie eine Bergziege, nachdem wir uns einen kaum sichtbaren Pfad am Angels Window hinabhangelten, doch es war der richtige Weg. Das Geräusch wurde lauter und lauter.

»Gut, dass wir Werwölfe sind«, japste ich.

»Warum?«

»Als Mensch wäre ich hier nie runtergeklettert. Schon gar nicht ohne Bergsteigerausrüstung.«

Liam lächelte. Er schien tatsächlich neuen Mut gefasst zu haben.

Wir sprangen auf eine kleine Felsplattform und schauten uns um. Das Geräusch war zum Greifen nah, doch ich sah nichts. Da tippte mir Liam auf die Schulter. Hinter dornigem Gebüsch schien eine Höhle zu liegen. Wir näherten uns dieser und kamen wie erhofft dem Geräusch noch näher.

Liam hielt das Gestrüpp beiseite und rief hinein. »Hallo?«

Niemand antwortete.

»Und wenn es ein Tier ist?«, gab ich zu bedenken.

»Ein Tier, das hämmert oder was auch immer?«

»Ein Gürteltier?«

Liam schielte mich an. »Das in einer mannshohen Höhle lebt? Hast du überhaupt schon mal ein Gürteltier gesehen? Und nur, weil es Gürteltier heißt, bedeutet das noch lange nicht, dass es irgendwas mit Handwerk zu tun hat. Es ist schließlich ein *Tier.*«

Ich verdrehte die Augen. Das wusste ich selbst.

»Klugscheißmodus an, Klugscheißmodus aus«, kommentierte ich, jedoch mit einem Lächeln, welches Liam ebenso erwiderte.

»Hallo? Ist da jemand?«, rief Liam erneut.

Da sich immer noch keiner meldete, ging ich einfach hinein.

»Emma, du kannst doch nicht …«

»Warum? Hat der große böse Wolf Angst vor der Dunkelheit?«, foppte ich.

»Der große böse Wolf wird dich gleich übers Knie legen«, knurrte Liam zurück.

»Wenn du das Echo vertragen kannst.«

Liam zog lasziv eine Augenbraue nach oben. »Darauf lasse ich mich gerne ein.«

Aus welchem Grund auch immer: Die Stimmung hatte sich schlagartig gebessert. Egal, ob wir hier überhaupt richtig waren oder nicht. Aber wenigstens etwas in dieser Einöde gefunden zu haben, machte uns glücklich. *Hoffnung* machte uns glücklich.

Ich schritt weiter voran. Liam folgte mir.

»Hallo?«, rief nun auch ich, da verstummte das Geräusch plötzlich. Es dauert eine kurze Zeit, da sahen wir in der Dunkelheit gelbgrüne Augen aufleuchten. Dazu kam ein dumpfes Knurren.

»Oh. Scheiße«, war alles, was mir dazu einfiel.

»So viel zu deinem Gürteltier«, flüsterte Liam.

Die Augen kamen Schritt für Schritt näher, während Liam und ich in derselben Geschwindigkeit rückwärtsgingen.

»Was machen wir jetzt?«, wisperte ich.

»So weiter, bis wir draußen sind.«

Zum Glück waren wir noch nicht weit in die Höhle hineingegangen, und somit nach wenigen Schritten wieder am Eingang. Licht fiel in den Eingangsbereich und enthüllte das Tier zu den gelbgrünen Augen. Ein alter oder vielmehr uralter grauer Werwolf kam zum Vorschein, der für einen solchen zwar ziemlich gebrechlich aussah, aber immer noch in der Lage gewesen wäre, uns mehr als nur ein Haar zu krümmen.

»Werter Herr«, begann Liam.

»Meinst du, der versteht uns?«, flüsterte ich.

»Wenn er seinen Geist nicht kontrollieren könnte, wären wir schon längst Hackfleisch. Also gehe ich mal davon aus«, zischte Liam zurück. Dann wandte er sich wieder an den Wolf. »Es tut uns leid, dass wir Sie gestört haben. Das war nicht unsere Absicht.«

Der Wolf kam näher, die Reißzähne gefährlich gebleckt.

»Wir suchen etwas und hatten gehofft, dass wir es hier finden würden.«

Daraufhin drehte der Wolf sich um und machte zwei Sätze in die Höhle zurück, dann kam ein alter nackter Mann aus der Höhle.

Dieses Mal verdeckte *ich* mir die Augen. Dass diese Werwölfe alle kein Schamgefühl besaßen! Wenn es sich wenigstens um einen heißen Kerl wie Liam gehandelt hätte, aber nein. Es musste ein Typ sein, dessen Konsistenz auf der einer Trockenpflaume basierte. Trotzdem musste ich zugeben, dass man unter seiner schrumpeligen Haut immer noch ordentlich Muskeln erkennen konnte.

»Was hast du gesagt?«, fragte der alte Mann. »Seid ihr hier, um meine Geheimnisse zu stehlen?«

»Ähm … nein…«

»Das hat schon mal einer gesagt!«, fuhr der Werwolf Liam an.

»Mister, meine Gefährtin ist von einem Werwolf gebissen worden. Und …«

»Das hat auch schon mal einer gesagt! Ich verrate euch meine Geheimnisse nicht. Seht zu, dass ihr Land gewinnt, sonst verwandele ich mich wieder.«

»Das hat auch schon mal einer gesagt«, entgegnete Liam.

Der Alte stutzte. »Was?«

»Dass man sich zurückverwandeln und uns zerfleischen will. Diese Drohung haben wir gestern schon gehört.«

Der Alte musterte uns. »Dafür kommen nur eine Handvoll Leute in Frage. Und davon auch nur einer, dem ich sowas zutraue.«

»Ich spreche von Rocks«, klärte Liam ihn auf.

»Was habt ihr mit ihm zu schaffen?«

»Gar nichts. Wir sind auf der Suche nach jemandem und hatten auf Hilfe gehofft, doch er war nicht besonders kooperativ.«

»Das sieht ihm ähnlich. Das Wissen, das ich ihm gegeben habe, hat ihn arrogant gemacht. Aber auch paranoid. Also egal, was ihr wissen möchtet, ich werde es euch nicht sagen.«

»Wir wollen Ihnen Ihre Geheimnisse gar nicht entlocken. Wir haben nur eine Frage und hoffen, dass irgendjemand etwas darüber weiß.«

Der alte Mann ging in seine Höhle zurück.

Zuerst waren wir unschlüssig, ob wir ihm folgen sollten, doch nachdem er weiter mit uns sprach, hielten wir das für eine Art Einladung.

Liam folgte ihm, doch ich zögerte noch einen kurzen Augenblick. War das wirklich clever? Einem Werwolf in seine Höhle zu folgen und sich damit jegliche Fluchtwege selbst zu nehmen?

Ich beschloss für mich, dass es tatsächlich mehr als dumm war. Doch es sah so aus, als würde mir nichts anderes übrig bleiben.

Umso tiefer wir in die Höhle gingen, desto wohnlicher sah es darin aus. Auch wenn alles sehr karg und kahl wirkte, besaß der alte Mann immerhin einen Tisch, eine Couch und ein, zwei Sessel. Zudem hatte er eine Kochstelle und auf dem Boden lag ein Schleifstein, mit einem großen Messer daneben. – Aha. Das war also das Geräusch, welches wir vorhin gehört hatten. Jetzt, wo ich ein Bild dazu hatte, erkannte ich es wieder.

Vorsichtig sah ich mich weiter um und entdeckte sogar ein paar Bilder an der Wand. Nein, keine Höhlenmalereien. Richtige Bilder von traumhaft schönen Landschaften. Er war wohl doch kein so wildes Tier, wie ich anfangs gedacht hatte.

Der Alte setzte sich auf die Couch und bat Liam und mich auf den Sesseln Platz zu nehmen.

»Verzeiht, dass ich keine konventionellen Erfrischungsgetränke hier habe, aber Besuch ist doch eher selten. Wenn ihr mögt: Da hinten findet ihr eine Quelle mit Frischwasser.«

»Danke«, erwiderten Liam und ich unisono, doch keiner nahm das Angebot an.

»Wer seid ihr überhaupt? Und wie konntet ihr mich finden?«

»Mein Name ist Liam Hunter und das ist meine Gefährtin Emma. Eine Wölfin der Wilden Wölfe hat uns gesagt, dass wir hier Antworten bekommen.«

Der Alte nickend wissend, dann fragte er: »Liam Hunter? Von den Moonhunters?«

»Ihr kennt euch?«, fragte ich überrascht.

»Nicht, dass ich wüsste«, verneinte Liam und der alte Mann schüttelte ebenfalls den Kopf.

»Nein. Wir kennen uns nicht. Aber unsere Territorien grenzen aneinander, deswegen weiß ich, wer die Moonhunters sind. Und ich weiß auch, dass man euch besser nicht in die Quere kommt. Wer hat diesen Frevel also gewagt?«

»Das hofften wir von Ihnen zu erfahren.«

»Ich soll dir sagen, wer dein Weibchen gebissen hat?«

»Na ja, nicht direkt. Wir hatten gehofft, dass Sie vielleicht irgendetwas wissen oder gehört haben. Vielleicht von einem Wolf, der aus Spaß Menschen beißt, oder so? Oder ein außer Kontrolle geratenes Jungtier oder irgendetwas?«

Doch der Alte schüttelte erneut mit dem Kopf. »Tut mir leid euch enttäuschen zu müssen. Ich weiß, dass es in eurem Territorium in der letzten Zeit viele Verwandlungen gab, doch wer dafür verantwortlich ist, kann ich euch nicht sagen.«

»Sie wissen wirklich gar nichts?«, fragte ich noch mal nach, obwohl mir die Antwort bereits klar war. Trotzdem hatte ich die Hoffnung, dass er sich vielleicht an irgendeine Kleinigkeit erinnern könnte.

»Nein, Kleines.«

Meine gute Laune, die vorhin in mir aufgeflammt war, schien auf einmal wie weggeblasen. Es schnürte mir die Kehle zu und meine Augen begannen zu brennen. Musste ich jetzt tatsächlich für immer ein Werwolf bleiben? Ein gefährliches Monster, das in seinem Wahn unschuldige Leute umbrachte?

Liam schien zu spüren, was mir durch den Kopf ging. Er nahm mich wortlos in die Arme und drückte mich fest an sich, jedoch verschlimmerte es die Sache eher, als dass es sie verbesserte. Nun konnte ich mich nicht mehr zurückhalten. Die Tränen rannen mir geradezu sturzbachartig die Wangen hinunter und ich drückte mein Gesicht schluchzend an seine Schulter.

Der Alte sah uns mitleidig an.

»War ich eure letzte Hoffnung?«, fragte er.

»Ja«, antwortete Liam und seine Stimme klang furchtbar traurig.

»Und auch der Arzt in eurer Nähe konnte euch nicht helfen?«

»Er ist immer noch dabei, Emmas Blut mit den Werwölfen, die bei ihm in Behandlung sind, zu vergleichen, doch es sind unheimlich viele«, erklärte Liam.

»Vielleicht sollte er mit den Versuchskaninchen anfangen?«

»Versuchskaninchen?« Liam stockte und auch ich hob den Kopf.

»Na ja, du weißt schon. Er war doch schon immer total besessen davon, ein Heilmittel gegen Lykantrophie zu finden und nachdem die jahrelange Sekundärforschung nichts gebracht hat, hat er begonnen selbst Experimente durchzuführen. Und wie ich gehört habe, sollen die nach und nach immer weniger den ethischen Grundsätzen entsprochen haben.«

»Wollen Sie damit sagen, er hat Versuche mit Menschen gemacht? Woher wissen Sie das?«, fragte Liam schockiert.

»White und ich waren mal gut befreundet, doch nach und nach zog er sich immer mehr zurück und als mir seine Versuche zu abstrus wurden, habe ich mich von ihm abgewandt. Ich kann gar nicht glauben, dass du das nicht wusstest.« Skeptisch sah der alte Mann Liam an, welcher daraufhin betroffen den Kopf schüttelte.

»Nein, ich wusste es wirklich nicht.«

»Na ja, um ehrlich zu sein hatte ich mich schon gewundert, dass ihr das duldet.«

»Ich fasse es nicht. Es war doch White.« Liam machte eine kurze Pause. »Dieses Schwein!«, brüllte er dann, so dass sogar der alte Werwolf ein Stück vor ihm zurückwich. »Warum hat uns das niemand gesagt? Das ist doch mit Sicherheit nicht legal!«

»Na ja, die Moonhunters sind das stärkste Rudel in der USA. Wer hätte euch denn daran hindern sollen?«

Liam schüttelte fassungslos den Kopf. »Wir danken Ihnen vielmals«, sagte er und gab dem Alten die Hand. »Es tut mir leid, dass wir nicht länger bleiben können, aber wir müssen jetzt jemanden besuchen.«

Der Alte nickte wissend. Ich verabschiedete mich ebenfalls und beeilte mich, Liam hinterherzukommen, der schon im Begriff war, die Höhle zu verlassen.

»Hey, warte doch mal!«, rief ich ihm zu, doch Liam hatte bereits das Handy am Ohr.

»Können Sie uns abholen? Jetzt? Danke!« Dann wählte er die nächste Nummer. »Liam Hunter hier. Wären wir in ungefähr einer halben Stunde abflugbereit? Bestens! Bis gleich.«

»Liam! Warte auf mich«, brüllte ich noch mal und er blieb endlich stehen.

»Tut mir leid, Liebste. Ich bin nur so in Rage und in Bewegung kann ich meine Aggressionen am besten abbauen.« Er gab mir einen Kuss. »Ist das zu fassen? Hat uns dieser alte Sack die ganze Zeit an der Nase herumgeführt! Ich bin so wütend!«

Liam und ich kletterten den schmalen Pfad zum Angels Window wieder hinauf und eilten zurück zu dem Platz, wo uns der Hubschrauber zuvor rausgelassen hatte. Es dauerte nicht lange, da landete er bereits und sammelte uns wieder ein.

»Und? Wie waren die Flitter ... äh ... stunden?«, fragte Bud leichthin.

»Hervorragend«, knurrte Liam. Dies wirkte jedoch so unfreundlich, dass Bud sich nicht traute, noch irgendetwas zu sagen, obwohl ich ihm genau ansah, dass er sich fragte, warum wir schon wieder zurückwollten. Er dachte bestimmt, wir hätten uns gezofft. Und so wie Liam gerade drauf war ...

Am Grand Canyon Airport angekommen sprang Liam aus dem Heli, half mir heraus und zog mich mit zu unserem Flugzeug. Wie versprochen wartete auch dessen Pilot bereits auf uns.

»Haben Sie gefunden, nach was Sie suchten, Mr Hunter?«, fragte er höflich.

»Mehr oder weniger. Es war direkt vor meiner Nase und ich war zu dumm, es zu sehen«, antwortete er grantig, während ich entschuldigend lächelte.

»Kannst du dich jetzt bitte ein bisschen zusammenreißen? Die Leute können auch nichts dafür«, schalt ich ihn.

Liam sah mich an und seine gerade noch gelbgrün blitzenden Augen wurden wieder dunkel und weich.

»Du hast ja Recht. Es tut mir leid. Nichts für ungut, Mister«, entschuldigte Liam sich bei ihm, doch dieser winkte ab. Als Pilot von Mrs Benett kannte er gewiss die Launen der Werwölfe.

»Wie lange wird der Flug dauern?«

»Acht Stunden, Sir.«

»Acht Stunden? Kann dieses Teil nicht schneller fliegen?«

»Ich fürchte nicht, Sir. Außerdem müssen wir zweimal tanken.«

Liam schnaubte.

»Das ist überhaupt kein Problem«, mischte ich mich ein, da der Pilot nun ein wenig ängstlich wirkte. »Ein bisschen Ruhe würde uns guttun.«

Der Pilot nickte und bedeutete uns einzusteigen. Wir nahmen Platz und in kurzer Zeit erhob sich der Flieger in die Lüfte. Praktisch, so ein Privatflugzeug, dachte ich. Ich schaute aus dem Fenster und sah, wie wir langsam an Höhe gewannen.

Liam wählte zum x-ten Mal eine Nummer, doch der Betreffende ging wieder nicht dran.

»Wen versuchst du eigentlich die ganze Zeit so vehement anzurufen?«, fragte ich neugierig.

»Na wen schon. White natürlich.«

»Ich glaub, das kannst du dir ab jetzt sparen. Außerdem: Sollte man nicht die Handys im Flugzeug ausmachen? Gerade bei Start und Landung?«

»Ach, Blödsinn. Das war, weil die Flugsysteme früher störanfällig auf Funkstrahlen reagierten. Heutzutage sind sie aber immun dagegen.«

»Mir wäre es trotzdem lieber, du machst es aus. Solange du nämlich nur ein Werwolf bist und keine Fledermaus, die uns im Notfall mit ihrem Radar navigieren kann, halte ich das für sicherer.«

Liam sah auf sein Handy. »Es funktioniert sowieso nicht mehr. Wir sind zu hoch«, murrte er, schaltete es dann aber wie befohlen aus.

Ich lächelte beruhigt und kuschelte mich an ihn. Liam schaute nachdenklich aus dem Fenster.

»Liam?«

»Ja?«

»Was glaubst du, wie White mich infizieren konnte? Er ist doch gar kein Alpha, oder? Und warum mich? Ich kannte ihn doch gar nicht.«

»Ich habe keine Ahnung, Emma. Vielleicht ist White auch einem anderen Wolfsrudel beigetreten und hat dort die Alpha-Stellung erlangt? Wie gesagt, ich habe ihn schon lange nicht mehr in Werwolfgestalt gesehen und da in einem Werwolfsrudel sowieso eher jeder für sich ist, ist das natürlich schwer zu kontrollieren.«

»Aber hättest du das dann nicht an ihm riechen müssen?«

»Normalerweise schon. Doch er ist Arzt, Emma. Noch dazu einer, der vor verbotenen Versuchen nicht zurückschreckt. Wer weiß, was er für Mittel und Wege gefunden hat, dies zu verheimlichen. Immerhin hat er es geschafft, uns auch in anderen Belangen die ganze Zeit an der Nase herumzuführen.« Nachdenklich hielt er kurz inne. »Doch warum er ausgerechnet dich auserwählt hat? Vermutlich war das reine Willkür. Das berühmte Zur-falschen-Zeit-am-falschen-Ort-Sein, weißt du?«

Ich nickte betrübt. »Was glaubst du, was er für Experimente gemacht hat?«

»Auch das weiß ich nicht, Emma. Und ich bin immer noch entsetzt darüber, dass er uns so schamlos angelogen hat. Ich hätte mehr auf meinen Instinkt, anstatt auf die Meinung meiner Eltern vertrauen sollen.«

Sanft streichelte ich seinen Arm. »Meinst du, ich bin eins seiner Experimente?«

»Warum meinst du?«

»Na ja ... der Alte sagte, White habe krampfhaft versucht, ein Heilmittel zu finden. Und ich bin giftig für euch ... Vielleicht hat er gedacht, dass er es mit meiner Hilfe herstellen kann?«

Liam legte den Arm um mich. »Das wäre schon möglich. Immerhin hat er dir nicht gerade wenige Blutproben abgenommen.«

Ich seufzte. Daran erinnerte ich mich noch gut. »Außerdem wollte er alles ganz genau wissen. Wie ich mich fühle, wie es ist, wenn ich mich verwandle und so weiter«, fügte ich hinzu.

»Und ich Vollidiot hab dich direkt zu ihm gebracht!« Liam schlug sich mit der Hand vor die Stirn. »Wie kann man nur so dumm sein. Ein Alpha sollte seine Gefährtin beschützen. Nicht ausliefern.«

»Das konntest du doch nicht wissen«, versuchte ich ihn zu beruhigen.

»Spätestens als das erste Mal der Verdacht aufkam, hätte ich Nägel mit Köpfen machen müssen. Meine Mom hat Recht: Ich bin noch zu weich für die Rolle eines Anführers.«

»Ich finde es perfekt, wie du bist und ich möchte gar nicht, dass du so ein herzloser Alpha-Wolf wirst.« Ich küsste ihn zärtlich, was Liam nur allzu gern erwiderte. »Außerdem ist es jetzt eh nicht mehr zu ändern und wir wissen das, was nötig ist, um alles wieder ins Lot zu bringen.«

»Ich verspreche dir, Emma, dass dies ab jetzt oberste Priorität hat. Ich werde dir dein altes Leben wieder schenken. Koste es, was es wolle.«

Dankbar sah ich ihn an, auch wenn ich Wehmut verspürte, denn erst nach Liams letztem Satz begann ich darüber nachzudenken, was das eigentlich für ihn bedeutete. Er würde jemanden umbringen müssen. Oder dem Gremium ausliefern, die das dann erledigten. Wegen ihm. Und nicht nur irgendjemanden, sondern einen – wie ich den Eindruck hatte – ehemals guten Freund.

Andererseits hatte White sich so einiges geleistet. Er hatte Menschen auf dem Gewissen, Menschen, die sich seinetwegen das Leben genommen hatten. Und vorher Versuche mit ihnen zu machen war sowieso unterste Gürtellinie. Ich bekam ja schon einen Tobsuchtsanfall, wenn ich von Tierversuchen hörte. Aber das? Völlig indiskutabel!

Dann fragte ich mich plötzlich, inwiefern ich ihn verurteilen konnte. Wollte ich dieses Virus nicht selbst schnellstmöglich aus dem Körper haben? Was, wenn es ihm genauso ging? Wenn er selbst versehentlich jemanden umgebracht hatte und damit einfach nicht klarkam? Oder stattdessen andere Werwölfe vor solch einer Gräueltat einfach nur bewahren wollte?

Ich war hin- und hergerissen: Einerseits wollte ich nichts lieber als wieder ein ganz normaler Mensch zu werden. Dabei schien das Werwolfdasein an sich ja gar nicht so schlimm. Es hatte durchaus seine Vorteile. Doch die Gewissheit, dass ich einmal im Monat Sachen tat, an die ich mich hinterher nicht mehr erinnern und die ich vor allem nicht beeinflussen konnte, war schier unerträglich. Einfach ein ekelhaftes Gefühl. Schwer zu beschreiben. Man fühlte sich schmutzig und hilflos und man redete sich ein, dass gar nichts passiert sei. Doch dann saß einem ein kleines Teufelchen auf der Schulter, das Zweifel streute. – Wenn es der Werwolf nicht sogar selbst tat, falls er noch mal auftauchen sollte.

Und dann war da natürlich noch Liam. Liam, der meinetwegen zum Mörder werden sollte? Als ich mir diesen Umstand das erste Mal so richtig bewusst machte, kam es mir bald hoch.

War ich eigentlich verrückt geworden? Was verlangte ich da von ihm?

»Liam?« Ich wollte mit ihm darüber reden, doch da merkte ich, dass er eingenickt war. So verschob ich unser Gespräch auf später und ließ ihn lieber schlafen. Wir hatten einen anstrengenden Tag hinter uns und wie ich Liam kannte, hatte er bis jetzt sowieso kaum ein Auge zugemacht. Das sollte er jetzt ruhig nachholen.

Ich kuschelte mich an ihn und merkte, dass ich ebenfalls hundemüde war …

12. Kapitel

»Sir? Miss? Wir wären angekommen ...«, weckte uns der Pilot.

Ich blinzelte verschlafen mit den Augen und auch Liam reckte sich. Da wir gestern Abend losgeflogen waren und einschließlich zwei Tankstopps laut des Piloten fast zehn Stunden gebraucht hatten, war es bereits wieder früher Morgen als wir landeten. Glücklicherweise waren die Sitze in dem Flugzeug relativ bequem gewesen, so dass wir mehr oder minder durchgeschlafen hatten und nun frisch erholt ans Werk gehen konnten.

»Danke, Mister«, erwiderte Liam mit leicht schläfriger Stimme, stand auf und half mir hoch. »Wir werden uns äußerst lobend über Sie bei Mrs Benett äußern.«

»Haben Sie vielen Dank, Sir.«

Liam steckte ihm ein paar Scheinchen zu, dann bedeutete er mir voranzugehen, während er sich noch die Koffer reichen ließ.

»Und jetzt? Ab zu White?«, fragte Liam.

»Ähm ... Liam ... darüber wollte ich noch mit dir reden.«

»Das können wir auf der Fahrt dorthin machen.«

Mir war klar, dass Liam sich jetzt sowieso nicht von seinem Vorhaben abbringen lassen würde, deswegen ließ ich ihn gewähren und nahm mir vor, es einfach während der Autofahrt anzusprechen. Wenigstens konnte ich ihn noch dazu überreden, uns eine heiße Schokolade und eine Kleinigkeit zum Frühstücken zu holen, um meinen knurrenden Magen zu besänftigen.

Schließlich gingen wir zu Liams Wagen, den er auf einem Parkplatz am Flughafen stehengelassen hatte, stiegen ein und fuhren los.

»Liam?«

»Ja?«

»Ich glaube, ich möchte nicht, dass du das tust.« Ich musste zugeben, es fiel mir schwer, das zu sagen, war es ja eigentlich mein sehnlichster Wunsch, doch es wäre Liam gegenüber nicht fair gewesen.

»Was?«, fragte er.

»Du weißt schon ... das mit White ...«

»Emma, ich habe meine Pflichten als Alpha viel zu lange vernachlässigt.«

»Ich möchte aber nicht, dass du meinetwegen zum Mörder wirst!« So emotional sollte es gar nicht rüberkommen, doch offenbar machte es mir mehr aus, als ich gedacht hatte.

»Ich bin dir dankbar, dass du mich davor bewahren möchtest. Aber du bist nicht der einzige Grund, warum ich das tun muss.«

»Ach nein?«, fragte ich überrascht. »Ich bin doch die einzige Überlebende unter den gebissenen Werwölfen. Und wenn ich darauf verzichte? Ich kann mich mit der Situation schon irgendwie arrangieren. Jedenfalls besser als damit, dass du meinetwegen einen Freund der Familie umbringen musst.«

»Darum geht es nicht. Jedenfalls nicht nur. Wenn die anderen Wölfe merken, dass ich nicht durchgreife und sogar Verrat dulde, was glaubst du, wie loyal das Rudel bleibt?«

»Loyalität auf der Basis von Angst ist aber auch nicht besonders erstrebenswert«, warf ich ein.

»Es tut mir leid, Emma. Aber davon hast du keine Ahnung. Wenn ich es nicht tue, werde ich demnächst am laufenden Band herausgefordert und muss meinen Rang behaupten. Wäre dir das lieber?«

Ich schüttelte den Kopf. Natürlich war mir nicht lieber, wenn Liam in Zukunft jeden Vollmond um seine Position kämpfen musste. Schließlich könnte er dabei verletzt werden! Zumal er sich ja gar nicht bewusst dagegen wehren konnte, sondern sich rein auf seine Instinkte verlassen musste. Trotzdem widerstrebte mir sein Vorhaben.

»Na siehst du. Außerdem ist White kein Freund mehr. Er hat sein Bestes gegeben, um diesen Status zu verlieren. Er kennt die Regeln der Werwölfe. Er wusste genau, was er tut und hat sich bewusst dafür entschieden.«

Da mir nichts mehr einfiel, was ich dazu noch sagen sollte, schwieg ich lieber, trank meinen Kakao und futterte mein Frühstück in Form eines Stücks Fleischwurst. Ich sollte die verbleibende Zeit lieber nutzen, mich seelisch und moralisch auf das Kommende vorzubereiten. Insofern das überhaupt möglich war.

Auch Liam schien sich seine Gedanken zu machen und schwieg während der restlichen Autofahrt. Ob sie nun davon handelten, dass er gleich einen langjährigen Weggefährten umbringen musste, oder davon, wie er es tun sollte, blieb mal dahingestellt. Grundsätzlich hätte ich mich weder mit dem einen noch mit dem anderen gern beschäftigen wollen.

Erst als das Auto zum Stillstand kam, merkte ich, dass wir bei Whites abseits gelegenem Häuschen angekommen waren. Ich war so in Gedanken versunken, dass ich das gar nicht registriert hatte.

»Kommst du mit?«, fragte Liam.

Mit? Und ihm dabei Gesellschaft leisten? Never!

»Ich möchte das lieber nicht sehen, Liam«, lehnte ich ab.

»Was?«

»Na ... wie du ihn ...« Ich stockte. Vielleicht brauchte er ja da drinnen meine Hilfe? Wer weiß, zu was der verrückte Doktor fähig war?

Doch Liam sah mich ganz entgeistert an. »Jetzt?! Um Himmels willen, Emma. Für wen oder was hältst du mich?!«

»Aber ... wolltest du nicht ...?«, fragte ich vorsichtig.

»Ich werde ihn jetzt herausfordern und den Rest werden wir beim nächsten Vollmond in Werwolfgestalt klären.«

Ich atmete erleichtert aus. »Dann komm ich doch mit«, entschied ich. Vielleicht konnte ich die Wogen ja doch noch irgendwie glätten? »Eine Frage muss ich aber noch loswerden: Wie willst du ihn überhaupt herausfordern, wenn du deinen Geist im verwandelten Zustand gar nicht unter Kontrolle hast?«

»Das ist leicht. Ich muss vor dem nächsten Vollmond einfach seinen Geruch noch mal tief einatmen und mich während der Verwandlung darauf konzentrieren – schon finde ich ihn als Werwolf ganz von alleine wieder.

Und da ein Werwolf von Natur aus eher angriffslustig ist, bedarf es keiner großen Überredungskunst, ihn dazu zu bringen.«

Ich nickte verstehend. So etwas Ähnliches hatte mir mein Werwolf ja bereits auch schon mal vorgeschlagen.

Wir verließen das Auto und gingen die Treppe zum Haus hinauf, doch White kam uns dieses Mal nicht entgegen. Ob er bereits wusste, was wir herausgefunden hatten und sich deshalb nicht blicken ließ? Oder ob er drinnen auf uns wartete, um uns ...

Ich schluckte bei diesem Gedanken und mir wurde ganz flau im Magen. Darüber hatte ich ja noch gar nicht nachgedacht. Wenn White seine jahrelange Forschung so wichtig war, dass er dafür sogar Menschenleben opferte, würde er garantiert nicht kampflos alles so aufgeben. Oder anders ausgedrückt: Zwei mehr oder weniger machten da auch nichts mehr aus.

Liam hämmerte gegen die Haustür. »White? Mach auf«, brüllte er. Wieder ein Hämmern. »Sofort!« Doch nichts rührte sich.

»Liam, ich glaube, wir sollten besser gehen«, sagte ich besorgt, doch dieser sah mich verständnislos an.

»Ich zähl bis drei, White! Wenn du bis dahin nicht aufgemacht hast, verschaff ich mir Zutritt«, drohte er.

Ich musste gestehen, Liams autoritäre Art ängstigte mich ein bisschen, doch gleichzeitig machte ihn das auch unheimlich sexy. Ein Mann, der wusste, was er wollte! Es war ein tolles Gefühl zu wissen, dass ich zu ihm gehörte.

»Drei ... zwei ... eins.« Liam schlug mit beiden Handballen gegen die Tür und machte sie damit im wahrsten Sinne des Wortes dem Erdboden gleich.

Entsetzt schaute ich auf die Tür, die aus den Angeln geflogen war. Dann wieder zu Liam, der darüber hinweg ins Haus hineinging.

»White? Zeig dich! Du wirst sowieso nicht drum herum kommen!«

Doch der Doktor war nirgends zu sehen.

Vorsichtig folgte ich Liam, der bereits von Zimmer zu Zimmer eilte und überall Whites Namen brüllte. Doch dieser schien tatsächlich nicht zu

Hause zu sein. Merkwürdig, da immer noch alles sehr intensiv nach Werwolf roch.

Während Liam am Eingang nach links gegangen war, zog mich ein zweiter fremdartiger Geruch nach rechts. Es war nur eine ganz feine Note, kaum wahrnehmbar. Deswegen war sie Liam vermutlich nicht direkt aufgefallen. Doch aus irgendeinem Grund weckte sie mein Interesse. Ich schnupperte noch einmal und beschloss, selbst auf Erkundungstour zu gehen.

Langsam aber sicher folgte ich der immer stärker werdenden Spur in eine Art Wohnzimmer. Es war nicht der Raum, in dem White mich damals behandelt hatte. Lediglich eine alte, fleckige Couch und ein Tisch hatten als spärliches Mobiliar darin Platz gefunden, doch ich entdeckte noch etwas anderes. Etwas, das mir einen kalten Schauer über den Rücken jagte und mich erschrocken aufschreien ließ.

»Emma? Was ist los?«, rief Liam und kam sofort herbeigeeilt. Wortlos zeigte ich auf den Boden, der voller Blut war. Ähnlich wie die Couch, bei der man jedoch erst nach genauerem Hinsehen erkannte, dass die dunklen Flecken Blutspritzer sein mussten.

»Was ist hier passiert?«, fragte ich ängstlich, doch anstatt einer Antwort durchmaß Liam den Raum und ging hinüber zu dem Wohnzimmertisch, auf dem ein Kästchen mit Karteikarten stand. Eine davon lag separat, ebenfalls mit Blut verschmiert. Liam las darauf und versteifte sich.

»Was ist?«, wollte ich wissen, doch Liam hatte den gleichen Zustand angenommen wie damals, als er festgestellt hatte, dass ich doch ein Werwolf geworden war.

Als er sich nicht regte, ging ich zu ihm, um ihm die Karteikarte abzunehmen, doch er hielt sie mir bereits freiwillig vors Gesicht.

Es war die Krankenakte einer ehemaligen Patientin. Um genau zu sein: einer Werwölfin. Was mich aber am meisten schockierte: Ich kannte die Person und ich wusste sogar, wo sie wohnte.

Ich schluckte laut. Dann flüsterte ich: »Das ist Mrs Davis. Meine Keksoma.« Ich konnte regelrecht spüren, wie mir die Farbe aus dem Gesicht wich.

»Wir müssen sofort zu ihr«, sagte Liam und schob mich vor sich her. Ich war immer noch viel zu perplex, um selbst irgendeine Regung zeigen zu können.

Meine Keksoma war ein Werwolf?! Das konnte nicht sein!

»Los, Emma! Wer weiß, was er mit ihr vorhat!«

Diese Worte brachten mich schlagartig in die Realität zurück und ich rannte mit Liam zu seinem Wagen. In Windeseile sprang ich auf den Beifahrersitz und in Nullkommanichts waren wir auch schon losgefahren. Dumm nur, dass wir ein gutes Stück brauchten, bis wir wieder zu Hause oder vielmehr: bei Mrs Davis waren.

»Wusstest du das?«, fragte Liam mich während der Fahrt.

Doch ich schüttelte nur stumm den Kopf.

»Ich auch nicht«, sagte Liam nachdenklich.

»Aber müsstest du in deinem Revier nicht alle Werwölfe kennen?«, presste ich hervor.

»Ich dachte, das tue ich ...«

»Was hat das zu bedeuten?«, hakte ich nach.

»Ich habe keine Ahnung, Emma.«

Liam fuhr wirklich wie der letzte Henker und unter normalen Umständen hätte ich ihn schon längst zur Räson gerufen, doch ich konnte selbst nicht schnell genug da sein.

Was hatte White bloß vor? Was, wenn dieser Verrückte (Ja, so schnell konnte man seine Meinung ändern. Jemand, der sich an Omis vergriff, konnte nur verrückt sein!) meiner lieben Keksomi etwas antat?

Eine gefühlte Ewigkeit später erreichten wir endlich unser Ziel. Liam kam mit quietschenden Reifen vor Mrs Davis' Haus zum Stehen und wir sprangen gleichzeitig aus dem Auto. Dann hechteten wir die Treppe zur Eingangstür hinauf und ich klingelte sofort Sturm.

»Mrs Davis? Machen Sie die Tür auf!«, schrie ich und war froh, dass sich ihr Haus in einer kaum bewohnten Straße befand. Es hätte sonst sicher jemand die Polizei gerufen, so aufgebracht wie ich war. Aber ich konnte mich nicht am Riemen reißen. Schließlich ging es hier um Mrs Davis! Meinen allerbesten Omaersatz.

»Machen Sie auf!«, rief ich erneut, da hörte ich ein Wimmern. Oh mein Gott! Was war nur mit ihr geschehen? Was hatte dieses Arschloch mit ihr gemacht?

»Mrs Davis? *Können* Sie nicht aufmachen?«

»Was wollt ihr?«, heulte sie als Antwort.

»Ich möchte wissen, ob es Ihnen gut geht!«

»Verschwindet!«, flehte sie. »Ich hab euch doch schon alles gegeben. Ich habe nichts mehr.«

Ich schaute Liam an. Was hatte das nun schon wieder zu bedeuten?

Nun klopfte er an die Tür. »Mrs Davis? Würden Sie bitte aufmachen?«

»Geht, hab ich gesagt! Ihr habt doch schon alles!«

»Was denn?«, rief ich dazwischen, doch Liam legte mir den Zeigefinger auf den Mund.

»Mrs Davis? Sind Sie allein?«, fragte er.

»Jaahaaahaa ...«, weinte sie.

»Wenn es Ihnen gut geht und Sie dazu in der Lage sind, machen Sie die Tür auf. Andernfalls werden wir reinkommen.«

»Das dürft ihr nicht. Außerdem ist die Tür abgeschlossen.«

»Stellen Sie sich nicht dumm, Mrs Davis. Wir beide wissen, dass ich dazu durchaus in der Lage bin. Abgeschlossen oder nicht.«

Es dauerte einen kurzen Moment, dann hörte man, wie von innen die Tür entriegelt wurde. Mrs Davis öffnete sie vorsichtig einen Spalt und schaute uns mit verheulten Augen an.

»Dürfen wir eintreten?«, fragte Liam höflich. Sie sah erst ihn an, dann mich. Schließlich wich sie ängstlich zurück.

Liam schob die Tür langsam auf und Mrs Davis rettete sich mit ein paar gazellenartigen Sätzen hinter die Couch.

Wow! Davon, dass sie sonst angeblich sogar zu schwach war, um ihre Einkäufe selbst zu erledigen, sah man jetzt nichts mehr. Doch immer noch wimmerte sie vor sich hin.

»Ich hab euch doch schon alles gesagt, was ich weiß«, schrie sie, duckte sich danach aber direkt, ganz so, als würde sie erwarten, dass wir ihr irgendetwas antaten. Was zur Hölle war nur los mit ihr?

Liam schloss die Tür hinter uns, was sie mit angsterfüllten Augen sah, und setzte sich langsam auf die Couch.

»Bitte, Mrs Davis. Wir haben keine Ahnung, wovon Sie sprechen. Wir haben uns Sorgen um Sie gemacht und wollten lediglich schauen, ob bei Ihnen alles in Ordnung ist«, erklärte ich, doch sie schaute mich nur misstrauisch an.

»Wenn ihr geht, ist wieder alles bestens«, antwortete sie schnippisch.

»Ich verstehe das nicht. Was habe ich Böses getan, dass Sie plötzlich so abweisend zu mir sind?«, fragte ich verwirrt.

»Das wagst du mich zu fragen?«, fuhr sie mich daraufhin an. »Erst hetzt ihr mir diesen Geistesgestörten auf den Hals und jetzt das?!«

Liam und ich schauten uns an, dann sahen wir wieder zu Mrs Davis.

»Was sollen wir gemacht haben?«, fragte ich etwas perplex.

»Tut doch nicht so scheinheilig! Ich weiß, dass er zu deinem Rudel gehört!« Sie funkelte Liam wütend an, welcher daraufhin empört die Brauen hochzog.

»Sie sprechen von White«, stellte er dann nüchtern fest.

»Von wem sonst? Dieser Mensch ist so krank! So abartig! Wie kannst du das als einer der Alphas dulden? Und sogar noch unterstützen?« Tränen standen ihr in den Augen und ich musste mich schwer zusammenreißen, nicht auch zu weinen. »Ihr habt ja keine Ahnung, was seine Versuchsopfer alles ertragen mussten!«

»Aber ... Mrs Davis, wir wussten wirklich nicht ...« Doch da wurde ich von Liam unterbrochen, der auf sie zuging und ihr dabei eindringlich in die Augen schaute.

»Glauben Sie wirklich, ich habe davon gewusst?«, fuhr er sie an.

Die alte Dame schien daraufhin in eine regelrechte Schockstarre zu verfallen. Jedenfalls bewegte sie sich keinen Zentimeter und atmete dabei schnell und flach. Wenn Liam sauer wurde, konnte er richtig unheimlich werden.

»... und ihm sogar meine eigene Gefährtin zur Verfügung gestellt?!«, polterte er weiter.

Mrs Davis sah mich mitleidig an.

Dann wurde Liam wieder etwas ruhiger. »Mrs Davis«, fuhr er nun in einem gemäßigteren Tonfall fort. »Es ist ganz wichtig, dass Sie uns jetzt genau zuhören. Ihre kleine Emma ist – wie Sie sicher schon gerochen haben – jetzt ebenfalls ein Werwolf.«

Die alte Frau nickte wissend und ich erinnerte mich daran, wie sie bei meinem letzten Besuch völlig ausgeflippt war und mich als »Mondkind« beschimpft hatte. Ob das etwas damit zu tun hatte? Bestimmt. Ich würde sie später fragen.

»Da sie vorher keiner war, müsste Ihnen auch klar sein, dass sie gebissen worden ist«, fuhr Liam fort.

Sie nickte wieder, schaute mich noch einmal mitleidig an und flüsterte. »Und du lebst noch, Kind …«

»Wir sind durch die halbe USA gereist, um ihren Beißer zu finden und den Fluch zu brechen, doch wir haben ihn nicht gefunden.«

Mrs Davis lief eine einzelne Träne über die Wange, während Liam weitererzählte: »Die Reise führte uns wieder an unseren Ausgangspunkt zurück, doch mit einigem Mehr an Wissen. Wir erfuhren, dass White Versuche an Menschen beziehungsweise Werwölfen durchführt und ich kann Ihnen versichern, dass ich so etwas niemals geduldet hätte. Schon gar nicht, da – wie gesagt – meine Gefährtin selbst betroffen ist. Und Sie wissen ja, wie Werwölfe zu ihren Gefährtinnen stehen.«

Skeptisch schaute sie zwischen Liam und mir hin und her. Man sah ihr regelrecht an, dass sie überlegte, ob seine Geschichte stimmte.

»Wirklich, Mrs Davis. Wir haben nichts davon gewusst«, beteuerte ich noch einmal. »Oder habe ich Ihnen jemals Grund gegeben, mir nicht zu vertrauen?«

Nachdenklich schüttelte sie den Kopf. »Gesetzt den Fall, es stimmt, was ihr sagt, und ihr wusstest nichts von seinen Versuchen. Woher wisst ihr dann von mir?«

»Wir sind vor nicht einmal zwei Stunden aus Arizona wiedergekommen und wollten ihn zur Rede stellen«, erklärte ich.

»Nein. Das wollte ich nicht. Ich wollte ihn herausfordern und ihn an Vollmond gesetzeskonform in seine Schranken weisen«, korrigierte Liam mich.

Strafend blickte ich ihn an. Er sah doch, dass Mrs Davis sowieso schon fix und fertig war. Ihr dann mehr oder weniger durch die Blume zu erzählen, dass er an Vollmond jemanden umbringen wollte, wäre für ihren Gemütszustand sicher nicht zuträglich.

»Das hättest du schon längst tun sollen, Hunter«, tadelte sie.

Ich sah sie mit großen Augen an. Meine herzensgute Keksomi befürwortete das auch noch?!

»Trotzdem erklärt das nicht, wie ihr auf mich kommt.«

»Als White nicht aufmachte, haben wir uns Zutritt zu seinem Haus verschafft und ihn gesucht. Dabei haben wir in einem Raum jede Menge Blut gefunden. Und Ihre Patientenkarte, die er herausgelegt hatte.«

»Wir dachten, er hätte etwas Schlimmes mit Ihnen vor und sind postwendend hierher gefahren«, fügte ich hinzu.

Mrs Davis nickte, auch wenn sie immer noch nicht hundertprozentig überzeugt schien.

»Leider kommt ihr zu spät. Der Doktor war bereits da und hat alles mitgenommen, was ich noch hatte«, seufzte sie.

»Was hat er mitgenommen?«, fragte Liam.

»Alle meine Pflanzen.«

»Pflanzen?«, hakte Liam nach.

Gut. War ich nicht die Einzige, die keinen blassen Schimmer hatte, wovon Mrs Davis da sprach.

Sie musterte Liam argwöhnisch. »Ihr scheint wirklich nicht die geringste Ahnung zu haben ...«

Liam schüttelte den Kopf. »Ich schwöre beim Tode meines Rudels, dass ich von alledem nichts wusste.«

Mrs Davis sah ihn immer noch abwartend an und ich hatte schon die Befürchtung, dass sie wieder dichtmachte, doch dann fing sie an zu reden: »Früher habe ich als Botanikerin gearbeitet. Ich liebe Pflanzen und habe dadurch eine Menge Zeit mit der Entdeckung und Erforschung verschiedener Arten verbracht. Da mir als Werwolf natürlich auch das Wolfskraut bekannt ist, habe ich mich speziell mit Wolfsgewächsen auseinandergesetzt.«

Aufmerksam hingen Liam und ich an ihren Lippen.

»Es gibt drei Pflanzen, die im Volksmund den Beinamen ›Wolf‹ tragen. Ich fragte mich, ob das vielleicht etwas zu bedeuten hat und machte eine erstaunliche Entdeckung, auf die ich gleich zu sprechen komme. Jedenfalls ... als ich mich dann weiter damit beschäftigt habe, fand ich heraus, dass ich gar nicht die Erste war, die dieses Geheimnis gelüftet hat, jedoch die Einzige, die bereit gewesen wäre, es mit anderen zu teilen.«

»Typisch Werwolf. Erzählen Sie weiter«, bat Liam höflich.

»Es gibt das uns bereits bekannte Wolfskraut.«

Liam nickte.

»Dann gibt es aber noch zwei andere Pflanzen. Einmal die Wolfswurz und dann die Wolfsblume, und beide können den werwölfischen Organismus maßgeblich beeinflussen.«

Liam machte große Augen. »Inwiefern?«

»Während die Einnahme der Wolfsblume vor der Verwandlung die vollständige Kontrolle des Geistes garantiert, schafft es die Wolfswurz sogar, die Verwandlung komplett zu unterdrücken. Deswegen weiß auch für gewöhnlich keiner von meiner Werwolfexistenz. Ich unterdrücke die Verwandlung schon seit Jahren und dadurch rieche ich auch nicht mehr nach Werwolf.«

Liam schluckte laut. Er war kreidebleich und machte den Eindruck, als würde er jeden Augenblick umkippen. »Ist das Ihr Ernst?«

Mrs Davis nickte.

»Wie konnten Sie so eine wichtige Information für sich behalten?«, fragte ich vorwurfsvoll. Was wäre allein mir alles erspart geblieben, wenn ich das gewusst hätte!

»Nach meiner Entdeckung hatte ich dem Doktor davon erzählt. Er bat mich, es erst mal für mich zu behalten, da er gern an einem Heilmittel weiterforschen wollte und sich sicher war, dass Hunters Familie das nicht weiter gutheißen würde, wenn man sich auch so behelfen könnte.«

Liam knurrte verächtlich.

»Der Doktor war einfach so überzeugend und da ich selbst mit meinem Schicksal unzufrieden bin, habe ich ihn unterstützt. Wer von uns wünscht sich nicht, einfach ein ganz normaler Mensch zu sein?« Traurig sah sie mich an.

»Und deswegen haben Sie diese Versuche toleriert und andere leiden lassen?«, fragte ich und konnte meine Enttäuschung darüber nicht verbergen.

»Ich weiß, dass es ein Fehler war. Aber anfangs waren seine Versuche wirklich harmlos. Er nahm seinen Patienten unter dem Vorwand einer Routinekontrolle lediglich etwas Blut ab und verfolgte unter dem Mikroskop, wie die zerstoßenen Pflanzenextrakte mit den Werwolfviren agieren und ob sich das nachahmen lässt. Nachdem er es aber nicht schaffte, einen dauerhaften Verwandlungsstopp mit synthetischen Mitteln zu erzeugen, begann er, verschiedene Blutproben miteinander zu vermischen. Er versuchte, die stärkeren Viren zu separieren und aufzuschlüsseln, um daraus vielleicht neue Erkenntnisse zu ziehen, doch auch dabei scheiterte er kläglich. Vor ungefähr einem halben Jahr begann er sich dann zurückzuziehen und berichtete mir immer seltener von seinen Forschungsergebnissen. Zeitweilig dachte ich, er hätte aufgegeben, doch irgendwann hörte ich von immer mehr gebissenen Werwölfen und auch wenn ich keine Beweise habe, bin ich sicher, dass er dahintersteckt.«

»Uff …«, machte Liam. »Dann stimmt es wahrhaftig.«

»Entweder glaubt ihr es oder ihr lasst es«, entgegnete sie.

»Jetzt stellt sich nur noch die Frage: Wenn das ganze Blut in Whites Haus nicht wie befürchtet von Ihnen stammt. Von wem ist es dann?«

Mrs Davis hob achselzuckend die Schultern. »Ich vermute, von einem neuen Opfer.«

»Das ist ja schrecklich! Wir müssen White schnellstmöglich finden!«, rief ich dazwischen. Nicht auszudenken, was er noch alles mit dem armen Menschen anstellte, wenn seine Wohnung schon so aussah. Falls das Opfer überhaupt noch am Leben war.

»Das könnte ein Problem werden. Falls er überhaupt nach Hause zurückkehrt, nehme ich nicht an, dass er dort bleibt, da alles nach uns riecht und wir das Blut gesehen haben. Und ich vermute ebenfalls nicht, dass er Ihnen gesagt hat, wo er mit den ganzen Pflanzen hinwollte, oder?«, fragte Liam.

Mrs Davis schüttelte den Kopf. »Das nicht, aber es gibt eine andere Möglichkeit, wie ihr ihn finden könnt.«

Neugierig schaute ich sie an. »Und die wäre?«

»Du, Emma.«

»Ich?«, erwiderte ich perplex.

»Vom Doktor weiß ich, dass gebissene Werwölfe mit ihrem Erzeuger geistig verbunden sind, da sie über exakt die gleichen Viren verfügen.«

»Wir sind geistig verbunden?«, fragte ich fast schon angeekelt.

»Die Stimme in deinem Kopf«, bemerkte Liam knapp und schüttelte fassungslos den Kopf.

»*Er* war das? Wegen ihm musste ich das alles durchmachen? Wegen ihm dachte ich, ich sei schizophren?!« Ich konnte das alles bald nicht mehr glauben! Deswegen diese scheinheilige Frage, ob auch wirklich alles in Ordnung sei. Das interessierte ihn gar nicht! Er wollte nur wissen, ob es klappte! Ob ich ihn hören konnte!

»Es hat auch was Gutes ...«

»Ach wirklich«, antwortete ich Mrs Davis bissig, immer noch total geschockt von dem, was ich soeben erfahren hatte.

»Mach es dir zunutze. Wenn du ihn hören kannst, kann er auch dich hören. Bring ihn dazu, zu dir zu kommen.«

»Und wie soll ich das anstellen?«

»Als einziger Überlebender seiner gebissenen Werwölfe wirst du ihm für seine Forschung sehr wichtig sein. Bringe dich in Gefahr. Er wird nicht zulassen, dass dir etwas geschieht.«

»Und wie soll er davon erfahren?«, fragte ich skeptisch.

»Rede mit ihm.«

»Reden?«

Liam hatte ihn bestimmt gefühlte hundert Mal versucht anzurufen und er war nie an sein Handy gegangen. Ich bezweifelte stark, dass er das jetzt bei mir tun würde.

Doch Mrs Davis nickte und tippte sich mit dem Zeigefinger an die Schläfe. »In deinem Kopf.«

»In meinem Kopf? Das heißt, er ist die ganze Zeit hier drin? Was, wenn er das hier schon alles mitbekommen hat?«, fragte ich erschrocken.

»Theoretisch ja, aber so einfach ist das zum Glück für ihn nicht. Er kann nur hinein, wenn du ihm Aufmerksamkeit schenkst. Das heißt, wenn du ihm zuhörst und dich mit ihm unterhältst. Und er wird auch nur erfahren, was du bereit bist, mit ihm zu teilen. Entweder, weil du ihm das in einem Gespräch erzählst oder bei dem Gespräch an gewisse Dinge denkst. Ignorierst du ihn, bleibt er draußen.«

»Das ist aber eine sehr unsichere Sache«, entgegnete ich misstrauisch.

»Wenn du dich unwohl dabei fühlst: Ich hätte noch einen Rest Wolfswurz in meinem Nachttischschränkchen. Wie ich bereits sagte, legt das die Werwolfviren lahm. Somit auch die Verbindung zwischen dir und dem Doktor.«

»Aber dann haben Sie doch nichts mehr ...«, warf ich ein.

»So schlimm ist das nicht. Es ist noch eine gute Woche bis zum nächsten Vollmond. Bis dahin kann ich mir neues sammeln.«

»Warum hat er sie dann bestohlen, wenn man die Pflanzen so einfach sammeln kann?«

»Ich vermute, weil es im Wald viele ähnlich aussehende Pflanzen gibt und er auf Nummer sicher gehen wollte.«

Ich nickte nachdenklich.

Währenddessen wandte sie sich an Liam. »In den Wäldern hier gibt es eine Schlucht. Weißt du, wo die ist, Hunter?«

»Ja.«

»Lockt ihn dorthin. Gaukelt ihm vor, Emma wolle sich dort hinunterstürzen, weil sie so unglücklich über ihr Werwolfdasein ist. Ich bin mir ganz sicher, er wird alles tun, um sie am Leben zu erhalten oder wenigstens vorher noch mehr Blut abzunehmen. Schließlich ist sie das einzige Versuchsobjekt, welches noch lebt.«

Liam stand auf und gab Mrs Davis die Hand. »Wir dürfen keine Zeit verlieren! Haben Sie vielen Dank, Mrs Davis. Sie waren uns eine große Hilfe.«

»Ich hoffe, ihr könnt diesem Verrückten das Handwerk legen.«

»Das verspreche ich. So wahr ich hier stehe.«

Mrs Davis nickte anerkennend. Dann kam sie zu mir.

»Warte eine Sekunde.« Sie ging in ein anderes Zimmer und kam mit einem kleinen Döschen wieder.

»Hier. Die Wolfswurz. Du musst die Blätter gut durchkauen und dann hinunterschlucken. Nimm Sie aber erst, wenn du mit dem Doktor gesprochen hast, hörst du? Sonst wird es nicht mehr funktionieren.«

Ich nickte.

»Und noch was: Es tut mir leid, Emma, dass ich mich so aufgeführt habe. Aber wenn alte Freunde plötzlich Feinde werden, weiß man nicht, wem man überhaupt noch trauen kann.«

»Ist schon in Ordnung, Mrs Davis.« Ich lächelte.

»Beim nächsten Mal gibt es dann auch wieder Milch und Kekse, oder jetzt wohl eher Bouillon und Dörrfleisch«, versprach sie augenzwinkernd, ebenfalls mit einem Lächeln im Gesicht.

Wir verabschiedeten uns und gingen zum Auto.

»Kommt mich mal wieder besuchen, ja?«, rief sie uns hinterher und wir beide nickten.

Dann stiegen wir ein.

»Und jetzt?«, fragte ich.

»Magst du es direkt probieren?«

Eigentlich war mir gar nicht wohl bei der Sache, da ich Angst hatte, etwas falsch zu machen oder zu viel zu verraten, doch dann dachte ich an das ganze Blut in Whites Haus und nickte tapfer. Wen er auch immer in seiner Gewalt hatte: Er sollte dort nicht länger als nötig bleiben müssen.

»Willst du es machen wie Mrs Davis vorgeschlagen hat?«

»Ja … Und du bist wirklich sicher, dass er nur das mitbekommt, was ich zu ihm sage oder woran ich währenddessen denke?«

»Nachdem, was Mrs Davis gesagt hat, ja. Außerdem glaube ich selbst, dass du White aus deinen Gedanken ausschließen kannst.«

»Wieso denkst du das?«

»Weil du während unserer Suche so mit anderen Dingen beschäftigt warst, dass er auch nicht zu dir vordringen konnte, oder?«

Das stimmte. Er hatte sich auf unserer ganzen Reise nur einmal zu Wort gemeldet. Und zwar, als er wollte, dass ich den verwandelten Werwolf auf uns aufmerksam mache. Und gleichzeitig fiel mir ein, dass die Stimme ganz schnell wieder verschwand, nachdem ich nicht darauf eingegangen war und ich mir dann sogar noch überlegte, ob das die Lösung dafür sei.

»Also gut«, bejahte ich nun etwas beruhigter, atmete noch einmal tief durch und fing an, mir Gedanken über Selbstmord zu machen.

Mein Leben hat keinen Sinn mehr. Werwolfsein ist schrecklich. Ich fürchte mich vor dem nächsten Vollmond und ich kann nichts dagegen tun, betete ich in meinem Innern mantraartig herunter und wartete.

Wie Mrs Davis es vorausgesagt hatte, dauerte es nicht lange, da hörte ich plötzlich wieder meinen vermeintlichen Wolf.

Na, Killer?

Hallo …

Warum so mies gelaunt? Weil ich mit allem Recht behalten habe?

Ich schloss die Augen und konzentrierte mich auf meine Antworten. Ich war darauf bedacht, auch wirklich nur das durchsickern zu lassen, was für ihn bestimmt war.

Mein Leben ist scheiße! Du hattest tatsächlich mit allem Recht! Ich will nicht mehr!

Ich kann dir helfen.

Ich glaube nicht.

Doch, natürlich. Vertrau mir.

Und wie?

Ziehe diejenigen zur Rechenschaft, die dir das angetan haben, und du wirst dich sofort besser fühlen.

Das kann ich nicht.

Dann lerne es! Du wirst sehen: Es fällt dir mit jedem Mal leichter ...

Ich glaube, davon wird es nur noch schlimmer werden.

Das weißt du erst, wenn du es probiert hast.

Ich soll probeweise jemanden umbringen?

Es ist ganz leicht ... Glaub mir.

Nein ... dann bringe ich mich lieber selbst um.

Du willst dich umbringen, weil andere dein Leben versaut haben?

Ja.

Das hört sich nicht besonders clever an.

Ist mir egal.

Und du glaubst, du kannst dich selbst leichter töten als jemand anderen?

Ja.

Wie willst du das anstellen?

Ich werde jetzt in den Wald gehen und dort an der Schlucht entlang balancieren. Entweder ich überlebe es oder nicht.

Und woran machst du das fest?

Ich werde mit geschlossenen Augen am äußersten Rand laufen und wenn ich danebentrete, habe ich eben Pech gehabt.

Was für ein Plan ...

Wenigstens muss ich es so nicht bewusst tun.

Na dann, viel Glück!

Als ich nichts mehr von der Stimme hörte, öffnete ich meine Augen wieder. Liam musterte mich gespannt. Doch bevor ich einen Ton sagte, schnappte ich mir erst mal die Blätter, kaute sie gründlich durch und schluckte sie dann hinunter. Sicher war sicher!

»Und? Hat es geklappt?«, fragte Liam.

»Ich glaube, er hat angebissen.«

»Dann nichts wie hin.« Liam legte den ersten Gang ein und wollte losfahren, da hielt ich ihn zurück.

»Willst du nicht vorher noch die Polizei anrufen?«

»Nein«, war die knappe Antwort.

»Nur wir beide sollen hinfahren?«

Ich meine, nicht dass ich Liam nicht vertrauen würde, aber das war ja Fehler Nummer 1 in sämtlichen Horrorfilmen. – Die Polizei nicht benachrichtigen, auf eigene Faust loslegen und dann geschnappt werden.

»Hast du Angst?«, fragte er mitfühlend.

»Nicht direkt, aber …«

»Mach dir keine Sorgen, Emma. Ich bin stärker als er«, versuchte Liam mich zu beruhigen, doch es klappte nicht.

»Und wenn er eine Waffe hat? Wenn er dich anschießt, kannst du erst mal nichts mehr machen«, entgegnete ich.

Liam seufzte. »Die Polizei können wir nicht holen. Erinnere dich an den Werwolfkodex. Wir müssen unsere Existenz geheim halten. Und da ich Anwärter für den ersten Alpha-Posten bin, kann ich, wie du bereits weißt, aus dem Rudel auch keinen um Hilfe bitten. Die würden mich außerdem auslachen, wenn ich nicht fähig wäre, mich gegen einen Rangniederen zu behaupten.«

»Scheiße«, murmelte ich, da mir ganz und gar nicht wohl bei der Sache war, mit Liam diesem Verrückten allein gegenüberzutreten.

Da kam mir plötzlich die rettende Idee: »Wir wäre es, wenn wir David anrufen?«

»David?«

»Den jungen Polizisten, der selbst mal Werwolf gewesen war. Auch wenn er keiner mehr ist, ist er doch nach wie vor an den Werwolfkodex gebunden, oder?«

»Das stimmt schon, ja …«, gab Liam zu.

»Also, was gibt's da noch zu überlegen?«

»Es ist einfach unnötig.«

»Spring mal über dein Männer-Ego und lass ihn uns helfen. Wenn White nicht kooperiert, hat er sicher noch andere Methoden als rohe Muskelkraft, ihn dazu zu bewegen.«

»Na gut«, seufzte Liam. »Obwohl ich ihn nicht unbedingt leiden kann.«

»Du bist ja nur eifersüchtig«, lächelte ich.

»Vielleicht. Aber nicht nur«, knurrte Liam daraufhin.

»Außerdem könnte er ihn so lange wegsperren, bis wieder Vollmond ist, damit er bis dahin nicht noch mehr Leuten Schaden zufügen oder sogar abhauen kann.«

»Da ist was Wahres dran.« Nachdenklich rieb Liam sich das Kinn.

»Also soll ich ihn anrufen?«

»Wenn du der Meinung bist, wir brauchen ihn unbedingt, mach es.«

Ein klares Ja klang zwar anders, aber das reichte mir.

»Ich weiß, dass du mit Sicherheit auch allein mit ihm fertigwerden würdest, doch ich habe schon so viele Filme gesehen, wo genau das der Fehler war, dass ich lieber nichts riskieren möchte«, fügte ich noch erklärend hinzu.

Liam verdrehte die Augen. »Wie du schon selbst sagst: Das waren Filme.«

»Will mir jetzt ausgerechnet der Herr Werwolf den Unterschied zwischen Realität und Fiktion erklären?«, neckte ich ihn.

Da musste Liam schmunzeln. »Ist ja schon gut. Ruf ihn an, damit wir endlich diesem armen Schwein helfen können, das White in seiner *Obhut* hat.«

***

Während Liam losgefahren war, versuchte ich David anzurufen, doch selbst nach dem dritten Mal ging er nicht ran. Ich seufzte frustriert. »Warum geht er nicht an sein Scheißhandy?«

»Du hast ihn auf dem Handy angerufen? Unseren Mr Oberkorrekt? Machst du Witze? Meinst du, er geht während der Arbeitszeit da dran? Ruf ihn auf der Dienststelle an.«

Ich lächelte verschämt. Stimmte ja, daran hatte ich gar nicht gedacht. Es klingelte genau einmal, da nahm jemand den Hörer ab.

»Greenwood Police Department, Sie sprechen mit Officer David Dewey. Was kann ich für Sie tun?«

Liam zog eine Fratze, da er mitgehört hatte und ich rollte mit den Augen.

»David? Emma hier. Hast du Zeit? Wir brauchen deine Hilfe.«

»Das Gesetz hat immer Zeit«, erwiderte er oberlehrerhaft, woraufhin Liam noch mehr Fratzen schnitt.

Ich musste grinsen. So ganz Unrecht hatte Liam ja nicht, was David betraf.

»Wir haben ein Problem und würden deine Unterstützung benötigen«, sagte ich.

»Um was geht's?«

»Komm bitte zu der Schlucht in den Wäldern.«

»Und was soll ich da?«

»Wir sind einem durchgeknallten Doktor auf der Spur, der Versuche mit Menschen macht und wir glauben, dass er ein weiteres Opfer in seinen Händen hat.«

Diese Erklärung hatte direkt durchschlagenden Erfolg. David war ganz aus dem Häuschen. Obwohl jeder andere das mit Sicherheit für einen dämlichen Telefonscherz gehalten hätte, war unser Officer so pflichtbewusst, dass er einfach alles ernst nahm. – Zu unserem Glück!

»Oh mein Gott! Bleibt wo ihr seid! Ich bringe Verstärkung mit«, rief er in den Hörer und ich hatte das Gefühl, er wollte schon wieder auflegen, als ich ihn mit einem lauten »NEIN!« stoppen konnte. Dann mäßigte ich meinen Tonfall wieder. »Ich meine, das geht leider nicht.«

»Warum?«, fragte er etwas verwirrt.

»Es handelt sich um ein spezielles Problem.«

»Ein spezielles?«

»Ähnlich dem, als du mich damals im Wald gerettet hast«, versuchte ich es zu umschreiben. Ich hatte schließlich keine Ahnung, ob der alte Officer Stanley vielleicht neben ihm stand und zuhörte.

»Oh. Ich verstehe.« David verstummte.

»Und? Können wir auf dich zählen?«, fragte ich hoffnungsvoll.

»Natürlich. Aber ihr wartet, bis ich bei euch bin, ja?«

»Ist gut, aber beeil dich! Wir warten auf dem Schotterplatz, wo du damals auch geparkt hattest.«

»Ich bin in einer halben Stunde bei euch! Und wehe, ihr geht ohne mich!«

David legte auf und ich erklärte Liam, wo wir hinfahren mussten. Da er ja beim letzten Mal Auslöser für meine abrupte Flucht gewesen war, hatte er das natürlich nicht mitbekommen.

Während der Fahrt erzählte ich Liam von dem Telefonat, obwohl ich sicher war, dass er sowieso mitgehört hatte. Doch ich versuchte mich irgendwie abzulenken. Immerhin war ich drauf und dran, gleich den Lockvogel für einen Geisteskranken zu spielen und auch wenn ich eigentlich nicht der ängstliche Typ war: Einerlei war es mir nicht.

»Eine halbe Stunde? Er braucht eine halbe Stunde, bis er da ist?« Liam schnaubte entrüstet. »Was nutzt es einem, ein engagierter Superbulle zu sein, wenn man dann doch nur ein Mensch ist?«

Tadelnd blickte ich ihn an. »Du solltest lieber dankbar sein, dass er uns hilft.«

»Oder uns aufhält«, murrte Liam.

»Liam!«, ermahnte ich, doch er schaute mich nur mit hochgezogenen Augenbrauen an.

»Ist doch wahr. Wenn er ein Werwolf wäre, wäre er in fünf Minuten da«, grummelte er und brachte derweil den Wagen auf dem Schotterplatz zum Stehen.

»So warten wir halt. Dann kann ich mich wenigstens noch ein bisschen sammeln, bevor es losgeht.«

Liams Blick wurde weich. »Entschuldige. Ich habe noch gar nicht gefragt, wie es dir mit der Entscheidung geht. Fühlst du dich der Sache überhaupt gewachsen?«

Ich zuckte mit den Schultern. »Ich weiß es nicht.«

Eigentlich wusste ich es schon. Ich fühlte mich dem allen hier ganz und gar nicht gewachsen, doch das konnte ich ja wohl schlecht sagen, oder?

»Vielleicht solltest du lieber im Wagen warten und ich gehe allein?«, bot Liam an. Er schien mir genau anzusehen, was mir gerade durch den Kopf schoss, doch das wollte ich auch nicht. Schließlich hatte White es auf mich abgesehen und nicht auf ihn. Und bei mir war wenigstens klar, dass er mich lebend wollte. Wer wusste schon, was er mit jemandem machen würde, den er nicht gebrauchen konnte?

»Damit er dich riecht, wenn du kommst und er direkt abhauen kann?«, nannte ich als Vorwand, da er sich allein von meiner Sorge garantiert nicht abhalten lassen würde.

»Ich bin ein Raubtier, Emma. Ich verstehe es, mich so in der Windrichtung zu bewegen, dass ein Beutetier mich nicht riecht«, empörte er sich.

»Und wenn er noch gar nicht da ist oder sich irgendwo versteckt hält, bis ich auftauche? Wenn er dich sieht, wird er bestimmt nicht rauskommen.«

Liam seufzte. Mittlerweile hatte ich gelernt, dass das in so einem Fall bedeutete, dass ich Recht hatte. Liam war halt einfach nicht der Typ, der Befehle entgegennahm. Man musste ihn schon überzeugen. – Eine der Gemeinsamkeiten, die wir hatten, weswegen ich damit auch gut umzugehen wusste.

»Eine halbe Stunde ist ja auch schnell um«, sagte ich versöhnlich und streichelte seinen Arm, worauf Liam meine Hand küsste.

»Du, sag mal, Liam: Hattet du und White eigentlich Streit?«

»Nicht dass ich wüsste. Warum fragst du?«

»Na ja, die Stimme in meinem Kopf wollte ja unbedingt, dass du stirbst und ich frage mich die ganze Zeit, warum.«

»Das kann ich dir erklären, Emma. Ich bin im Weg. Da bei Werwölfen die Gefährten immer oberste Priorität haben, würde ich niemals zulassen, dass er dich in die Hände kriegt und am Ende noch für seine Versuchszwecke missbraucht. Das wird ihm klar sein, vermute ich.«

Ich nickte verstehend und gleichzeitig fühlte ich mich auch ein wenig geschmeichelt. Liam war ein Alpha-Wolf, der sich von niemandem etwas sagen oder auf der Nase herumtanzen ließ. Jeder (ok, von White vielleicht mal abgesehen) hatte Respekt vor ihm und versuchte es ihm recht zu machen, doch bei mir war es genau anders herum. – Für mich tat *er* alles.

Ich liebte diese zwei Seiten an ihm und war einfach nur froh, dass ich die Glückliche war, die er sich ausgesucht hatte. Mochte sein, dass ich gerade dazu neigte, etwas sentimental zu werden, doch es tat gut zu wissen, dass so jemand hinter mir stand. Das machte das Bevorstehende ein kleines bisschen erträglicher.

13. Kapitel

Es dauerte geschlagene 40 Minuten, bis endlich ein Polizeiwagen angefahren kam. Stilecht mit Blaulicht, versteht sich.

»Gott, was ein Proll«, maulte Liam und ich lächelte verschämt. Er hatte ja Recht! David war zwar nett, aber wirklich ein Angeber. Ich vermutete, dass er wegen seines Beins Komplexe hatte, die er zu kompensieren versuchte. Aber so?! Er konnte doch nicht wirklich glauben, dass darauf irgendein weibliches Wesen abfahren würde, oder?

David sprang (insofern man das so nennen konnte) aus dem Wagen und humpelte zu uns herüber. Auch wir stiegen aus.

»Noch auffälliger ging es nicht, oder?«, begrüßte Liam ihn spitz, hielt ihm aber dafür die Hand hin.

»Ich musste das Blaulicht anmachen, sonst hätte mich der Verkehr noch länger aufgehalten«, entschuldigte David sich. »Außerdem habe ich dafür die Sirene ausgelassen.« Er grinste und Liam rollte mit den Augen.

»Das wäre ja noch schöner gewesen. Dann hättest du ja auch gleich den Lautsprecher anschalten und durchrufen können, dass das hier alles nur ein Fake ist und wir eigentlich nur White zur Strecke bringen wollen.«

David grinste noch mehr und Liam erwiderte es. Jedoch war sein Lächeln alles andere als witzig gemeint.

»So Jungs, es wird Zeit, oder? Nicht, dass White denkt, ich komme gar nicht und sich wieder verpisst«, ging ich dazwischen, um die beiden Streithähne voneinander abzulenken.

»Emma hat Recht. Lasst uns aufbrechen«, pflichtete David mir bei, was ihm einen weiteren bösen Blick von Liam einbrachte. Dieser hustete das Wort »Schleimer« und fasste mich dann demonstrativ an der Hand, um – wie ich annahm – zu zeigen, dass ich *seine* Gefährtin war.

Dann gingen wir in den Wald hinein. David mit Schlagstock, zwei Pistolen, Handschellen und einem Messer bewaffnet und Liam und ich mit nichts als uns selbst. Als ich gesehen hatte, was David alles mitschleppte, fand ich das absolut übertrieben, doch ich musste gestehen, dass ich jetzt selbst gern irgendeine Waffe bei mir gehabt hätte. Wer wusste schließlich, wozu solch ein Irrer wie White fähig war?

»Dann erklärt mir mal, was hier überhaupt los ist. Was für ein Verrückter führt Versuche an Menschen durch und wozu zum Teufel?«, wollte David wissen, während wir uns durch das Geäst schlugen.

Liam war so lieb und erklärte ihm geduldig alles, wie es sich zugetragen hatte. Angefangen von meinem Biss und Amilia über unsere Reise bis hin zu White.

David ließ immer mal wieder ein »Ahhh« und »Ohhh« hören, kommentierte aber sonst nichts weiter. Er schien zu geschockt zu sein. Allerdings bekam ich auch nicht jedes Detail des Gesprächs mit. Ich war zu sehr mit mir selbst beschäftigt und so in Gedanken, dass ich gar nicht bemerkt hatte, dass David und Liam irgendwann stehengeblieben waren. Erst ein leichter Zug an meiner Hand ließ mich aufschrecken.

»Was ist?«, fragte ich und drehte mich zu den beiden um.

»Die Schlucht ist nicht mehr weit. Wenn wir White nicht direkt verjagen wollen, wäre es besser, wenn du die letzten Meter allein gehst«, sagte Liam. Man sah ihm deutlich an, dass ihm das ganz und gar nicht passte, doch wie ich vorhin schon selbst gesagt hatte: Wenn White Liam bereits von weitem sehen konnte, würde er sich sicherlich nicht einmal zeigen.

»Und wie geht's dann weiter?«

»Du musst dich einfach nur zeigen. Sowie er auf dich zugeht und damit seine Konzentration auf dich richtet, werde ich ihn mir schnappen.«

»Wir«, korrigierte David ihn räuspernd.

Ich schluckte. Ich hatte ja gewusst, was mich erwarten würde und ich hatte dem auch zugestimmt. Schließlich wollte ich wahrscheinlich mehr als alle anderen, dass dieses Arschloch dingfest gemacht wurde. Doch umso näher ich White kam, umso größer wurde meine Angst.

Liam gab mir einen Kuss. »Du musst einfach geradeaus gehen. Wir werden dir in einem ausreichenden Abstand folgen und leise sein, damit er uns weder sehen noch hören kann.«

Ich nickte tapfer und wollte los, da zog Liam mich noch mal an sich heran.

»Hab keine Angst, Emma. Wir sind nicht weit hinter dir und wenn irgendetwas sein sollte, kriege ich es mit und bin da, okay?« Zärtlich strich er mir über die Wange.

»Ok«, flüsterte ich und ließ mich von Liam noch einmal küssen. Dann drehte ich mich um und ging.

Der Wald wurde immer lichter und der Boden immer steiniger. Ein eindeutiges Anzeichen dafür, dass ich bald an dieser ominösen Schlucht sein musste.

Mein Herz schlug schneller und schneller und obwohl ich wusste, dass David und Liam hinter mir waren und im Notfall jederzeit eingreifen konnten, wurde das Gefühl in meinem Magen immer flauer. Trotzdem schritt ich weiter voran. Der Gedanke, dass er alles zu verantworten hatte – Amilias Tod und beinahe meinen eigenen, weil ich seinen Psychoterror in meinem Kopf nicht mehr ausgehalten hatte ließ mich mutiger werden. Entschlossener.

Ich hob den Kopf und konnte schon von weitem erkennen, dass ich gleich bei der Schlucht angekommen war. Entschlossen beschleunigte ich das Tempo. Je eher ich dort war, desto eher würde dieser ganze Albtraum vorüber sein.

Kurz bevor der Wald aufhörte, versteckte ich mich hinter einem Baum und ließ den Blick erst mal schweifen. Vielleicht war er ja bereits dort?

Ich hatte das noch nicht zu Ende gedacht, da entdeckte ich auch schon jemanden, der an dem Abgrund saß. Die Beine leger über dem Felsrand baumelnd und die Hände gemütlich neben sich abgestützt. Das Erste, was mir jedoch ins Auge stach, waren die schlohweißen Haare, die nur einer haben konnte. White.

Jetzt wo ich ihn gesehen hatte, klopfte mein Herz noch mal schneller. Doch er war zu weit weg, als dass Liam und David sich jetzt schon zeigen konnten. Sobald er sie wittern würde, wäre er weg und aufgrund der Entfernung hätte er auch sicher zu viel Vorsprung, als dass Liam ihn noch einholen könnte. Ich würde ihn einfach in ein Gespräch verwickeln und dann konnten Liam und David sich anschleichen.

Okay, jetzt oder nie, dachte ich mir und trat mutig aus dem Wald heraus. White tat so, als würde er mich nicht hören, doch da er ein Werwolf war, konnte das nicht sein. Trotzdem ging ich näher zu ihm hin.

»White? Was machen Sie denn hier?«, tat ich so überrascht ich konnte, blieb aber vorsichtshalber in einem gebührenden Abstand stehen. Er nuschelte irgendetwas, doch ich konnte nichts verstehen.

»Was haben Sie gesagt?«, fragte ich nach.

Wieder ein unverständliches Nuscheln.

Ich machte einen weiteren Schritt auf ihn zu, doch ich wollte auf keinen Fall nah genug an ihn herangehen, dass er mit einem Satz bei mir wäre, wenn er wollte.

»Ich habe Sie noch immer nicht verstanden«, wiederholte ich, da stieg mir plötzlich ein stechender Geruch in die Nase. Ich überlegte kurz, woher ich ihn kannte. Dann fiel es mir wieder ein. Es war der Blutgeruch aus Whites Haus.

Oh Gott! Das Opfer! Wo war es? Hektisch schaute ich mich um, doch ich sah niemanden.

»Sie Schwein!«, schrie ich ihn an. »Was haben Sie getan?«

Doch White regte sich immer noch nicht. Seelenruhig saß er da und schaute auf die Schlucht.

»Haben Sie etwa …?« Ich ging zu dem Abgrund und schaute hinunter, gefasst darauf, eine blutverschmierte Leiche zu sehen, doch da war nichts. Nur Steine, Geröll und ein Fluss, der ganz unten entlanglief. War der Leichnam bereits vom Wasser fortgetragen worden? Andererseits war hier nirgends Blut. Wenn man jemanden umbrachte und eine Klippe hinunterwarf, hätte doch irgendwo Blut zu sehen sein müssen, oder? Zumal es hier ja überall danach stank!

»Sie perverses Schwein! Sagen Sie sofort, was Sie getan haben!«

Doch White blieb immer noch ganz entspannt sitzen. Wie krank war dieser Mensch eigentlich? Konnte einem ein Menschenleben so egal sein, dass man es nicht mal für nötig befand, Stellung dazu zu beziehen?

Dann nuschelte er wieder etwas.

Normalerweise hätte ich Angst vor ihm haben müssen, doch die gleichgültige Art, wie er dort saß, machte mich rasend. Außerdem hatte Liam ja gesagt, dass er mich sowieso lebend bräuchte. Umbringen würde er mich also so oder so nicht und wenn er es versuchte, wären ja immer noch David und Liam zur Stelle.

Wo steckten die beiden eigentlich? Wahrscheinlich war Liam gerade am Ausrasten, weil White mich so konsequent ignorierte und er nicht wusste, ob er es schon riskieren konnte, sich zu zeigen.

»White?«, versuchte ich es jetzt noch mal ruhiger. Ich hatte schließlich schon oft genug im Fernsehen gesehen, dass es nichts nutzte, psychisch kranke Menschen anzuschreien. »Wir wissen, was Sie getan haben. Sagen Sie mir, was Sie mit Ihrem Opfer gemacht haben. Ich bin sicher, wenn Sie kooperieren, finden wir eine Lösung.«

Doch nach wie vor blieb White desinteressiert sitzen.

»White?«, sprach ich ihn an. – Keine Reaktion. Das war doch nicht zu fassen!

»Verdammt noch mal, White!« Wutentbrannt marschierte ich auf ihn zu. Die Hände zu Fäusten geballt, um mich – sollte er doch noch aus seiner Starre erwachen – verteidigen zu können.

Ungefähr drei Meter, bevor ich bei ihm war, stockte ich. White saß in einer riesigen Blutlache. Erst jetzt sah ich, dass es sein eigenes war.

»Oh mein Gott! Liam! David!«, schrie ich, rannte die letzten Meter zu White und kniete mich neben ihn. Seine Hände – von denen ich dachte, dass er sich damit gemütlich abstützte – hatte ihm irgendein Perverser am Boden festgenagelt und feine blutige Rinnsale sickerten aus diversen Schnittwunden, die er am ganzen Körper zu haben schien.

»White? Können Sie mich hören?«, fragte ich vorsichtig.

Er versuchte den Kopf zu heben, doch es gelang ihm nicht. Jemand hatte ihm zusätzlich eine Metallstange halsabwärts durch den Rumpf gerammt und ihn somit am Boden fixiert.

Allein der Anblick ließ mir das Blut in den Adern gefrieren und mir wurde schlagartig übel. Was für ein Glück, dass White ebenfalls ein Werwolf war. Als Mensch hätte er das garantiert nicht überlebt.

Was zur Hölle war hier bloß los?!

»White? Sagen Sie etwas. Bitte«, versuchte ich es noch einmal, da riss er panisch die Augen auf.

»Lauf!«, flüsterte er schwer atmend und ich erschreckte mich dermaßen, dass ich erst mal zurückschnellte und einen spitzen Schrei ausstieß.

Ich schrie erneut! »Liiiiaaaam! Daaaviiiiid! Kommt schnell!«

Hastig sah ich mich um, doch niemand erschien. Ob sie mich nicht gehört hatten? Unmöglich!

Dann beschlich mich eine andere Angst. Ob sie diesem Verrückten, der das hier White angetan hatte, ebenfalls schon zum Opfer gefallen waren?

Ich sprang auf und wollte zu Liam rennen. Ich musste die beiden warnen! Da hörte ich einen Schuss. – Wurden sie etwa gerade angegriffen? Oh mein Gott, oh mein Gott! Das durfte doch alles nicht wahr sein!

Ich rannte schneller.

»Liiiaaam! Daaavid!«, schrie ich wieder, doch ich bekam von keinem eine Antwort.

Kurz bevor ich den Wald erreicht hatte, kam Liam endlich heraus. Ganz langsam ging er auf mich zu, bis er nur noch drei Schritte von mir entfernt war. Dann viel er nach vorn auf die Knie.

»Liam!«, rief ich entsetzt und eilte zu ihm. »Was hast du? Was war das eben für ein Schuss? Bist du verletzt?«

Ich strich ihm die schweißnassen Haare aus der Stirn und schaute ihn besorgt an. Meine Augen suchten bei ihm nach einer Verletzung, doch ich konnte nichts entdecken. Trotzdem roch er nach Blut. »Und wo ist David? Wir müssen sofort hier weg! White wurde –«

»Lauf weg!«, keuchte Liam dazwischen, doch bevor ich nachfragen konnte, meldete sich eine zweite Stimme zu Wort: »Das war nur ein Warnschuss«, knurrte diese und ich schaute mich panisch um. Dann sah ich David, wie er seelenruhig mit einer Waffe aus dem Wald spaziert kam.

»Was zum ...«, begann ich, unfähig, den Satz fortzuführen.

David grinste mich überlegen an, während er den Lauf seiner Waffe spannte und diese danach auf mich richtete.

»Was tust du da?«, fragte ich entsetzt.

»Die Sache selbst in die Hand nehmen. Da du ja so unkooperativ gewesen bist und nicht getan hast, was man dir sagte, bleibt mir wohl keine andere Wahl.«

Fassungslos starrte ich ihn an. »Aber –«, doch ich wurde unterbrochen.

»Willst du es deiner dummen Freundin erklären oder soll ich noch mal alles runterrattern, Hunter?«

Liam schüttelte den Kopf, dann begann er zu reden. Sein Gesicht war schmerzverzerrt und er atmete flach.

»Oh Liam ...«, flüsterte ich und spürte, wie Tränen in mir aufstiegen.

»Es war gar nicht White, Emma. Es war die ganze Zeit David.«

»Aber ... was ist mit den Versuchen? Und mit dem, was Mrs Davis gesagt hat?«

»Gehört alles zu seinem perfiden Plan. Und wir, inklusive Mrs Davis, sind alle darauf hereingefallen.«

»Ich verstehe nicht ...«

»White hat tatsächlich Versuche durchgeführt, um den Werwolfvirus auszurotten, doch er beschränkte sich lediglich auf die Forschung mit den Pflanzen. Als David davon hörte, hat er angefangen, White dazu zu zwingen, die Ethik außer Acht zu lassen und mit dem Blut herumzuexperimentieren. Als sie so nicht weiterkamen –«

»– musste White Menschen beißen«, beendete ich den Satz schockiert, doch Liam schüttelte den Kopf.

»David hat sie gebissen.«

»David?« Ich schaute den Officer ungläubig an, dann wieder zurück zu Liam. »Aber er ist doch gar kein Werwolf mehr?«

Da begann David zu lachen. »Und Werwölfe wollen tatsächlich die besseren Menschen sein? Ihr seid so ein dummes, naives Volk! Glaubt an Märchen und Sagen, anstatt euch selbst ein Bild zu machen.«

»Was soll das bedeuten?«, fragte ich scharf.

»David ist noch immer ein Werwolf«, erklärte Liam.

»Aber ... dein Opa ist doch schon längst tot?«

»Na und?«, antwortete stattdessen David. »Kommt, wir gehen zu White. Dann kann er wenigstens euch von seiner großartigen Entdeckung berichten, bevor er stirbt.«

Er ging zu Liam und gab ihm einen kräftigen Schubs, so dass dessen Oberkörper nach vorn fiel und er sich mit den Händen auf dem Boden abstützen musste. Dabei entfuhr ihm ein tiefes Stöhnen und ich sah, dass ein Messer aus seinem Rücken ragte.

»Du Schwein! Was hast du getan?«, rief ich schockiert.

»Eine Klinge reinstes Silber. Lediglich eine Vorsichtsmaßnahme, damit er nicht weglaufen kann oder auf dumme Gedanken kommt.«

David nahm seine zweite Waffe aus dem Pistolengürtel und zielte mit dieser auf Liam. Die andere immer noch auf mich gerichtet. »Du hilfst ihm besser«, sagte er. »So wie es aussieht, ist dein mächtiger Alpha nur noch halb so mächtig und könnte Unterstützung gebrauchen.« David grinste fies.

Wie befohlen gingen wir vor ihm her zu White. Liam stützte sich auf meine Schulter. Es fiel ihm sichtlich schwer zu gehen, da das Messer direkt in seinem Rückenmuskel steckte und sich bei jedem Schritt mitbewegte.

»Hey, Alterchen. Magst du den beiden Hohlköpfen erzählen, was du Tolles herausgefunden hast?«, fragte David lässig, als wir bei dem Doktor angekommen waren. Als dieser sich nicht bewegte, trat der Officer ihm in den Rücken und White stöhnte vor Schmerzen auf.

»Hey!«, sagte ich und machte einen Schritt auf David zu, doch blitzschnell hatte dieser auch die zweite Waffe gespannt und hielt sie mir mitten ins Gesicht. Vorsichtig trat ich wieder einen Schritt zurück.

»Ganz piano, Püppchen. Die Munition ist ebenfalls reinstes Silber. Ich glaube nicht, dass du noch so tapfer wie dein Angebeteter hier stehen würdest, wenn ich dir davon eine Kugel verpasse.«

Mitleidig sah ich zu Liam, dem Schweißperlen auf der Stirn standen und der immer wieder vor Schmerzen die Augen schloss. Blut sickerte aus seiner Wunde und hinterließ einen roten Kranz auf seinem Shirt.

»Alterchen, was ist jetzt? Möchtest du es noch erzählen, oder lieber direkt sterben?«, drohte David. »Allerdings hätte ich mich dann ganz umsonst so beeilt, um dich hier noch so schön zu drapieren, also leg besser los!«

White holte Luft, soweit es ihm möglich war und begann zu sprechen. »Wir haben alle an ein Märchen geglaubt. Der Virus verschwindet nicht, wenn der Beißer tot ist. Wie auch? Es ist ein Virus ... Wie eine schlimme Krankheit, die ohne Heilmittel nicht weggeht.«

Ich schluckte. Also war David tatsächlich immer noch ein Werwolf. Doch nicht nur das ließ mir einen kalten Schauer über den Rücken laufen. Ich starrte vor mich hin. Das bedeutete gleichzeitig, dass ich ebenfalls für immer ein Werwolf bleiben würde.

»Ahhh ... wie ich sehe, rattern deine kleinen Gehirnzellen gerade. Schön zu wissen, dass man die Scheiße nie wieder loswird, oder? Dass das ganze Leben im Arsch ist ...«

Ich sah ihn an. Tränen standen mir in den Augen.

»Es tut mir so leid, Emma«, entschuldigte sich Liam, doch ich wusste nicht, was genau er damit meinte. Die Situation? Oder die Tatsache, dass ich mein Leben lang ein Werwolf sein würde?

»Ich habe dir von Anfang an gesagt, du sollst die Finger von ihm lassen, doch du wolltest ja nicht hören. Liam war ja so toll. Liam sah ja so gut aus. Jetzt siehst du, was du von deiner Oberflächlichkeit hast.«

»Du Arschloch«, war alles, was ich zu Stande brachte. »Warum das alles? Und was hat das mit uns zu tun?« Meine Stimme klang weinerlich, obwohl mir noch keine Träne entwischt war.

»Liams Familie hat mein Leben versaut und jetzt versau ich seins. Sowas nennt man ausgleichende Gerechtigkeit, oder siehst du das anders?«

Er machte eine kurze Pause. Dann sprach er weiter. »Ich war ebenfalls ein hübscher junger Mann. Ich hatte Pläne! Ich hatte Ziele! Ich hatte mich bei der Best Police Officer Academy beworben, wo nur die Besten der Besten hinkommen, doch ich wurde abgelehnt. Mein Lebenslauf war super. Mein Betragen auf der Arbeit tadellos. Ich hatte quasi die besten Voraussetzungen! Doch wer will schon einen Krüppel? Niemand!«

»Das kannst du so doch gar nicht sagen«, widersprach ich.

»Verschon mich mit deiner Doppelmoral! Ich erinnere mich noch gut daran, wie du geguckt hast, als ich dir mein Bein gezeigt habe. Ich hatte gedacht, du kotzt mir jeden Augenblick drüber!«

Ich schwieg betreten. Es war wirklich ein ekelhafter Anblick gewesen, doch mir war gar nicht bewusst, dass ich ihn mit meiner Reaktion so gekränkt hatte. »Es tut mir leid, aber das ist kein Grund –«

»Spar dir das!«, fiel David mir ins Wort. »Meinst du, so findet man eine Freundin? Oder geschweige denn, eine Frau? Jeder ist angewidert. Immer wird man bemitleidet und nie für voll genommen. Ich habe das so satt und es ist alles die Schuld von Liam und seiner Familie und dafür werden sie büßen!«

»Büßen? Was meinst du damit?«, fragte ich leise, obwohl ich mir die Antwort bereits denken konnte. Aber wenn einem der Tod bevorstand, klammerte man sich an jede Hoffnung, die man noch hatte.

»Muss ich dir das wirklich erklären?«, fragte David anzüglich und spielte demonstrativ mit einer seiner Waffen.

»Sie sollen sterben?«

Ich schluckte.

»Ja. Seine ganze Familie und jeder, der mit ihnen befreundet ist oder ihnen folgt.« David sagte es in einem Tonfall, als wäre es das Normalste auf der Welt.

»Dann müsstest du ja das ganze Rudel umbringen«, warf ich vollkommen perplex ein.

»Dann muss ich das wohl tun ... Dann ist auch ausgeschlossen, dass so etwas, wie uns beiden widerfahren ist, nochmal passiert.«

»Du krankes Schwein! Liams Opa hätte dich zerfleischen sollen, als er die Chance dazu hatte!«

»Du bist echt nicht die Intelligenteste. Erst hörst du nicht auf mich, dich nicht weiter auf einen Werwolf einzulassen, und jetzt spuckst du solche Töne gegenüber einem Mann, der zwei Waffen in der Hand hält.« Überheblich schüttelte David den Kopf.

»Meinst du nicht, dass du keine Frau abbekommst, liegt an anderen Sachen? Zum Beispiel daran, dass du ein unglaublich arrogantes Arschloch bist?«, stöhnte Liam.

»Genauso dumm wie dein Weibchen. So gesehen passt ihr wiederum hervorragend zusammen.« David nahm kurzerhand seine Waffe und schoss Liam ins Knie, worauf dieser zu Boden ging.

Vor Schreck und Entsetzen schrie ich auf. »Du Bastard!«

Ich machte einen Satz nach vorn, doch schon hatte ich den Lauf der Pistole auf der Brust und erstarrte.

»Ich habe dir schon mal gesagt: Ich wäre an deiner Stelle vorsichtig. Das nächste Mal gibt es keine Warnung mehr. Na los, hopp, hopp. Geh wieder auf deinen Platz, bevor ich dir eine vierte Körperöffnung puste.« David lachte dreckig.

Ich wich ein paar Schritte zurück und kniete mich neben Liam, der stöhnend auf der Erde lag und sich das Knie hielt.

»Und was hast du jetzt vor?«

»Das tun, was weder du noch Amilia zu Stande gebracht habt. Und dafür habe ich sie vor dir gerettet.« David schnaubte belustigt.

»Was hat Amilia damit zu tun? Und wieso gerettet?«

»Ist dein Gedächtnis wirklich so schlecht, Emma? Du hättest sie gekillt, wenn ich an der Vollmondnacht nicht dazwischen gegangen wäre. Doch da du sie sowieso schon gebissen hattest, dachte ich, könnte sie mir vielleicht noch nützlich sein. Immerhin war sie ja nicht besonders gut auf euch zu sprechen. Leider war sie loyaler, als ich dachte und hat sich lieber vor einen Zug geworfen, als meinen Befehlen Folge zu leisten.«

»*Du* hast Amilia dazu gebracht, sich vor den Zug zu werfen?« Meine Stimme wurde gegen Satzende immer höher.

Das hier war ja schlimmer als der schlimmste Albtraum! Konnte es noch entsetzlicher werden?!

»Ich wollte lediglich, dass sie Liam tötet. Doch irgendwie hat die Gute das nicht verkraftet … Wer konnte denn ahnen, dass sich dieses dumme Huhn direkt vor einen Zug wirft? Aber im Prinzip ist das auch egal. Wer nicht stark genug ist, hat in unserer Gesellschaft sowieso nichts verloren.«

Ich schüttelte schockiert den Kopf. »Was hast du mit ihr gemacht? Wie …«

»Durch den Biss hast du ihr meine Viren übertragen. Dadurch hatte ich eine Verbindung zu ihr. Genau, wie sie zwischen uns besteht. Leider war sie von meinen Vorschlägen und Bildern zu entsetzt und ja … den Rest würde ich als Kollateralschaden bezeichnen.«

»Bilder?«, hakte ich nach.

»Ja, du weißt schon. Der Typ, der –«

»Dann hast DU den Typ umgebracht?« Ich erinnerte mich an den Zeitungsartikel und daran, wie fix und fertig ich gewesen war, weil ich dachte, dass ich ihn auf dem Gewissen hatte.

»Unabsichtlich. Ich wollte ihn auch nur beißen. Nach der Sache mit Tyler dachte ich, hätte ich mich im Griff, doch wie das bei Werwölfen so ist, kann man das nicht immer garantieren.« David grinste. »Wie dem auch sei: Da weder du noch Amilia, noch die anderen unnützen Verwandelten in der Lage wart, meiner Aufforderung, die Welt von diesen Hunter-Biestern zu säubern, Folge zu leisten, muss ich mich jetzt wohl oder übel selbst darum kümmern. Was für eine Schande, dass ich mir die Mühe gemacht hatte, diese bemitleidenswerten Kreaturen bekehren zu wollen. Hätte ich sie direkt gefressen, hätte ich mehr davon gehabt.«

»Tyler also auch … Und all die anderen gebissenen Werwölfe, die deinetwegen Selbstmord begangen haben … Du bist so krank …«, flüsterte ich, immer noch vollkommen fassungslos.

»Ich habe dir schon mal gesagt: Wer zu schwach ist für diese Welt, hat hier nichts verloren. Ich werde euch jetzt erst mal fixieren und wenn du nett bist, schieß ich dir in den Kopf. Dann bist du bewusstlos, während ich dir die Organe entnehme.« Er schaute zu Liam. »Ihm wird dieses Glück jedoch nicht vergönnt sein. Wobei du meine Vorzugsbehandlung eigentlich auch nicht verdient hättest. So konsequent, wie du dich gegen meine geistigen Befehle gewehrt hast … Zuerst habe ich mich ja noch gefreut, wenn du unsere Verbindung zugelassen hast, aber dann habe ich sie sogar freiwillig gekappt, um mir nicht weiter dein kindisches Gejammer anhören zu müssen. Ja, eigentlich müsste ich dich gerade deswegen angemessen bestrafen.«

»Du willst was?!«, schrie ich entsetzt, jedoch eher wegen dem, was er über Liam gesagt hatte als über mich. David schien mich jedoch genau verstanden zu haben, denn er ging exakt darauf ein.

»Von dem Kopfschuss würdet ihr euch wieder erholen. Ich will aber sichergehen, dass ihr auf ewig das Zeitliche segnet. Und da ein Werwolfkörper über immense Selbstheilungskräfte verfügt, muss man sich schon etwas einfallen lassen. Wie ich dir damals bei meinem Bein bereits sagte: Alles heilt, doch was weg ist, ist weg.«

Über alle Maßen geschockt starrte ich David an. Unfähig, irgendetwas darauf zu erwidern. Das hier war ein einziger Albtraum und ich fragte mich, was ich verbrochen hatte, in so einen zu geraten.

»Ich glaube, ich fange mit Liam an«, teilte David mir in einer Gleichgültigkeit mit, als wenn es darum ginge, was es heute Abend zum Essen gäbe.

»Du … du …«, doch ich brach den Satz ab. Ich fand einfach keine Worte, die auch nur annähernd das beschreiben konnten, was ich gerade fühlte.

»Keine Angst. Dich lasse ich zugucken. Du sollst doch in den letzten Stunden bei deinem Liebsten sein.«

Nachdem er Liam Handschellen an Händen und Füßen angelegt hatte, kam er auf mich zu.

Mein Gehirn ratterte. Was sollte ich tun? Ich konnte doch nicht einfach dabei zusehen, wie er Liam nach und nach in Häppchen zerlegte!

Ich blieb so lange sitzen, bis er kurz vor mir stand, dann sprang ich auf und meine Faust schnellte zu seinem Gesicht. David duckte sich jedoch geschickt und schlug mir mit aller Kraft in den Magen. Ich fiel zu Boden und krümmte mich vor Schmerzen. Dann riss er mir unsanft meine Arme hinter den Rücken und ein Klicken verlautete, dass ich nun ebenfalls Handschellen trug.

»Sollte das ein Scherz sein?«, fragte er. »Meinst du, nur weil du jetzt ein Werwolf bist, kannst du jahrelanges Polizeitraining ausboten?« David sah mich mit hochgezogenen Augenbrauen an. Als ich nichts erwiderte, zwang er mich auf die Knie, so dass ich Blickrichtung auf Liam hatte. Dann ging er zu ihm und zog ihm das Messer aus dem Rücken. Liam keuchte, als David dabei absichtlich erst noch mal tiefer ins Fleisch schnitt, bevor er es endgültig rausholte.

»Na? Was glaubst du, auf welches Organ er am ehesten verzichten kann? Du suchst aus.« David lachte und schaute mich aus teuflischen Augen heraus an.

»Ich werde gar nichts aussuchen!«

»Ach, Emma. Spiel mit ...« Er zog Liams Shirt nach oben und fuhr mit der Klinge seinen Bauch entlang. Nicht tief, doch es reichte, dass kleine Blutstropfen hervorquollen.

Ich weinte.

»Liam«, wimmerte ich. »Bitte David, er kann doch gar nichts dafür, was damals passiert ist.«

David zuckte gefühlskalt mit den Schultern. »Ich etwa?«

»Eine Frage, David«, presste Liam hervor. Das Pochen seines blutenden Knies konnte ich bis hierhin spüren.

»Du willst selbst aussuchen? Na wunderbar!«, freute sich David, doch Liam schüttelte so gut er konnte den Kopf.

»Warum kann ich dich nicht riechen? Als wir bei White waren, lag immer ein merkwürdiger Geruch in der Luft. Warum jetzt nicht? Warum riechst du nur nach Mensch?«

»Wie einfach doch alles ist, wenn man ständig unterschätzt wird ...«

»Erklär's mir«, bat Liam.

»Wolfswurz. Sie unterdrückt nicht nur die Verwandlung. Wenn man genug davon isst, verliert man auch den typischen Wolfsgeruch und kann sich völlig unerkannt unter Seinesgleichen bewegen.« David blickte Liam und mich erhaben an. »Nun aber Schluss mit dem Geplauder. Kommen wir zu den wichtigen Sachen. Also, welches Organ nehmen wir denn mal ... Was hältst du von der Leber? Oder der Bauchspeicheldrüse?« David rieb sich mit zwei Fingern nachdenklich das Kinn. »Ja, ich glaube, die nehme ich. Ich habe noch nie eine gesehen. Ich hoffe nur, ich finde sie auch ... Ansonsten hast du sicher nichts dagegen, wenn ich ein wenig herumwühle und sie suche, oder?«

Mit einem diabolischen Grinsen setzte David zum Schnitt an. Da hörten wir ein furchteinflößendes Knurren.

Er hielt inne und schaute sich um. Ich blickte ebenfalls verstohlen umher, doch ich konnte nichts sehen.

»Warst du das?«, fuhr David mich an. Ich schüttelte heftig den Kopf. »Lass es, sonst überleg ich mir, ob ich nicht doch mit dir anfange ...«

David setzte erneut an und wieder ertönte dieses Knurren. Diesmal war es noch lauter und ließ mich erzittern. Zum ersten Mal merkte ich, was Liam mit den Sätzen »Mein Werwolf mag das« beziehungsweise »Mein Werwolf mag das nicht« gemeint hatte. Ich spürte, wie meiner sein Nackenfell sträubte und gern abgehauen wäre, doch ich blieb sitzen. Aufgrund der Handschellen wäre es mir sowieso unmöglich gewesen, schnell genug aufzuspringen und wegzulaufen. Zumal diese Dinger aus purem Silber waren und jede Bewegung damit schmerzte. Und davon mal abgesehen, hätte ich Liam auch niemals im Stich gelassen.

»Jetzt hab ich aber genug!« David sprang auf und drehte sich in die Richtung, aus der das Knurren gekommen war, als ein Werwolf aus dem Wald trat. Groß, furchteinflößend und ziemlich böse dreinblickend. David schluckte.

»Was zur Hölle? Was ist das für ein Trick?«, flüsterte er und wich vorsichtig zurück. »Wie kann das sein? Wir haben doch gar keinen Vollmond!« David schaute zu mir. »Was soll das? Hast du was damit zu tun?«

Wieder schüttelte ich den Kopf.

»Wenn du lügst, ich schwöre dir ...« Doch er beendete den Satz nicht. Wie gebannt schaute er auf den Werwolf, der sich leicht aufgerichtet hatte und immer näher kam. Zwar bedächtig, aber deswegen nicht weniger schnell. Er fixierte David und zog die Lefzen angriffslustig nach oben. Ängstlich umklammerte dieser sein Messer.

»Pfeif ihn zurück!«, verlangte er, doch ich hatte selbst keine Ahnung, wer das war und wo der Wolf herkam.

»Ich kann nicht.«

»Pfeif ihn zurück, hab ich gesagt!«

»Ich kann es wirklich nicht.«

Der Werwolf kam näher und näher.

In der einen Hand sein Messer haltend ließ David die andere langsam in Richtung Pistole gleiten.

Der Werwolf beäugte sein Tun missbilligend und es schien ihn nur noch aggressiver zu machen. Er knurrte erneut und Speichel tropfte von seinen gelben Reißzähnen.

Davids Hand umfasste die Pistole und zog sie mit einem Ruck aus dem Halfter, doch in diesem Moment ließ sich der Werwolf auf alle Viere fallen und sprang mit zwei gezielten Sätzen auf David zu. Dieser schaffte es noch, einen Schuss abzufeuern, doch die Gewalt, die ihn zeitgleich zu Boden riss, ließ ihn sein Ziel verfehlen.

Der Werwolf stand über dem Polizisten und hatte die Zähne fest um dessen Kehle geschlossen.

»Vorsicht!«, rief ich dem Wolf zu. »Wenn du kein Alpha bist, ist er giftig für dich!«, warnte ich ihn, doch er ließ nicht locker.

David japste nach Luft, doch binnen Sekunden bewegte er sich nicht mehr. Dann begann der Werwolf Teile aus ihm herauszureißen und ich wendete angewidert meinen Blick ab.

Möglichst unauffällig kroch ich zu Liam und betete dabei inständig, dass der Werwolf nach seiner Mahlzeit genug hatte und uns verschonen würde.

»Liam?«, flüsterte ich, der daraufhin die Augen öffnete. Er sah unheimlich blass aus. Vermutlich lag das an dem Blutverlust in Kombination mit den starken Schmerzen.

»Kennst du den Wolf?«, flüsterte ich. Liam drehte sich so gut er konnte nach ihm um.

»Nein«, stöhnte er.

Der Werwolf hob den Kopf und spitzte die Ohren. Dann schlich er zu White und schnüffelte an ihm. Er knurrte wieder.

»Nicht«, sagte ich kleinlaut. »Er hat nichts getan. David hat ihn zu allem gezwungen.«

Der Werwolf knurrte erneut, dann kam er auf uns zu. Ich schluckte. Liam versuchte sich aufzurichten, doch er war zu schwach.

»Bitte, tu uns nichts ...«, flüsterte ich und spürte, wie mein ganzer Körper zitterte.

Der Werwolf stand jetzt ungefähr zwei Meter vor uns, dann begann er zu heulen und sank zu Boden. Ich erschrak, doch ich sah gleichzeitig, wie aus Pfoten plötzlich Hände wurden, aus einer Schnauze ein Gesicht wuchs und sich Fell in Haut verwandelte. Fasziniert betrachtete ich dieses Schauspiel, bis eine alte Frau vor uns lag. Es war Mrs Davis.

»Oh, Gott sei Dank!«, weinte ich und kroch zu ihr hinüber. Sie stand auf, zog mich mit nach oben und nahm mich liebevoll in die Arme.

»Da kam ich ja gerade noch rechtzeitig, was?«

»Und wie! Ich danke Ihnen!«, schniefte ich und legte mein Gesicht an ihre nackte Schulter. Sie küsste mich auf die Stirn. Dann ging sie hinüber zu Davids Leiche und suchte nach den Schlüsseln.

»Ich hoffe, ich hab sie nicht mitgefressen«, witzelte sie und rülpste dabei.

Ich sah sie mit großen Augen an, doch ich war so dankbar, dass sie uns geholfen hatte, dass ich nichts zu dem makabren Scherz sagte. Nach ein paar Minuten hielt sie die Schlüssel triumphierend in der Hand.

»Hier sind sie«, sagte sie und kam, um meine Handschellen aufzuschließen. Nachdem sie meine geöffnet hatte, ging sie hinüber zu Liam, der ein schwaches »Danke« herauspresste.

»Liam?«, sprach sie ihn an. »Ich werde dir jetzt die Kugel entfernen, damit alles heilen kann. Ist das in Ordnung?«

Liam nickte. Mrs Davis holte Davids Messer und begann mit der Spitze der Klinge in Liams Knien herumzubohren. Liam biss die Zähne zusammen, doch das tat allein schon beim Zusehen weh. Ich verzog das Gesicht.

»Emma? Schau mal dahinten. Die gelbe Pflanze und das Kraut mit den langen schmalen Blättern. Siehst du das?«

Ich nickte.

»Das Gelbe unterstützt die Heilung und das mit den langen schmalen Blättern ist gegen die Schmerzen. Würdest du Liam etwas davon pflücken?«, bat sie mich.

»Natürlich!« Ich sprang auf und holte die Pflanzen. Als ich wieder zurückkehrte, war Mrs Davis bereits fertig. Sie nahm mir die Kräuter ab, und reichte Liam die Blätter und Blüten.

»Hier, Liam. Das ist etwas gegen die Schmerzen und unterstützt die Heilung. Kau es gut durch und schluck es hinunter. Dann wird es dir gleich besser gehen«, sagte sie und strich ihm die verschwitzten Haare aus der Stirn.

Liam nickte und tat wie geheißen.

»Jetzt erzählt mir aber mal, wie ihr in diesen Schlamassel geraten seid? War der Plan nicht, White in eine Falle zu locken? Und wo kommt David plötzlich her? Und warum war er drauf und dran, euch umzubringen?«, wollte Mrs Davis wissen.

Also fing ich an zu erzählen: »Wir dachten, wir würden White in eine Falle locken, doch stattdessen sind wir selbst mitten hineingelaufen. White war gar nicht mein Beißer, sondern David, also hatte ich Kontakt mit ihm aufgenommen.«

»Und das kam dir nicht spanisch vor, dass er plötzlich hier aufgetaucht ist?«

»Das war meine Schuld. Ich hatte ihn angerufen, da ich dachte, mit einem Polizisten an unserer Seite wäre es sicherer und da David mir mal erzählt hatte, dass er früher selbst ein Werwolf gewesen sei, kam ja nur er als Hilfe in Frage.«

Mrs Davis nickte verstehend. »Und was wollte dieses Mondkind von euch?«

»Mondkind?«, fragte ich.

»›Mondkind‹ ist ein abfälliger Ausdruck für jemanden, der sich von einem Werwolf hat beißen lassen «, erklärte sie daraufhin. »Dabei steht ›Mond‹ für den Werwolf und ›Kind‹ für die Naivität –«

»Sie haben mich mal so genannt –«

»Das stimmt und das tut mir auch leid. Ich habe damals vollkommen überreagiert. Aber ich war so geschockt, dass meine kleine Emma sich hat beißen lassen, ohne sich auch nur annähernd darüber im Klaren zu sein, was sie sich mit ihrem törichten Verhalten angetan hat. Zumal ich über die Problematik, was gebissene Werwölfe angeht, Bescheid wusste.«

»Warum sollte ich so etwas tun?«, fragte ich und fühlte mich dabei leicht auf den Schlips getreten. Was dachte sie denn von mir? Dass ich das cool fand?!

»Na ja ... als meine Urgroßmutter noch jung war, war das mit den Werwolfgesetzen noch nicht so streng. Werwölfe waren bekannter und es gab sogar welche, die regelrecht darum bettelten, dass sie gebissen wurden. Entweder um unsere Fähigkeiten zu erhalten oder um zu ihrem gewünschten Partner zu passen. Zum einen war das natürlich extrem gefährlich. Kaum einer überlebte das, doch nachdem sich zusätzlich herausstellte, dass gebissene Werwölfe sich völlig widernatürlich verhalten und auch noch giftig für die anderen sind, hat man den Werwolfkodex erschaffen.«

»Woher wussten Sie überhaupt, dass ich ein gebissener Werwolf bin?«

»Ich habe es gerochen ...«

Ich nickte verstehend.

»Jetzt weiß ich aber immer noch nicht, warum David euch umbringen wollte«, erinnerte sie mich noch einmal.

»Er wollte sich rächen. Er machte Liam dafür verantwortlich, was damals zwischen ihm und Liams Opa passiert ist und unter dem Vorwand, dass niemand das gleiche Schicksal erleiden muss wie er, wollte er jeden, der mit Liam etwas zu tun hat, umbringen.«

»Sehr einfältig gedacht ...«, kommentierte sie. »Und was hat White jetzt mit dieser ganzen Sache zu tun? Oder auch nicht?«

»White war lediglich die Marionette von David. Er wurde von ihm gezwungen, diese ganzen Versuche durchzuführen. Aber wenn wir schon beim Thema sind: Würden Sie mir bitte helfen, White aus seiner misslichen Lage zu befreien?«

»Wenn's sein muss ...«, entgegnete sie und ging mit mir die paar Meter zu White.

»Er konnte wohl wirklich nichts dafür ...«, entschuldigte ich ihn.

»Er konnte sehr wohl was dafür, dass er mich bedroht hat.« Dann schaute sie White an und entdeckte seine festgenagelten Hände. »Ohhh, wie nett«, kommentierte sie, als sie zusätzlich noch die Stange in seinem Rücken sah.

»Mit was hat David dich erpresst, dass du so folgsam warst, Doktor?«, wollte sie wissen.

White atmete schwer. »Er hatte Alpha-Blut in sich und war um einiges stärker als ich. Er hat mir gedroht, mich beim nächsten Vollmond umzubringen und nachdem ich gesehen habe, was das Blut von gebissenen Werwölfen mit denen von normalen anrichtet, hatte ich umso mehr Angst.«

»Hm ... und du hast es nicht für nötig befunden, deinen Alpha einzuweihen?« Skeptisch sah sie White an.

»David hat mich auf Schritt und Tritt überwacht. Es war mir kaum möglich, auch nur den Versuch zu starten und als ich einmal meinen ganzen Mut zusammengenommen habe, hatte Liam das Gespräch abgelehnt.«

Mrs Davis zog die Brauen hoch, als würde sie es ihm nicht glauben, doch ich erinnerte mich noch gut an die Situation.

»Es stimmt. White hatte um ein Gespräch unter vier Augen gebeten, aber Liam meinte, er hätte keine Geheimnisse vor mir und da wir sowieso gerade dabei waren, zu gehen, wurde daraus nichts«, erklärte ich.

Mrs Davis verdrehte die Augen. »Wie viel Ärger euch erspart geblieben wäre, hättet ihr nur miteinander geredet. Ich hoffe, das wird euch für das nächste Mal eine Lehre sein ...«

White nickte reumütig. Interessant, wie demütig sich Werwölfe verhielten, wenn sie einen Stärkeren vor sich hatten.

»Ich wollte es nur nicht in Emmas Beisein sagen, weil sie zu dem Zeitpunkt noch gar nicht wusste, dass man diesen Virus nie wieder loswird. Sie war immer so hoffnungsvoll und ich habe es nicht übers Herz gebracht, ihr die Wahrheit zu offenbaren. Ich dachte, wenn wir ihr das Geheimnis mit den Pflanzen erzählen und sie dadurch erst mal eine Lösung hat, woran sie sich klammern kann, gerät die Sache mit dem Beißer vielleicht nach und nach in Vergessenheit ...«

Ich schnaubte. »Wie soll man so etwas vergessen?!«

»Na ja, bei regelmäßiger Einnahme von Wolfswurz wirst du dich nicht mehr verwandeln. Man könnte es also schon halbwegs vergessen«, sagte White.

»Trotzdem ist es eine Einschränkung, wenn ich jetzt ständig dieses Zeug essen muss«, seufzte ich.

»Du musst es lediglich an Vollmondtagen nehmen, bevor der Mond aufgegangen ist.«

Ich lächelte zaghaft. Jetzt, wo diese ganze Sache vorbei war, hatte ich ein bisschen Zeit, darüber nachzudenken. Ich wollte ehrlich sein: Ich fand die Vorstellung, für Lebzeiten ein Werwolf sein zu müssen, ziemlich erschreckend. Und ich wünschte mir nichts sehnlicher, als das alles hinter mir zu lassen und endlich wieder ein normales Leben führen zu können. Doch da dies offenbar nicht möglich war, war ich wenigstens beruhigt, dass es eine Alternative für mich gab. Auch wenn diese in meinen Augen mehr schlecht als recht war ...

»Sooo ... Jetzt machen wir aber erst mal diese Dinger ab«, sagte Mrs Davis und deutete dabei auf die Nägel in Whites Händen. »Aber ich musste mich erst davon überzeugen, dass du die Wahrheit sprichst.« Sie nahm das Messer und setzte es wie eine Art Hebel an, bevor sie versuchte, die Nägel mit dessen Hilfe herauszuziehen.

Angewidert schaute ich zu.

»Emma? Holst du noch welche von den Pflanzen?«, bat sie mich.

Ich nickte und rannte erneut los. Das war mir eh lieber, als das mit ansehen zu müssen.

Als ich am Pflücken war, hörte ich White schreien. Brrr! Dieser Ton ging wirklich durch Mark und Bein. Ich wollte nicht wissen, wie weh das tat. Und gleichzeitig bewunderte ich Liam. Von ihm hatte man keinen Mucks gehört, obwohl sie in seinem Knie sogar mit dem Messer herumgebohrt hatte. Ich lief zurück und sah, dass Liam sich schon wieder berappelte. Ein riesengroßer Stein fiel mir vom Herzen.

»Tut es nicht mehr so weh?«, fragte ich.

Liam lächelte. »Es geht.«

Ich gab ihm einen Kuss und ging weiter zu Mrs Davis, um ihr die Pflanzen zu bringen, doch sie wies mich an, White ein paar Blätter und Blüten zurechtzuzupfen. Nachdem ich ihm eine große Portion davon gegeben hatte, stellte sich Mrs Davis hinter White und zog ihm mit einem Ruck die Stange aus dem Rücken. White schrie aus Leibeskräften, so dass ich erschrocken einen Satz zurückmachte, doch dann atmete er erleichtert auf.

»Geht's wieder?«, fragte ich.

Er nickte. Dann wandte er sich an Mrs David. »Haben Sie vielen Dank.«

Mrs Davis lächelte ihn freundlich an.

»Ich hoffe, sie haben sich vorhin bei dem Kampf keine Verletzung zugezogen, Mistress«, meinte White.

»Kampf?« Sie lächelte. »Das ist aber eine sehr faire Bezeichnung für das einfache Erlegen eines Beutetiers.«

Ich rollte mit den Augen. Es spielte wohl keine Rolle, welchen Werwolf man kennenlernte. Ob jung, ob alt, ob steinalt: Das Wort »Werwolf« schien einfach ein Synonym für eine gewisse Arroganz zu sein. Und ich hatte auch noch kurzzeitig überlegt, ob es Mrs Davis nun schlecht ging, weil sie – Wie sagte sie so schön? – David »erlegt« hatte. Doch für Werwölfe schien das eine ganz normale Sache zu sein. Zumindest hatte ich den Eindruck, dass sie gefühlsmäßig in so etwas nicht großartig involviert waren und das Ganze relativ nüchtern betrachteten.

»Aber was meinen Sie mit Verletzung?«, fragte Mrs Davis nach.

»Durch ihren häufigen Gebrach der Wolfswurz kann ich nur riechen, dass Sie ranghöher sind als ich, aber wenn Sie nicht gerade ein Alpha-Wolf sind und die Viren von Davids Blut in Ihren Blutkreislauf gelangen, wird Sie ein schreckliches Schicksal ereilen.«

»Vielen Dank für den Hinweis, aber als ich mich damals noch regelmäßig verwandelt habe, hatte ich tatsächlich eine Alpha-Stellung ...«

Bei dem Wort »Alpha« wurde Liam aufmerksam. Er hatte sich mittlerweile etwas erholt und stellte sich nun neben mich. Seinem Gesicht nach zu urteilen, schien er zwar noch Schmerzen zu haben, doch ich sah, dass die Wunden bereits heilten. Erleichtert streichelte ich ihm über den Arm und verschränkte meine Hand mit seiner.

»Wenn Sie ein Alpha waren, warum weiß ich dann nichts von Ihnen?« Liam musterte Mrs Davis mit hochgezogenen Augenbrauen.

»Ich bin nach Greenwood gezogen, lange nachdem ich mich schon nicht mehr verwandelt habe«, erklärte sie. »Diese ewigen Rangkämpfe um meine Stellung ... Ich hatte einfach die Nase voll.«

Liam nickte, als würde er das nur zu gut kennen.

»Und zu welchem Rudel gehören Sie?«, fragte er.

»Ich verstehe, dass du das aufgrund der Sicherheit deines Rudels wissen musst, Hunter. Deswegen werde ich es dir auch sagen. Doch ich bitte dich, es für dich zu behalten und mich nicht zurückzuschicken. Ich habe nicht vor, mich ein weiteres Mal zu verwandeln.«

»Warum sollte er Sie zurückschicken?«, fragte ich irritiert.

»Weil ein Werwolf eigentlich bei seinem Rudel bleiben muss ...«

Liam nickte. »Ich gebe Ihnen mein Wort.«

»Mein Rudel ist das der Wilden Werwölfe.«

Wieder nickte Liam. »Das habe ich mir bereits gedacht.«

»Warum?« Nun schien Mrs Davis neugierig zu werden.

»Weil wir dort gewesen sind und diese den gleichen kleinen Trick beherrschten wie Sie.«

Zuerst schien Mrs Davis zu überlegen, was er meinte, dann war der Groschen offensichtlich gefallen. »Das ist kein Trick. Lediglich eine biochemische Reaktion der Werwolfviren, hervorgerufen durch das Wolfskraut.«

Ich machte große Augen. »Das heißt, wenn man Werwolf ist und das Kraut isst, verwandelt man sich? Auch ohne Vollmond?«

Mrs Davis nickte. »Die Abhängigkeit zum Vollmond ist zwar nach wie vor gegeben, doch man kann diese Verwandlung auch künstlich erschaffen.«

»Deswegen hattest du dich damals erst verwandelt, nachdem du das Kraut gegessen hast ...«, sinnierte Liam.

»Aber warum erst dann? An diesem Tag war doch auch Vollmond?«

»Darf ich das vielleicht erklären?«, mischte sich nun White ein, nachdem Mrs Davis ahnungslos mit den Schultern gezuckt hatte.

»Nur zu ...«, bejahte Liam.

»Ich gehe davon aus, es verhält sich ähnlich wie bei Epilepsie, wo Lichtblitze oder Lichtflackern einen Anfall auslösen können. Nur dass es bei Werwölfen das Licht des Vollmonds ist, das zu einer Verwandlung führt. Solltest du also an diesem Abend keinen Sichtkontakt zum Vollmond gehabt haben, kann es durchaus sein, dass deine Verwandlung erst einsetzte, nachdem du das Kraut gegessen hast.«

Jetzt, wo ich das wusste und meine Werwolfabende nochmal Revue passieren ließ, stimmte das tatsächlich. Als ich mich das allererste Mal verwandelt hatte, saß ich am Fenster, dachte an Liam und hatte – natürlich – den Vollmond angeschaut. An dem Abend, als Amila mich aufgesucht hatte, lag ich auf der Couch, war am Schlafen und hatte, nachdem Amila mich weckte, alle Fenster verbarrikadiert, damit sie nicht hineinkonnte.

»Aber warum haltet ihr euch dann an den Vollmondtagen nicht einfach im Haus auf? Damit wäre doch euer Problem gelöst, oder?«, fragte ich White. Schließlich war er es ja, der unbedingt ein Heilmittel gegen den Werwolfvirus finden wollte.

»Leider nicht, Emma. Die Theorie mit dem Vollmond konnte ich nur bei den gebissenen Werwölfen belegen. Geborene haben wohl eine stärkere Affinität zum Vollmond. Ihr Organismus scheint zu spüren, wenn es soweit ist und sie verwandeln sich auch ohne Sichtkontakt zum Mond.«

Ich starrte vor mich hin. Jedoch nicht, weil ich irgendwie schockiert war, sondern einfach nur, weil ich über Whites Worte nachdachte.

Mrs Davis schien das allerdings anders zu interpretieren, denn sie kam zu mir und nahm meine Hand.

»Du musst dir keine Gedanken machen, Emma. Ich werde euch zeigen, welche Pflanzen ihr benötigt und dann könnt ihr selbst entscheiden, ob ihr euch verwandeln möchtet und unter welchen Bedingungen. Ihr müsst nicht Sklave dieser Krankheit bleiben.«

»Danke«, sagte ich und drückte zur Bekräftigung ihre Hand. Liam schaute sie jedoch etwas zweifelnd an. Er sah das Ganze offensichtlich anders.

»Dann ist ja noch mal alles gut ausgegangen, nicht wahr?«, resümierte Mrs Davis, während Liam sich noch einmal in aller Form für ihre Hilfe bedankte.

14. Kapitel

Mit einem Korb voller Wolfswurz, Wolfskraut (obwohl ich der Meinung war, dass ich das Kraut zum freiwilligen Verwandeln nie brauchen würde) und Wolfsblumen fuhren wir nach Hause. Mrs Davis hatte mir erzählt, dass ich die Pflanzen frisch essen oder trocknen konnte. Und dass ich sie sogar selbst anpflanzen konnte, da sie zur Kategorie »Unkraut« gehörten und daher nicht schwierig zu pflegen waren. Selbst ein Teeaufguss war möglich, sollte ich die Pflanze an sich nicht hinunterbekommen.

Auch wenn das vielleicht nicht meine Wunschvorstellung gewesen war, wie ich den Werwolf wieder loswurde, musste ich dennoch sagen, ich war glücklich. Dank diesen Kräutern musste ich mir keine Sorgen mehr um die Vollmondnächte machen. Es konnte sich bestimmt keiner vorstellen, was das für eine Riesenlast von meinen Schultern nahm. Ich fühlte mich so beschwingt, so frei, sprichwörtlich wie neugeboren. Der nächste Vollmond konnte definitiv kommen. Ich war gerüstet!

Bei meinem Zuhause angekommen stand meine Mom gerade vor der Haustür und unterhielt sich mit unseren Nachbarn. Als sie Liams Auto sah, hätte man meinen können, ihr würden jeden Augenblick die Augen aus dem Kopf fallen, so verdutzt starrte sie uns an. Doch als wir ausstiegen, wurden wir erst mal ausgiebig begrüßt.

»Was macht ihr denn schon hier?«, fragte sie erstaunt, während sie mich an ihre mütterliche Brust quetschte.

»Emma hatte Heimweh«, sagte Liam, wofür ich ihm einen bitterbösen Blick zuwarf. Doch ich hatte selbst nicht gewusst, wie wir sonst erklären sollten, dass ein verliebtes Pärchen eine gute Woche zu früh aus dem Urlaub wieder heimkam.

»Und ich hatte meine Malsachen vergessen«, fügte ich noch erklärend hinzu, damit sie nicht auf die Idee kam, mich in Zukunft wieder wie ein Kleinkind zu behandeln, doch es war bereits zu spät.

»Ja, ja ...«, kommentierte sie und streichelte mir sanft über den Kopf.

Liam grinste lässig, woraufhin ich ihn noch grimmiger anfunkelte.

»Oder braucht Liam vielleicht eine Pause?«, fragte sie dann hintersinnig und ich musste lachen. Einmal über die Aussage und einmal über Liams Gesichtsausdruck.

Zuerst sah er aus, als wolle er das schnellstens dementieren (Und zwar gehörig!), doch dann fügte auch er sich seinem Schicksal. Meine Mom hätte man sowieso von nichts anderem mehr überzeugen können und das schien ihm klar gewesen zu sein.

Wir brachten das Gepäck in mein Zimmer und machten uns sogleich wieder auf den Weg zu Liams Familie. Schließlich hatten wir Neuigkeiten, die wir unter keinen Umständen für uns behalten konnten.

Wir fuhren zu Liam und auch seine Mutter nahm uns in Empfang. Ihren Sohn natürlich herzlich, während ich mit einem lapidaren »Grüß dich« abgespeist wurde, doch das war mir egal. Jetzt, wo die Werwolfsache mehr oder weniger ausgestanden war, hatte ich ein ganz anderes Selbstbewusstsein und das sollte sie ruhig mitbekommen.

Liams Mom lud uns zu einer Boullion in die Küche ein und wir erzählten ihr alles, was sich zugetragen hatte. Florence kam aus dem Entsetzen gar nicht mehr heraus, doch es schwang auch eine gehörige Portion Stolz in ihrer Stimme mit. Stolz darüber, dass ihr Sohn seine Aufgabe quasi allein gemeistert hatte und seiner Führungsposition im Rudel nun nichts mehr im Wege stand. Sie kommentiere fleißig mit »Ohhhs« und »Ahhhs« und immer mal wieder mit einem »Das gibt's doch nicht!« oder einem »Das ist doch nicht zu fassen!«. Als Liam ihr schließlich erzählte, dass David hinter alledem steckte, war sie völlig außer sich.

»Dieser miese, kleine Möchtegern-Hilfssheriff! Er kam mir schon immer dubios vor. Gut, dass er bekommen hat, was er verdient!«

Ich schluckte. Selbst wenn Mrs Davis das nicht erledigt hätte, wäre mir sofort klar, wer es stattdessen tun würde. Florence hatte sich so in Rage geredet, dass sie zwischendrin immer wieder knurrte und die Mundwinkel – wie ein Wolf die Lefzen nach oben zog.

Nachdem Liam die ganze Story runtergerattert hatte, wollte Florence Liams Schwester Faith von Tyler berichten, doch ich hielt sie zurück.

Erstaunt sahen mich Liam und seine Mom an.

»Darf ich das bitte machen?«

Liam nickte und auch Florence gab mir mit einem kurzen Kopfnicken zu verstehen, dass ich freies Geleit hatte.

Ich wusste selbst nicht, wie ich auf diese Idee gekommen war, doch ich hoffte, vielleicht so unser Verhältnis ein bisschen verbessern zu können.

Als ich vor Faiths Zimmer stand, wurde mir mulmig, doch ehe ich mich dazu entschließen konnte, kehrtzumachen, rief sie bereits nach mir.

»Was willst du?«, kam es unfreundlich aus ihrem Zimmer.

»Ich ... darf ich rein?«, fragte ich höflich.

»Warum?«

»Ich möchte mir dir reden.«

Ich hörte Schritte, die näher zur Tür kamen. Dann wurde diese aufgerissen und Faith stand vor mir.

»Also?«

Ich reckte mein Kinn nach oben und ging an ihr vorbei. Faith blieb verblüfft an der Tür stehen. Damit hatte sie wohl nicht gerechnet. Ich meine, ich auch nicht, aber ihre Reaktion hätte schlimmer sein können.

»Was willst du?«, fragte sie noch mal und ich drehte mich zu ihr um.

»Du weißt bestimmt von Liam, dass wir auf der Suche nach meinem Beißer waren.«

Faith nickte.

»Wir haben ihn auch gefunden. Es war David.«

Ich spürte, dass sie überrascht war, doch sie verzog keine Miene.

Ich trat näher an sie heran. »Das mit Tyler damals, das war auch David ...«

Faith schluckte und in ihrem Gesicht spiegelten sich so viele Emotionen wider, dass ich unsicher war, ob sie jeden Augenblick auf mich losgehen oder mir um den Hals fallen würde.

Stattdessen ging sie zu ihrem Nachttischschränkchen, auf dem immer noch ein Bild von Tyler stand, nahm es in die Hand und wischte sich eine Träne aus dem Gesicht.

Unschlüssig, was ich tun sollte, blieb ich erst mal stehen. Als sie jedoch weitere fünf Minuten völlig reglos dastand und auf das Bild starrte, wollte ich das Zimmer verlassen. Da begann sie plötzlich zu sprechen.

»Weißt du, Emma. Tyler und ich, das war für mich nicht bloß irgendeine Affäre oder eine einfache Beziehung. Wenn Werwölfe lieben, dann ist es auf ewig.« Sie wischte sich erneut eine Träne weg, während ich immer noch einfach nur dastand.

»Tyler wollte sich für mich beißen lassen. Er meinte, er wollte für immer mit mir zusammen sein und ich fand den Gedanken so romantisch, dass ich das natürlich befürwortete. Wir hatten uns bereits ausgemalt, wie wir zusammen durch die Wälder streifen würden ...« Faith brach ab und schluckte laut.

»Tyler wusste, dass du ein Werwolf bist?«

Faith nickte. »Meine Familie hatte natürlich keine Ahnung von unserem Plan. Sie alle hätten versucht, es mir auszureden, da Tyler keine Alpha-Wolf-Qualitäten hatte, doch man kann sich eben nicht aussuchen, wo die Liebe hinfällt.«

Ich nickte verstehend. »Und warum ist er dir dann an Vollmond in den Wald gefolgt?«

»Wir hatten ausgemacht, dass Amilia ihn beißen sollte. Doch bevor sie bei Tyler war, war das Unglück bereits geschehen. Amilia hatte noch versucht, den Wolf zu jagen, doch er war zu schnell für sie.« Sie machte eine kurze Pause. Dann sah sie mich aus tränenschimmernden Augen an. »Ich habe mir schreckliche Vorwürfe gemacht, Emma. Ich hatte zwar extra allen Rudelmitgliedern gesagt, dass sie sich in jener Nacht von dieser Stelle fernhalten sollten, doch es war trotzdem passiert. Ich fühlte mich schrecklich schuldig und tue es immer noch ...«

»Das brauchst du nicht. David hat gezielt Leute herausgesucht. Egal, wo Tyler sich aufgehalten hätte, er hätte ihn bekommen.«

Faith nahm ein Taschentuch und tupfte ihre Augen ab.

»Wirklich, Faith. Dich trifft keine Schuld. Wie hättest du ahnen sollen, dass es noch einen Werwolf außerhalb eures Rudels gab, der zu sowas fähig war?«

Da trat Faith schnellen Schrittes auf mich zu.

Zuerst hatte ich die Befürchtung, ich hätte etwas Falsches gesagt und sie wollte mir dafür eine verpassen, doch sie schloss mich in die Arme und drückte mich an sich. Vorsichtig hob ich meine Hände und umarmte sie ebenfalls.

»Danke, dass du mir das erzählt hast. Danke, dass du mir einen Teil meiner Schuld nimmst.« Sie ließ mich wieder los und schaute mir ins Gesicht. »Ich freue mich für meinen Bruder, dass er jemanden wie dich gefunden hat. Und ich freue mich für ihn, dass du ebenfalls ein Werwolf geworden bist und seine ewige Liebe erwidern kannst.«

Ich lächelte zaghaft, dann verabschiedete ich mich von ihr und ging hinunter in die Küche.

»Du lebst ja noch …«, scherzte Liam, doch ich war so in Gedanken versunken, dass ich außer einem leichten Grinsen gar nicht darauf reagierte.

Das Gespräch mit Faith war aufschlussreich gewesen. Und es zeigte sie von einer ganz anderen Seite. Doch nicht nur das: Es hatte mich auch zum Nachdenken angeregt. Ob Liam das mit der Liebe auch so sah und es deswegen gar nicht schlimm fand, dass ich jetzt ein Werwolf war? Ob es für ihn auch eine Art Garantie bedeutete, für immer jemanden an seiner Seite zu wissen? Und ob er sich ebenfalls schon Gedanken darüber gemacht hatte, dass wir zusammen durch die Wälder als Werwölfe streifen könnten?

Wenn der Zeitpunkt passend war, würde ich mit ihm darüber reden. Vielleicht war der Gedanke, sich in einen Werwolf zu verwandeln, doch gar nicht so gruselig, wenn man sich vorher etwas Wolfsblume einwarf und dadurch sein Bewusstsein behalten konnte? Eine Hoffnung, an die ich mich klammerte.

15. Kapitel

Nachdem ich meiner Mom am Abend noch Bescheid gegeben hatte, verbrachte ich die Nacht zusammen mit Liam. Eigentlich wollten wir noch reden und Liam wollte Amilias Eltern anrufen, um ihnen Bescheid zu sagen, was wir herausgefunden hatten. Doch wir waren beide von den ganzen Strapazen so mitgenommen, dass wir ruckzuck eingeschlafen waren und erst am nächsten Morgen gegen zehn Uhr die Augen wieder öffneten.

Ich wachte sogar als Erste auf, dicht an Liam gekuschelt, der einen Arm um mich gelegt hatte, während ich halb auf ihm lag.

Ich blinzelte und sah in sein wunderschönes Gesicht. »Guten Morgen«, flüsterte ich und gab ihm einen sanften Kuss.

Liam knurrte und ich kicherte. Eine Woge des Glücks durchfuhr mich. Endlich war der ganze Spuk vorüber und wir konnten dank Ferien unsere wohlverdiente Zweisamkeit in vollen Zügen genießen.

»Machst du mir Frühstück?«, fragte ich und obwohl ich ihn eigentlich nur damit ärgern wollte, spürte ich plötzlich das riesengroße Loch in meinem Magen. Ich hatte Hunger. Bärenhunger!

Liam jedoch legte den anderen Arm auch noch um mich und drückte mich an sich, als wäre ich ein Kuscheltier. Dann schlief er seelenruhig weiter.

»Was bist du? Ein Werwolf oder ein Bär?«

Liam blinzelte. »Bitte was?«, fragte er, schlagartig hellwach.

»Ich wüsste nicht, dass Wölfe Winterschlaf halten, also musst du ein Bär sein«, kicherte ich weiter vor mich hin und wuschelte ihm durch sein dunkles Haar.

»Wie du willst ...« Liam grinste, schubste mich unsanft von sich herunter und sprang aus dem Bett.

»So war das nun auch nicht gemeint«, maulte ich, doch er zuckte gleichgültig mit den Schultern.

»Du willst Frühstück? Ich mach dir welches …« Er schnappte sich eine Jeans und ging zur Tür, während ich ihm ungläubig hinterherstarrte und mich mit einem lauten »Hey!« beschwerte.

Lächelnd kam er wieder und gab mir einen Kuss. »Man wird ja wohl noch Witze machen dürfen, oder?«

Ich brummte und er lachte. Seufzend kuschelte ich mich zurück in die Bettdecke.

Die Stimmung heute Morgen hätte nicht besser sein können. Schon lange hatte ich mich nicht mehr so befreit gefühlt und wenn ich mir Liam so ansah, er auch nicht.

Er verschwand aus dem Zimmer und keine zehn Minuten später roch es im ganzen Haus schon herrlich nach Speck. Ich lag in Liams T-Shirt (welches er mir zum Schlafen geliehen hatte) im Bett und überlegte schon, ob ich mich anziehen und zu ihm hinunter in die Küche gehen sollte, da kam er bereits wieder zurück. Mit einen großen Teller voller Wurst und köstlich gebratenem Speck.

Neugierig richtete ich mich auf und beäugte die Leckereien. Ein Vorteil, den man in einem Haus voller Werwölfe hatte: Hier guckte keiner schräg, wenn man zum Frühstück nur den Belag aß.

Gierig stürzte ich mich auf die Speckstreifen und ließ einen nach dem anderen genüsslich in meinem Mund verschwinden. Nachdem ich den ersten Hunger gestillt hatte, fiel mir auf, dass Liam gar nichts aß.

»Willscht du nischt?«, fragte ich mit vollgestopftem Mund. Ich schaute ihn an, doch er sah nicht so aus, als hätte er überhaupt registriert, dass ich etwas gesagt hatte. Er wirkte auch gar nicht mehr so gut gelaunt wie eben noch. Reglos saß er da und starrte auf seinen Teller.

Ich stellte das Essen ein.

»Ist irgendwas?«, fragte ich vorsichtig.

Liam schüttelte leicht den Kopf, was ich jedoch mit ein paar hochgezogenen Brauen kommentierte. Genauso sah er nämlich aus: als wenn überhaupt nichts wäre …

»Okay, ich frage anders: Was ist los?«

Wortlos zog Liam die Tageszeitung aus der hinteren Hosentasche und legte sie mir vor die Nase.

»Seattle Seahawks gewinnen Super Bowl gegen die Denver Broncos«, las ich laut vor. »Und?«, fragte ich verwirrt.

Doch Liam schüttelte erneut den Kopf und tippte auf eine kleine Meldung rechts am Rand der Zeitung:

»Junger Polizist tot aufgefunden. Mehr dazu auf Seite 7.«

Hastig blätterte um, bis ich den gesamten Artikel vor mir hatte:

»Grausame Bluttat erschüttert Greenwood.«

Ich schluckte. Dann las ich weiter.

»GREENWOOD.
Ein unglaubliches Verbrechen erschüttert das beschauliche Städtchen Greenwood, das vor allem für seine wunderschönen Wälder bekannt ist. Dort wurde gestern Abend die Leiche des jungen Polizisten Dillan K.* (28) gefunden. Ging man zunächst noch von einem Wildtierangriff aus, halten die Ermittler diese Möglichkeit mittlerweile für ausgeschlossen. »Ich wüsste nicht, welches Tier Schuhabdrücke hinterlassen kann«, so Officer Stanley der örtlichen Polizei. Dillan K.* wurde ein paar Meter entfernt von einer Schlucht gefunden. Was er dort zu suchen hatte, ist bisweilen noch unklar. »Die Leiche wurde regelrecht ausgeweidet. Unfassbar, zu welchen Gräueltaten Menschen fähig sind.« Sachdienliche Hinweise, die zur Ergreifung des Täters führen könnten, bitte an die örtliche Polizeidienststelle. »Wir haben zwar eine heiße Spur, doch wir wollen nichts unversucht lassen, den Täter so schnell wie möglich zu finden«, sagt Officer Stanley.

(*Name wurde von der Redaktion geändert).«

Ich legte die Zeitung beiseite und schaute Liam an. Ich wusste nicht, was ich sagen oder überhaupt fühlen sollte. War ich eben noch glückselig gewesen, dass das alles ein Ende nahm, fing es nun schon wieder von vorn an.

»Und jetzt?«, fragte ich leise.

»Ich verstehe nicht, wie sie ihn überhaupt finden konnten! Die Schlucht ist so ziemlich der verlassenste Ort im ganzen Wald. Unglaublich, dass dort jemand zufällig entlanggekommen sein soll und ausgerechnet auch noch dann, wenn dort eine Leiche liegt.« Liam schüttelte zweifelnd den Kopf.

»Und was jetzt?«, fragte ich noch einmal, diesmal etwas lauter.

»Mach dir keine Gedanken. Erstens haben wir David nicht umgebracht und zweitens glaube ich nicht, dass die Spur so heiß ist … Wofür sollten sie sonst die Bevölkerung um Mithilfe bitten«, antwortete Liam.

Doch in meinen Ohren hörte er sich nicht so überzeugt an, wie er versuchte, sich zu geben.

Um seine Glaubhaftigkeit zu unterstützen, nahm Liam sich ein Stück Wurst und biss herzhaft hinein. Jedoch kannte ich ihn mittlerweile gut genug, um zu wissen, wann er schauspielerte, um mich nicht weiter zu beunruhigen, und wann nicht.

Schweigend saßen wir auf dem Bett und aßen unser Frühstück, doch wirklichen Hunger hatte ich keinen mehr.

Dann klingelte Liams Handy. Es war White. Liam stellte auf laut, damit ich leichter mithören konnte.

»Heute schon Zeitung gelesen?«, begrüßte White Liam.

»Ja. Weißt du mehr darüber?«

»Ich bekam Davids Leiche zur Obduktion. Ich habe bescheinigt, dass er von einem Wildtier getötet wurde, doch Officer Stanley ist nicht überzeugt davon.«

»Wir konnten sie ihn überhaupt so schnell finden?«, fragte Liam.

»Als David nach seinem Einsatz nicht mehr zurückkam, ist Officer Stanley zu ihm nach Hause gefahren, um zu sehen, ob er vielleicht dort ist. David war nicht da, aber seine Tür stand offen, also ist Stanley reingegangen. Dort hat er dann eine Karte gefunden, auf der die Schlucht markiert war.«

»Mmhh-mmhh …«, machte Liam.

»Aber das ist nicht das einzige, was er gefunden hat …«

Liam stieß einen Seufzer aus. »Was denn noch?«

»Bei David lag eine Liste auf dem Küchentisch …«

»Und was stand drauf?«, fragte Liam.

»Acht Namen …«

Liam schluckte hörbar.

»Die vier Werwölfe, die Selbstmord begangen haben, und Amilia«, erläuterte White weiter.

»Und die anderen drei Namen?«, mischte ich mich ein.

»Die wollte Stanley nicht verraten. Ich vermute, er glaubt, dass diese Personen etwas mit dem Mord zu tun haben könnten.«

Liam sah mich kurz an. Dann zu Boden. »Denkst du, Emma steht ebenfalls auf dieser Liste?«

Ich machte große Augen.

»Davon gehe ich aus. Deswegen erzähle ich es euch ja«, erwiderte White.

»Ich?!«, wiederholte ich mit einer Mischung aus Angst und Verzweiflung.

Liam nickte.

»Aber warum denn ich?«

Beruhigend legte Liam den Arm um meine Schulter. »Na ja, die vier Werwölfe, die sich umgebracht haben. Dann Amilia … das waren alles Werwölfe, auf die David mehr oder weniger gesetzt hatte. – Deswegen glaube ich, dass du auch dabei bist.«

»Aber das sind alles tote Werwölfe!«, wehrte ich mich. Ich wusste zwar, dass Liam und White Recht hatten. Es machte einfach Sinn. Doch ich wollte nicht auf irgendeiner Liste stehen! Und schon gar nicht auf einer, die einen zur vermeintlichen Mörderin machte.

»Bliebe nur noch die Frage zu klären, wer die beiden anderen Werwölfe sind«, sagte White.

»Das müssen wir herausfinden. Bevor Schlimmeres passiert ...« Liam hatte sich eigentlich schon verabschiedet, da ergriff der Doktor noch mal das Wort. »Liam? Ich weiß von Stanley, dass die Schuhabdrücke unbrauchbar sind. Also lasst euch nicht ins Bockshorn jagen, okay?«

»Werden wir nicht.« Liam legte auf und sah mich mitleidig an. Dann nahm er mich liebevoll in die Arme und drückte mich an sich.

»Das wird schon werden«, sagte er, während er meinen Rücken streichelte.

»Du hast gut reden. Du stehst ja nicht auf so einer bescheuerten Liste!«, schniefte ich und kuschelte mich enger an Liam.

»Wir wissen doch noch gar nicht, ob du draufstehst. Bis jetzt ist es ja nur eine Vermutung ... Und selbst wenn: Du hast nichts getan«, tröstete Liam mich weiter. »Ich werde jetzt erst mal Amilias Familie anrufen und ihnen von allem berichten und danach machen wir uns Gedanken, wie wir weiter verfahren, einverstanden?«

Ich nickte zaghaft.

Liam nahm sein Handy und wählte die Nummer von Mrs Benett. Er hatte es zwar extra auf laut gestellt, damit ich bequem mithören konnte, doch ich hatte gerade keinen Sinn dafür, dem Gespräch zu folgen. Meine Gedanken kreisten um diese ominöse Liste und die zwei weiteren Namen, die wohl noch darauf zu lesen waren.

Was, wenn Liam und White Recht hatten? Wenn es noch zwei weitere Menschen gab, die verwandelt wurden? So wie ich? Oder waren sie womöglich auch schon tot und wir wussten nur einfach nichts davon?

Liam telefonierte fast eine Stunde mit Mrs Benett, bis er endlich auflegte und sich wieder mir widmete.

»Alles okay?«, fragte er.

Ich schüttelte den Kopf. Doch bevor ich etwas erwidern konnte, klingelte mein Handy. Es war meine Mom. Ich stellte es auf laut und ging ran.

»Hallo Mom«, begrüßte ich sie freundlich.

»Hallo Spätzchen«, grüßte sie zurück. Dann entstand eine Pause.

»Wieso rufst du an, Mom?«, fragte ich, nachdem nichts mehr kam.

»Wie war dein Abend gestern mit Liam?«

Ich zog die Brauen nach oben. »Du rufst doch nicht an, um mich zu fragen, wie mein Abend mit Liam war?!«

Wieder eine Pause.

»Mom, was ist los?«, fragte ich noch mal.

»Officer Stanley sitzt bei uns in der Küche. Ich soll dich herbestellen. Er will mit dir reden.«

Ich schluckte.

»Sag ihm, wir kommen gleich. Er kann dir nichts ...«, flüsterte Liam mir aufmunternd zu, doch meine Antwort klang eher kläglich.

»Ist gut, Mom. Wir kommen gleich«, krächzte ich und legte auf.

»Und jetzt?«, fuhr ich Liam an. Aufgeregt sprang ich aus dem Bett. »Was soll ich jetzt machen? Wo soll ich hin?«, plapperte ich nervös vor mich hin und begann mir meine Klamotten anzuziehen.

»Zuallererst beruhigst du dich«, sagte Liam, kam zu mir und hielt mich fest, während ich einbeinig im Zimmer rumhüpfte und versuchte, in meine Jeans zu schlüpfen. »Erstens hat Stanley nicht den geringsten Beweis, dass wir dort waren und zweitens hast du David nichts getan. Mrs Davis hat ihn umgebracht. Nicht du, hörst du?«

»Aber ...«

Doch Liam ließ mich nicht mal ansatzweise ausreden. »Mrs Davis hat David umgebracht. Nicht du!«, sagte er noch einmal mit mehr Nachdruck.

Ich nickte und ließ mich aufs Bett zurückfallen. Meine Augen brannten schon wieder verdächtig, doch ich riss mich zusammen. Bei Officer Stanley mit verheulten Augen aufzukreuzen, war ja fast schon wie ein Schuldeingeständnis.

Langsam machte ich mich fertig und überlegte, was Stanley mich wohl fragen würde und was ich antworten sollte.

»Mach dir bitte keine Gedanken, Emma. Du hast nichts getan. Außerdem bin ich ja auch noch da. Ich helfe dir, wenn's brenzlig wird«, sagte Liam, als hätte er erraten, über was ich grübelte.

Ich nickte abermals und atmete hörbar aus. Dann verließen wir das Haus und fuhren los.

Officer Stanleys Polizeiwagen sah man schon von weitem in unserer Auffahrt stehen und das mulmige Gefühl in meinem Magen verstärkte sich. Liam parkte direkt daneben und wir stiegen aus. Er nahm mich an der Hand, drückte sie tröstend und flüsterte mir ein »Du schaffst das schon« ins Ohr.

Bevor wir klingeln konnten, öffnete meine Mom bereits die Haustür und geleitete uns in die Küche.

»Hallo Officer Stanley«, sagte ich betont cool. Vielleicht ein wenig zu cool, da Stanley direkt die Brauen hob.

»Hallo, Emma. Wie geht's dir?«

»Alles okay. Und Ihnen?«

»Den Umständen entsprechend. Komm, setz dich«, sagte er und deutete mit der Hand auf einen Küchenstuhl.

Gehorsam nahm ich Platz und blickte ihn erwartungsvoll an.

»Was kann ich für Sie tun?«, fragte ich höflich.

Officer Stanley schaute in die Runde. Zuerst zu meiner Mom, dann zu Liam und zuletzt zu mir.

»Wollen wir das vielleicht unter vier Augen besprechen?«, so sein Vorschlag.

Ich schüttelte den Kopf. »Nicht nötig. Ich erzähl den beiden sowieso alles«, antwortete ich und hoffte, dabei möglichst unverfänglich zu klingen. Zudem wollte ich mich ungern von Liam trennen, da ich die Hoffnung hatte, dass er mir – wenn eine ganz blöde Frage käme schon irgendwie heraushelfen würde.

»Soll mir Recht sein.«

Aufmerksam schaute ich ihn an.

»Du fragst dich sicher, warum ich hier bin, Emma.«

Ich nickte.

»Also, die Tragödie mit David, ich meine Officer Dewey, hast du sicher mitbekommen, oder?«

Wieder nickte ich. »Es tut mir sehr leid um ihn.« Und so gelogen war das noch gar nicht mal. Es stand natürlich außer Frage, dass das, was er getan hatte, nicht richtig war. Oder besser: Es war absolut schrecklich und menschenunwürdig. Doch tief in meinem Inneren konnte ich ihn sogar ein kleines bisschen verstehen. Natürlich rechtfertigte das nicht im Geringsten seine Taten, aber wenn es eine andere Methode als den Tod gegeben hätte, um ihn sicher aus dem Verkehr zu ziehen, hätte ich diese bevorzugt. Leider hatte man da bei Werwölfen nicht allzu große Wahlmöglichkeiten.

»Mir auch, Emma. Mir auch. Als ich bei ihm zu Hause war, habe ich eine Liste mit Namen gefunden. Weißt du etwas davon?«

Ich schluckte. »Was für eine Liste?«, fragte ich scheinheilig.

»Das wüsste ich auch gerne. Die meisten Leute, die auf dieser Liste stehen, sind bereits gestorben, Emma. Bis auf drei.«

Ich schaute ihn fragend an. »Und die, die leben? Was sind das für Leute?«

»Einer davon bist du, Emma.«

Ich hörte, wie jemand Luft zwischen den Zähnen einsog. Da Liam aber bereits davon wusste, konnte es nur meine Mutter sein.

»Ich?«, fragte ich ungläubig.

»Ja, Emma. Du. Hast du eine Erklärung dafür?«

»Ich habe keine Ahnung.« Und da ich tatsächlich keine hatte, hörte sich das auch absolut authentisch an.

»Das ist schade … Ich hatte gehofft, so vielleicht etwas über seinen Mörder zu erfahren.«

»Sie halten meine Tochter für eine Mörderin?«, mischte sich meine Mom lautstark ein und ihre Stimme war an Fassungslosigkeit nicht mehr zu überbieten.

»Beruhigen Sie sich, Mrs Forsyth. Das wollte ich damit gar nicht sagen. Ich dachte nur, vielleicht –«

»Das ist mir ganz egal, was Sie gedacht haben. Nur weil Sie nicht in der Lage sind, ordentlich Ihre Arbeit zu machen, brauchen Sie keine Unschuldigen zu verdächtigen.«

Officer Stanley saß verdutzt auf seinem Stuhl. »Ich –«, begann er, doch meine Mom schnitt ihm erneut das Wort ab.

»War's das jetzt? Ich denke ... Guten Tag, Officer Stanley.« Sie stellte sich neben mich und verschränkte wutschnaubend die Arme.

»Ich bring Sie zur Tür«, sagte ich und brachte den Officer nach draußen. »Darf ich Sie auch etwas fragen?«

»Nur zu, kleine Emma.«

»Die anderen zwei Personen, von denen Sie sprachen ... Wer sind sie?«

»Bei einer laufenden Ermittlung darf ich dazu leider keine Auskünfte geben, Emma. Verstehst du das?«

Ich nickte. »Schade ...«

»Wenn dir noch irgendetwas einfallen sollte, melde dich bei mir, ja?«

Ich nickte erneut und verabschiedete mich, dann schloss ich erleichtert die Haustür.

Zurück in der Küche umarmte ich meine Mom liebevoll.

»Danke.«

»Wofür, Spätzchen?«, fragte sie.

»Dass du mir geholfen hast.«

»Also bitte ... Hätte ich von Anfang an gewusst, was er hier wollte, hätte ich ihn direkt rausgeworfen.«

Ich lächelte und schaute zu Liam, der breit grinsend ebenfalls in der Küche Platz genommen hatte.

»Was ist?«, fragte ich ihn.

»Deine Mom ist echt ziemlich cool.«

»Ach, bin ich das?«, erwiderte sie und grinste nun auch.

»Er kam noch nicht mal dazu, nach Emmas Alibi zu fragen, so verdutzt war er.«

»Was soll er da auch fragen? Ihr wart doch noch nicht mal da und das lässt sich ja ganz leicht an eurem Hotelaufenthalt und euren Flugtickets beweisen.«

Ich schaute Liam an, der – seinem erschrockenen Gesichtsausdruck nach zu urteilen – genau das Gleiche dachte wie ich.

Ob ich meiner Mom erzählen sollte, dass wir gar keinen Urlaub gemacht hatten? Aber was sollte ich sonst sagen? Über Werwölfe durfte und wollte ich schließlich auch nicht reden. Hilfesuchend schaute ich zu Liam.

»Genau, Mrs Forsyth.«

»Liam«, sagte meine Mutter tadelnd und er stockte.

»Ja, Mrs Forsyth?«

«Du sollst mich doch Ava nennen. Außerdem: Welche coole Mutter wird schon beim Nachnamen genannt?« Sie lachte lauthals und Liam und ich lächelten uns etwas verlegen an.

Schließlich gingen wir in mein Zimmer.

»Was machen wir, wenn Stanley wirklich auf die Idee kommt, unseren Flug zu checken?«, fragte ich, immer noch besorgt.

»Dafür müsste er erst mal wissen, dass wir überhaupt weg waren. Außerdem sind wir privat geflogen. Mrs Benett wird uns auf jeden Fall ein Alibi verschaffen.«

»Aber auch wenn es ein Privatflug war, wird doch irgendwo festgehalten, wann welches Flugzeug landet«, gab ich zu bedenken.

»Das ist richtig, Emma. Aber unsere Spezies überlebt schon seit Jahrhunderten durch Lügen und Betrügen. Glaube mir: Wir sind Meister im Datenfälschen.«

Ich nickte skeptisch. »Und, was machen wir jetzt?«

»Gar nichts.«

»Wie, gar nichts?! Wir müssen doch die beiden anderen finden«, entgegnete ich.

»Und wie willst du das anstellen?«

»Ich ...«, ich stockte. »Ich habe keine Ahnung.«

»Wir müssen warten, bis Vollmond ist. Nur so können wir sie ausfindig machen, wenn sie hier aus der Gegend sind.«

Ich schluckte laut. *Wir?* Doch ohne dass ich es laut ausgesprochen hatte, registrierte Liam anhand meiner Reaktion, was los war.

»Oder ich. Du musst nicht mitkommen, wenn du nicht willst«, beruhigte er mich.

»Wenn ich ehrlich bin, möchte ich das wirklich nur ungern«, gab ich zu.

»Es wäre sowieso viel zu gefährlich für dich. Und da du ja jetzt die Wolfswurz hast, brauchst du dich nicht mal mehr zu verwandeln.«

Liam lächelte aufmunternd, doch ich hatte ein schlechtes Gewissen. Ich fürchtete, Liam würde sich abgelehnt fühlen, wenn ich mit den Werwölfen nichts zu tun haben wollte. Dabei waren es ja gar nicht die Werwölfe an sich, die mich so abschreckten, sondern die Verwandlung. Für alles andere wie zum Beispiel den Kontrollverlust hatte ich ja jetzt eine Lösung.

»Ist schon in Ordnung, Emma. Wirklich«, sagte er und streichelte meinen Arm.

»Aber willst du wirklich noch so lange warten, bis Vollmond ist?«

»So lange ist das gar nicht mehr.«

»Nein?«, fragte ich überrascht. Durch die viele Fliegerei und den ganzen Stress hatte ich jegliches Zeitgefühl verloren.

Liam schüttelte den Kopf. »Nein. Morgen.«

»Morgen schon?« Ich hatte das Gefühl, ich fiel aus allen Wolken. Was ein Glück, dass Mrs Davis mir geholfen hatte, mich bereits ausreichend mit den Wolfsgewächsen einzudecken.

»Na gut ... Bist du denn sicher, dass ich nichts tun kann?«

»Nein, Emma. Wir müssen einfach abwarten, ob die Wölfe sich morgen zeigen – falls wir überhaupt mit unserer Vermutung richtig liegen. Vielleicht hatte David ja auch erst vor, sie zu beißen.«

Ich seufzte und setzte mich zu ihm aufs Bett.

»Lass uns jetzt noch einen schönen Tag verbringen, damit wir endlich mal ins Ferienfeeling kommen, okay?«

Ich lächelte. »Okay.«

***

Den Nachmittag verbrachten wir erstaunlicherweise sehr entspannt. Vermutlich hatten wir aber auch einfach schon zuviel durchgemacht, als dass uns noch irgendetwas großartig schocken konnte. Und da Liam ja der festen Überzeugung war, dass wir eh nichts machen konnten, blieb uns wohl nichts anderes übrig, als einfach abzuwarten. Morgen war sowieso schon Vollmond. Auf einen Tag mehr oder weniger kam es da wohl auch nicht mehr an.

Wir setzten uns raus in den Garten und während Liam auf einer Decke lag und in den Himmel schaute, hatte ich mir meine Malsachen geholt und begann ihn zu zeichnen.

»Malst du mich?«, fragte Liam.

»Ich versuch es zumindest ...«

»Gib dir Mühe. Mein gutes Aussehen ist sicher nicht einfach einzufangen«, feixte er.

Ich rollte mit den Augen. »Apropos einfangen: Pass du besser auf ...«

Liam grinste. »Sonst?«

»Werde ich dein gutes Aussehen mit ein paar Pinselstrichen noch mehr verschönern.«

Eigentlich hatte ich das nur für meinen Zeichenblock in Erwägung gezogen, doch als Liam sich schützend die Hände vors Gesicht hielt, brachte er mich auf eine Idee. Mit einem Satz stürzte ich mich auf ihn und versuchte ihm mit meinen Aquarellfarben eine kleine Schönheitskur zu verpassen.

Liam lag unter mir und hatte meine Arm gepackt, doch da ich jetzt ebenfalls ein Werwolf war, hatte er durchaus Mühe, mich auf Abstand zu halten.

Leider tropfte leuchtendes Blau von meinem Pinsel mitten auf Liams Nase, was mich dermaßen zum Lachen brachte, dass ich mich nicht mehr wehren konnte. Auch Liam begann zu lachen, doch in Sekundenschnelle hatte er mich auf den Rücken gedreht und lag nun auf mir. Ich konnte mich gar nicht mehr einkriegen vor Lachen.

Doch da nahm Liam mir den Pinsel hab und hielt ihn dicht vor mein Gesicht.

»Das wagst du nicht«, drohte ich, konnte aber nicht ernst bleiben. Der Fleck auf seiner Nase! Das sah so witzig aus! Wie Schlumpfenscheiße!

»Du lachst mich also aus ...«, stellte Liam fest, doch dann wechselte sein zunächst fröhliches Lachen zu einem diabolischen Grinsen.

»Ich warne dich!«, keuchte ich, als er den Pinsel immer näher an mein Gesicht drückte.

Ich versuchte mit aller Kraft dagegenzuhalten, doch mein Super-Duper-Werwolfmodus schien mich beim Lachen im Stich zu lassen.

»Hör auf … bitte«, winselte ich, doch Mr Alpha-Wolf machte seiner Gnadenlosigkeit alle Ehre.

Kurz bevor mich der Pinsel mitten im Gesicht traf, hielt er inne.

»Was bekomme ich, wenn ich dich laufen lasse?«, fragte er.

»Wie?«

»Oder möchtest du lieber, dass ich Visagist spiele? Ich bin zwar nicht halb so gut im Malen wie du, aber irgendetwas werde ich schon zu Stande kriegen.«

»Nein! Um Himmels willen! Ich tue alles, was du willst. Aber verschone mich«, jammerte ich.

»Mach mir ein Angebot«, entgegnete Liam.

»Ich koch dir heut Abend etwas Schönes zu essen.«

Liam zog die Brauen nach oben. »Das ist zu wenig.«

Ich spürte, wie der Druck gegen meine Hand wieder stärker wurde.

»Neiiin!«, schrie ich.

Liam hielt inne.

»Okay. Anderer Vorschlag: Ich tue einen Tag lang, was du sagst.«

Liam grinste. »Wir kommen der Sache schon näher …«

»Was willst du denn noch?«, fragte ich hilflos.

»Ich möchte heut Abend bei dir übernachten.«

Ich hatte zwar eh gedacht, dass das klar wäre, doch wenn man ihn so einfach zufriedenstellen konnte, sollte es mir recht sein.

Dennoch setzte ich mein Pokergesicht auf. »Na gut«, antwortete ich, als hätte ich jetzt ein Wahnsinnszugeständnis machen müssen.

Liam warf den Pinsel beiseite und senkte seine Lippen auf meine. Zärtlich küsste er mich und legte seine rechte Hand auf meine Wange. Zu gern schmiegte ich mich hinein, während ich den Kuss ebenso sanft erwiderte.

»Weißt du eigentlich, wie glücklich ich mit dir bin?«, fragte Liam, nachdem er aufgehört hatte, mich zu küssen.

Ich lächelte als Antwort.

»Das ist mein voller Ernst.«

»Deine Schwester hat mir erzählt, wie das mit der Liebe so ist bei Werwölfen.«

»Hat sie das?« Auch wenn es so klingen sollte, war es nicht wirklich eine Frage. Eher eine Art Feststellung. »Und? Hast du Angst davor?«

»Nein.«

»Aber?«

»Nur davor, dass ich das vielleicht nicht in dem Maße erwidern kann, wie du es verdienst, auch wenn dich mein Menschenherz über alles liebt.«

Liam lächelte. »Du bist jetzt auch ein Werwolf, Emma.«

»Ich weiß. Aber an meinen Gefühlen für dich hat das nichts geändert«, gab ich zu.

»Das freut mich umso mehr.«

Fragend schaute ich ihn.

»Als ich herausgefunden hatte, dass du ebenfalls ein Werwolf geworden bist, hatte ich Angst, zurückgewiesen zu werden.«

»Zurückgewiesen? Warum das denn?«

»Werwölfe sind absolut monogam, Emma. Entweder wir lieben uns und bleiben für ewig zusammen oder eben nicht. Die Gefühle zueinander werden sich nicht mehr ändern.«

Ich lächelte. Also hatte ich vom ersten Tag, an dem Liam in unseren Laden kam, Recht. Liam war mein Traummann und würde es für immer bleiben.

Eine Woge des Glücks durchfuhr mich und ich zog ihn wieder zu mir, um ihn erneut zu küssen. Es war ein wunderschönes Gefühl, zu wissen, wo man hingehörte und wer den Weg mit einem ging.

Wir lagen noch bis zum späten Abend in unserem Garten. Ich hatte meine Malerei wieder aufgenommen und gab mir größte Mühe, Liam detailgetreu abzumalen. Und ohne mich selbst loben zu wollen, war mir das ungewöhnlich gut gelungen.

Stolz zeigte ich Liam das Bild.

»Du bist wirklich eine begnadete Künstlerin, Emma.«

»Danke.« Ich grinste stolz.

Irgendwann schlenderten wir Arm in Arm hinein in die Küche, machten uns noch eine Kleinigkeit zu essen und gingen dann schlafen.

Ja richtig: *Schlafen.*

Zuerst dachte ich, Liam wollte heute Nacht mehr von mir, doch er zog mich nur an sich und hielt mich fest.

»Ich wollte einfach in deiner Nähe sein«, flüsterte er mir ins Ohr und küsste flüsterzart meinen Nacken.

So schliefen wir engumschlungen ein. Morgen hatte Liam schließlich einen entscheidenden Tag und dafür musste er fit sein.

16. Kapitel

Schneller als gehofft schien das Tageslicht durch die Schlitze meines Rollladens und weckte uns.

Ich schaute auf den Wecker. Schon elf Uhr durch!

»Liam?«, fragte ich leise.

»Ich bin schon wach …«, murmelte er.

»Schon lange?«

»Ja …«

»Konntest du nicht schlafen?«, fragte ich besorgt.

»Doch, doch.«

»Machst du dir Gedanken wegen heute Abend?«

»Das soll nicht deine Sorge sein, Emma«, wand er sich heraus.

»Lass das bitte.«

»Was?«, fragte er.

»Immer den starken Wolf zu spielen. Jeder Mensch hat Ängste und sollte diese auch haben. Angst ist ein guter Schutz.«

Liam fuhr sich mit den Fingern durch die Haare und sah mich an. »Um ehrlich zu sein, wünschte ich, Amilia wäre hier. Dann könnte sie mir noch etwas mehr darüber erzählen, auf was ich mich heute Abend einstellen muss.«

Ich nickte verstehend, da ich gut nachvollziehen konnte, dass sich Liam vor heute Abend fürchtete. Als Amilia von der Begegnung mit mir erzählt hatte, war sie schließlich völlig außer sich gewesen.

»Warum fragst du deine Eltern nicht, ob sie dir helfen?«

»Das würden sie, keine Frage. Aber ich habe dir das doch schon x-mal erklärt. Da ich als einziger Nachkomme bis jetzt ein Weibchen gefunden habe, bin ich Anwärter auf DEN Alpha-Posten«, erklärte Liam.

»DEN Alpha-Posten?«

»Na, du weißt schon, der Führer der Alphas sozusagen.« Liam lächelte verlegen.

»Wäre es nicht klüger, unter diesen Umständen darauf zu verzichten?«

»Würde ich ... Aber so einfach ist das alles nicht, Emma. Im Rudel gibt es keine Freundschaften. Es funktioniert alles in einer Hierarchie und entweder du stehst über den anderen oder darunter. Wenn die Rudelmitglieder außerhalb meiner Familie merken, dass ich angreifbar bin, dann –«

»– wirst du bei Vollmond keine ruhige Minute mehr haben«, beendete ich seinen Satz. »Ich weiß, ich weiß.«

»Genau. Und wenn der Rest merkt, dass sich an der Spitze etwas tut, wird das Unruhe im ganzen Rudel stiften. Gerade in den nächsttieferen Ebenen wird ein Rangkampf nach dem anderen stattfinden, weil jeder glaubt, doch irgendwie an die Alpha-Stellung zu kommen und Aufgabe des Anführers ist es unter anderem, solche Unsicherheiten zu verhindern.«

Ich seufzte mitfühlend. Wenn man erst mal hinter diese ganze Werwolfsache gestiegen war, merkte man, wie komplex das Ganze eigentlich war und wie sehr sie doch dem menschlichen Volk ähnelten. Sie waren nicht einfach nur hirnlose Tiere, die tun und lassen konnten, was sie wollten. Auch für sie gab es Regeln und Gesetze und – wenn ich das mal so sagen durfte wesentlich leichter nachvollziehbare, als wir Menschen sie hatten. In Liams Fall nur schade, dass er sich dem Ganzen beugen musste. Er kam mir vor wie ein Prinz, der zum Wohle seines Volkes Dinge tun musste, auf die er zwar keine Lust hatte, um die er aber aufgrund gesellschaftlicher Zwänge nicht herum kam.

Wir gingen in die Küche und ich machte uns erst mal Frühstück. Leider waren wir nicht ganz so gut ausgestattet wie eine reine Werwolffamilie, also mussten wir uns mit allerhand Alternativen in Form von Brot und Käse zufriedengeben.

Eigentlich hatte ich gedacht, dass wir den Nachmittag noch gemütlich zusammen verbringen konnten, doch man merkte Liam deutlich an, dass er gedanklich schon bei heute Abend war.

Also versuchte ich erst gar nicht, ihn in irgendwelche Gespräche zu verwickeln, sondern machte den Fernseher an und kuschelte mich mit Liam davor. Er schien dankbar für mein Verständnis zu sein und hielt mich die ganze Zeit im Arm.

***

Als es anfing zu dämmern, erhob Liam sich.

»Du willst gehen?«, fragte ich.

Liam schaute es dem Fenster. »Ich muss.«

Ich stand ebenfalls auf, ging an meinen Schrank und holte etwas von der Wolfsblume hervor.

»Hier. Damit du deinen Geist wenigstens unter Kontrolle behältst.«

Liam nickte dankbar.

»Meinst du eigentlich, Amilia kannte das Geheimnis der Wolfsblume?«, fragte ich ihn. »Oder wie konnte sie sonst ihren Geist kontrollieren??«

»Ich weiß es nicht. Aber es wäre schon denkbar. Leider können wir sie ja nun nicht mehr danach fragen«, erwiderte er nachdenklich.

Dann zog sich Liam seine Schuhe an, schnappte sich seine Jacke und ging hinunter zur Haustür.

»Ich liebe dich«, raunte er und gab mir einen überaus innigen Kuss.

Ein beklemmendes Gefühl machte sich in meiner Brust breit. Der Kuss war wie ein Abschiedskuss und ich fragte mich, was das zu bedeuten hatte.

Als Liam hinausging, rief ich ihm nach. »Liam? Bist du sicher, dass du das tun willst?«

Er nickte und marschierte entschlossen in Richtung Wald.

Ich ging zurück in mein Zimmer und zog die Rollländen ganz herunter, damit ich bloß kein Vollmondlicht abbekam. Die Wolfswurz hatte ich ebenfalls bereitgelegt, doch die wollte ich erst einnehmen, falls die Verwandlung tatsächlich einsetzen sollte. Gut schmeckte dieses bittere Grünzeug nämlich nicht gerade und da ich laut White ohne direkte Vollmondeinstrahlung sehr wahrscheinlich sowieso verschont blieb, musste ich es mir ja nicht grundlos hinunterzwängen.

Die nächsten drei Stunden saß ich einfach nur auf der Couch und starrte auf die Pflanze vor mir. Ich dachte an Liam und daran, ob er die anderen beiden Wölfe schon gefunden hatte, oder ob wir uns alle nur geirrt hatten und diese noch gar nicht existierten.

Da hörte ich plötzlich ein schmerzerfülltes Jaulen.

Oh Gott! Wer zur Hölle war das? Womöglich Liam? Oder doch einer der verwandelten Wölfe?

Nervös schritt ich im Zimmer auf und ab und lauschte angestrengt, bis ein weiteres Jaulen ertönte. Das flaue Gefühl in meinem Magen verstärkte sich und irgendetwas sagte mir, dass ich helfen musste.

Unentschlossen, was ich tun sollte, ging ich zu den Pflanzen im Schrank. Ich nahm mir etwas von dem Wolfskraut und von der Wolfsblume.

Sollte Liam wirklich von einem Werwolf angegriffen werden, wären das die beiden Dinge, die ich brauchen würde, um ihm zu helfen. Andererseits scheute ich mich davor. Mit den Verwandlungen hatte ich nicht die besten Erfahrungen gemacht und ich hatte eigentlich für mich beschlossen, mir das nie wieder anzutun.

Wieder ein Jaulen.

Es reichte! Ich musste etwas unternehmen! Wenn Liam tatsächlich von einem gebissenen Werwolf attackiert wurde, brauchte er – nachdem, was Amilia erzählt hatte – meine Hilfe. Und zwar dringend!

Ohne weiter darüber nachzudenken steckte ich mir etwas von dem Wolfskraut in meine Hosentasche. Mit der anderen Hand stopfte ich mir eine ordentliche Portion von der Wolfsblume in den Mund und kaute diese fleißig, während ich hinunter zur Haustür rannte. Meine Eltern schienen friedlich im Wohnzimmer zu sitzen und Fernsehen zu gucken. Jedenfalls sah ich die Kiste flimmern und das war mein Chance, unbemerkt zu verschwinden.

Ich rannte in Richtung Wald und an einem Ziehen im Rücken merkte ich, wie die Verwandlung einsetzte. Nur noch ein paar Meter! Dann bist du da!, feuerte ich mich selbst an und lief trotz Schmerzen weiter.

Gerade als ich die ersten Schritte in den Wald hineinlief, setzte die Verwandlung komplett ein. Geistesgegenwärtig schnappte ich mir das Wolfskraut, damit es schneller vonstattenging und ich bloß keine kostbare Zeit verschwendete, denn wieder hörte ich ein Jaulen.

Mein Körper brannte und aus jeder meiner Poren spross Fell heraus. Meine Beine zogen sich in die Länge, die Kniescheiben drehten sich um 180 Grad und mein Rückgrat brach und zwang mich dadurch in die Knie.

Ich schrie vor Schmerz, doch ich wollte mich verwandeln. Ich musste wissen, was da los war! Und das ging nur in Werwolfgestalt. Alles andere wäre glatter Selbstmord gewesen.

Nachdem sich auch meine Finger und Füße in Pfoten und Klauen verwandelt hatten und mein Kopf von einem stechenden Schmerz durchzuckt wurde, der mir verriet, dass ich nun eine Schnauze hatte, stand ich auf allen Vieren und schaute mich um.

War die Verwandlung vorbei? Fühlte es sich so an, wenn man ein Werwolf war? Eigentlich fühlte ich mich wie immer. Ob das an der Wolfsblume lag?

Ein erneutes Jaulen ließ mich instinktiv in dessen Richtung sprinten. Es dauerte nicht lange, da kam ich an eine kleine Lichtung, auf der sich zwei Werwölfe einen erbitterten Kampf lieferten. Jedoch war schlecht auszumachen, welcher von beiden am Gewinnen war. Sie schnappten kreuz und quer in alle Himmelsrichtungen und beide waren bereits verwundet, doch keiner schien klein beigeben zu wollen.

Als ich näher heranging, wurden die Wölfe auf mich aufmerksam. Der eine ließ sofort von seinem Gegner ab und hetzte knurrend in meine Richtung, während der andere, den ich dank Fellfarbe eindeutig als Liam identifizierte, hinter ihm her spurtete und ihn mit einem gekonnten Prankenhieb zu Fall brachte.

Liam stand über dem fremden Werwolf und hatte dessen Kehle zwischen seinen Fängen. Doch der andere Wolf zappelte sich wieder frei, kratzte und biss, was das Zeug hielt, bis er wieder auf allen Vieren stand und weiter auf mich zusprinten konnte.

Wieder übernahm mein Instinkt die Leitung. Wo ich als Mensch schon längst weggelaufen wäre, stellte mein Wolf sich breitbeinig hin und empfing den anderen mit gefletschten Zähnen.

Kurz bevor der fremde Wolf zum Sprung ansetzte, machte ich einen Satz zur Seite und ließ ihn ins Leere laufen. Dann sprang ich auf ihn und verbiss mich in seinen Nacken.

Der andere Werwolf schüttelte mich ab und riss mir mit seiner Kralle ein Hinterbein auf, während ich ihm dafür ein Stück aus seiner Flanke biss.

Verdammt! Tat das weh! Ich jaulte auf, als ich das Brennen der Wunde registrierte. Doch bevor der andere mich noch mal erwischen konnte, war Liam schon herbeigeeilt und verbiss sich wiederholt in seiner Kehle. Diesmal schüttelte er ihn sogar, doch unser Gegner war wie von Sinnen. Er wollte einfach nicht nachgeben.

Ich sprang Liam zur Hilfe und verbiss mich im Hinterbein des fremden Wolfs, damit er Liam nicht mehr verletzten konnte.

Der Wolf zappelte und zappelte, doch weder Liam noch ich ließen los. Eisern waren meine Fänge zusammengeklappt und ich setzte alles daran, bloß nicht loszulassen. Nach einer gefühlten Ewigkeit hörte der fremde Werwolf plötzlich auf, sich zu wehren und Liam gab mir mit einem Blick zu verstehen, dass wir loslassen konnten. Trotzdem machten wir beide einen Satz rückwärts, als wir von ihm abließen.

In Windeseile hatte sich der fremde Wolf aufgerappelt und rannte wie ein geölter Blitz davon.

Zuerst wollte ich hinterherlaufen, doch der Schmerz an meinem Bein ließ mich erneut aufjaulen und innehalten.

Liam schien unschlüssig, ob er die Verfolgung aufnehmen sollte und ich versuchte ihn mit einer Kopfbewegung zu ermutigen. Doch Liam kam zu mir und leckte meinen Hinterlauf. Zuerst fühlte es sich komisch an, doch der Werwolf in mir gab mir das Gefühl, dass das völlig natürlich war und ich mir keine Gedanken darüber machen brauchte.

Liam brachte mich zu einer Höhle, in der ich mich einrollte und zum Schlafen niederlegte, während er davor sitzenblieb und Wache hielt. Auch das schien völlig normal zu sein und ich dachte gar nicht weiter darüber nach, warum er es tat. Es fühlte sich einfach richtig an und ließ mich getrost eingeschlafen.

***

Am nächsten Morgen wachte ich mit Schmerzen im Bein auf. Liam hatte mir bereits – ganz Gentleman sein T-Shirt über den Körper gelegt, während er in seiner Jeans vor mir saß.

»Wie geht es dir?«, fragte er und schielte dabei auf mein Bein.

»Es tut ein bisschen weh, aber es geht«, antwortete ich, zog mir das Shirt richtig an und setzte mich ebenfalls hin.

»Es ist am Heilen. Keine Sorge.«

Ich nickte. »Und dir? Wie geht es dir?« Ich sah an seinem Oberkörper, dass er eindeutig mehr Schrammen als ich davongetragen hatte.

»Ganz gut soweit ... Sollen wir uns bei dir reinschleichen, solange noch keiner wach ist? Oder sollen wir uns abholen lassen und erst mal zu mir nach Hause? Du musst einfach noch lernen, dir zu merken, wo du deine Kleidung lässt.« Er lächelte liebevoll.

Sofort sprang ich auf, zuckte aber, nachdem mein Bein sich wieder bemerkbar machte. »Wir können ruhig zu mir«, entgegnete ich. Da wir eh am Ortsrand wohnten und es noch sehr früh war, würde unsere Ankunft sowieso keiner mitbekommen. Schon gar nicht in einem so verschlafenen Städtchen wie Greenwood.

Liam nickte und wir machten uns auf den Weg.

Zu Hause angekommen holte ich Mutters Ersatzschlüssel aus dem Blumentopf und öffnete leise die Haustür. Wir hatten Glück. Es war noch keiner wach.

Schnell huschten wir in mein Zimmer und während Liam flugs unter die Dusche sprang, betrachtete ich mir meine Wunde am Bein genauer. Zufrieden stellte ich fest, dass sie so gut wie verheilt war.

Fünf Minuten später kam Liam bereits wieder und ich ging ebenfalls duschen. Ich hatte Blut am Bein und mein ganzer Körper war voller Erde und Dreck. So wollte ich mich sicher nicht in mein Bett legen.

Ich beeilte mich, denn obwohl ich das warme Wasser genoss, konnte ich es kaum erwarten, wieder bei Liam zu sein und mit ihm über gestern Abend zu reden.

Als ich in mein Zimmer trat, lag Liam bereits in meinem Bett und klopfte neben sich. Ich lächelte und legte mich dazu. Er dreht sich zu mir und sah mich ernst an.

»Du bist die tollste Frau, die ich jemals kennengelernt habe«, flüsterte er zärtlich.

»Ich weiß«, entgegnete ich frech, weil ich ihn in seiner arroganten Art mal nachahmen wollte, doch Liam war gerade nicht zum Spaßen zu Mute.

»Bitte, zieh das nicht ins Lächerliche. Ich weiß, was du gestern Abend für mich getan hast und ich kann es immer noch nicht fassen, dass du das meinetwegen auf dich genommen hast.«

Liebevoll blickte ich ihn an. »Ich hatte Angst um dich.«

Immer noch völlig baff schüttelte Liam den Kopf. Dann küsste er mich stürmisch, doch in diesem Kuss lag so viel mehr als pure Leidenschaft. Er sagte: Wir gehören zusammen. Für immer. Und nichts wird sich jemals daran ändern.

Eine Träne stahl sich vor lauter Glück aus meinem Augenwinkel. Zum einen, weil Liam mir das Gefühl gab, etwas ganz Besonderes zu sein, und zum anderen, weil ich gestern Abend festgestellt hatte, dass Werwolfsein mit Verstand doch gar nicht so furchtbar war, wie ich es mir immer ausgemalt hatte.

Nach der gestrigen Erfahrung war ich mir sicher, dass ich mich durchaus damit arrangieren konnte. Natürlich nicht wegen des Kampfs – Gott bewahre! Doch mir war ein riesiger Stein vom Herzen gefallen, dass ich zwar die Reflexe eines Raubtiers hatte, doch mein Verstand jederzeit hätte eingreifen können. Und auch wenn die Verwandlung niemals zu meinen Lieblingsbeschäftigungen zählen würde, sah ich jetzt alles mit ganz anderen Augen.

»Danke«, hauchte Liam und küsste mich erneut, was ich nur allzu gerne erwiderte.

»Weißt du, wer der Werwolf war?«, fragte ich, nachdem wir unseren Kuss beendet hatten.

Liam nickte.

»Und?«, fragte ich neugierig.

»Du wirst es nicht glauben ...«

Fragend zog ich die Brauen nach oben.

»Es war unser guter alter Officer Stanley.«

Mein Mund klappte auf. Dann wieder zu. »Bist du sicher?«, fragte ich schockiert.

Liam nickte.

»Und jetzt?«

»Jetzt geben wir ihm noch ein wenig Zeit, zu Hause anzukommen und dann fahren wir ihn besuchen.«

Ich nickte und kuschelte mich an Liam. Eigentlich wollte ich auch noch mal kurz die Augen schließen, wie Liam es tat. Gut: Er hatte vermutlich die ganze Nacht nicht geschlafen, doch obwohl ich ebenfalls hundemüde war, hielten mich meine Gedanken wach.

Officer Stanley! Das gab's doch nicht! Ob er mich deshalb befragen wollte? Oder war er zu dem Zeitpunkt noch völlig ahnungslos gewesen? Aber wenn er von der Existenz von Werwölfen gar nichts wusste, wie hatte es David dann geschafft, ihn ebenfalls zu infizieren?

Irgendwann machte mich die ganze Grübelei dann doch so schläfrig, dass ich ebenfalls noch einmal kurz einnickte.

***

Als wir wenige Stunden später wieder wach wurden, stellte sich gar nicht die Frage, was wir zuerst machen sollten. Wir beide sprangen regelrecht aus dem Bett, zogen uns an und fuhren zur Polizeidienststelle. Auf dem Weg dorthin hielt Liam noch bei einer Metzgerei an und wir holten uns ein ordentliches Frühstück.

Mittlerweile verstand ich, warum Liam nach den Vollmondnächten immer besonders viel zu Essen dabei gehabt hatte. Ich litt selbst unter schrecklichem Hunger und hätte vermutlich alles gegessen, was man mir gab – egal, was und egal, in welcher Menge.

Eine halbe Stunde später waren wir, inzwischen etwas gesättigt, beim örtlichen Polizeirevier angekommen, doch es schien niemand da zu sein.

»Officer Stanley ist es tatsächlich«, sagte ich.

»Warum meinst du?«

»Er würde niemals die Polizeidienststelle unbesetzt lassen …«

Liam nickte.

»Weißt du, wo er wohnt?«

»Nicht weit von hier. In der Fulton Street.«

Wir setzten uns wieder ins Auto und fuhren zu seinem Haus. Auch dort waren noch alle Rollos unten und sogar die Hoflampe brannte noch.

Wir stiegen aus und gingen zur Tür, da hörten wir von drinnen schon ein Wimmern.

»Officer Stanley?«, rief ich und klopfte.

Keine Antwort.

»Officer Stanley? Machen Sie die Tür auf!«, versuchte es nun auch Liam.

Wieder keine Reaktion.

»Und jetzt?«, fragte ich.

»Gehen wir entweder rein, oder wir warten, bis er rauskommt.«

Ich überlegte kurz, dann entschied ich. »Wir gehen rein.«

Liam nickte, doch diesmal ging er nicht so rambomäßig vor wie bei Dr. White. Er zog am Türgriff und man sah, wie sich das ganze Schloss verzog bis die Tür irgendwann aufsprang.

Schnell traten wir ein.

»Officer Stanley?«, wiederholte ich.

»Geht weg«, heulte dieser.

Ich seufzte genervt. Das hatten wir doch alles schon mit Mrs Davis durchgemacht.

»Officer Stanley, wir können Ihnen helfen«, sagte ich.

»Ich brauche keine Hilfe«, kam es von irgendwo.

»Da haben Sie Recht. Ich habe gestern Abend bereits gemerkt, dass Sie sich sehr gut allein helfen können«, antwortete Liam.

Stanley trat um die Ecke und musterte uns misstrauisch.

»Was wollt ihr von mir?«

»Wie wir bereits sagten: Wir können Ihnen helfen«, entgegnete ich freundlich.

»Ich wüsste nicht, wobei!«, raunzte er zurück. »Und jetzt geht!«

»Officer, wir können Ihnen helfen, dass so etwas wie gestern Abend nie wieder passiert«, versprach Liam.

»Ich sagte doch schon: Ich hab keine Ahnung, wovon ihr redet!«

»Gut, wenn Sie unsere Hilfe nicht wollen, ist das Ihre Sache. Aber Sie müssen uns sagen, wer noch auf diesem Zettel stand.«

»Welchem Zettel?«

»Da, wo die vier Werwölfe, Amilia, Emma und auch Sie draufstehen. Wer ist die achte Person?«, fragte Liam eindringlich. »Sie müssen es uns sagen, damit wir etwas dagegen tun können!«

Officer Stanley kam näher, doch anstatt uns zu antworten, nahm er seine Waffe und richtete diese auf uns. »Verschwindet, hab ich gesagt. Ich will mit solchen Bestien nichts zu tun haben!«

Ängstlich blickte ich auf die Waffe. »Aber Officer Stanley, Sie sind doch Polizist«, flüsterte ich fassungslos, doch Stanley spannte seine Waffe.

»Ich wiederhole mich ungern!«, rief er. »Ich zähle bis drei. Wenn ihr bis dahin nicht verschwunden seid, verpass ich euch ein drittes Auge.«

Liam und ich gingen rückwärts wieder zur Tür hinaus.

»Ganz ruhig. Wir sind ja schon weg«, versuchte Liam ihn zu beruhigen. »Wenn Sie reden wollen, melden Sie sich. Sie wissen ja, wo Sie uns finden.«

Doch anstatt einer Antwort knallte Stanley seine Haustür mit solch einer Wucht zu, dass sie sogar wieder im Schloss blieb.

»Das hat ja gut geklappt«, murmelte ich verdattert und stieg mit Liam ins Auto.

»Er wird sich schon wieder beruhigen. Er braucht bestimmt erst mal ein bisschen Zeit und wenn er dann kapiert, dass er allein nicht weiterkommt, wird er sich an uns wenden.«

Ich seufzte. »Wenn du das sagst ...«

»Ich bin mir sogar sicher.«

»Und was machen wir jetzt mit dem anderen Wolf? Warum war der gestern Abend nicht dabei?«

»Es besteht immer noch die Möglichkeit, dass die letzte Person noch gar nicht gebissen wurde. Oder sie hat sich einen anderes Territorium als Greenwood gesucht«, erklärte Liam.

»Und mit dieser mäßigen Antwort kannst du leben?«, fragte ich ihn.

»Ich hätte auch lieber Fakten, Emma. Aber das ist alles, was wir momentan haben.«

Ich seufzte noch einmal. Ich wusste, dass er Recht hatte. Trotzdem fand ich die ganze Situation mehr als unbefriedigend.

***

Wir fuhren zurück zu Liams Haus und berichteten seiner Familie von unserer Entdeckung. Liams Mom war fassungslos und auch seine Schwester staunte nicht schlecht, als wir es ihr erzählten.

Das einzig Gute an dem Gespräch mit Florence war, dass sie plötzlich richtig nett zu mir war, als sie erfuhr, dass ich Liam in Werwolfgestalt zu Hilfe geeilt war. Sie behandelte mich wie ein vollwertiges Familienmitglied. Nein, sogar besser: Selbst wenn Liam mich jetzt spaßeshalber neckte, bekam er von ihr eine Kopfnuss, anstatt ich einen blöden Spruch.

Liam hatte also Recht gehabt: Man musste sich den Respekt bei ihr erst mal verdienen, doch wenn man ihn hatte, war sie wirklich herzensgut.

17. Kapitel

Die Tage verstrichen und Liam und ich hatten angefangen, unser ganz normales Teenagerleben weiterzuführen.

Dass wir nichts von einem weiteren gebissenen Werwolf hörten, hatten wir uns so erklärt, dass dieser vielleicht noch »in Planung« gewesen war. Officer Stanley meldete sich ebenfalls nicht, also taten wir das, was jeder in unserem Alter getan hätte: Wir gingen ins Kino, unternahmen Wanderungen, fuhren zum Schwimmen, ich malte und Liam las – wie sollte es auch anders sein – gehobene Literatur.

Jeder würde sich sicherlich fragen, wie wir so ruhig bleiben konnten. Doch was sollten wir tun?

Wir hatten uns vorerst dagegen entschieden, Officer Stanley beim Gremium zu verpfeifen, da wir beide wussten, wie in solch einem Fall vermutlich verfahren werden würde und dafür mochten wir ihn einfach zu sehr. Gemäß Werwolfkodex blieben da ja auch nicht allzu viele Möglichkeiten und solange kein Vollmond war, konnte er niemandem gefährlich werden. Dafür verfügte er nicht über ausreichend Wissen.

Und das ganze Leben nun nach irgendwelchen Eventualitäten ausrichten wollten wir auch nicht. Also machten wir vorerst das Beste daraus und da unser Dasein sowieso alles andere als gewöhnlich und alltäglich war, fiel uns das erstaunlich leicht.

Vielleicht war es aber auch einfach der Wunsch nach Normalität, der uns dabei half – nach allem, was wir durchgemacht hatten.

***

Exakt einen Tag, bevor es wieder Vollmond wurde, klopfte es an Liams Haustür. Wir hatten uns gerade Carpaccio zurechtgemacht und ich fütterte Liam mit den leckeren Fleischstreifen, als Officer Stanley vor der Tür stand.

Ausgemergelt, mit tiefen Ringen unter den Augen, als wenn er monatelang nicht mehr geschlafen oder etwas gegessen hätte.

Ich war im ersten Moment so verdattert, ihn zu sehen, dass ich gar nichts sagen konnte. Gott sei Dank übernahm Liam das Reden.

»Wie ich sehe, haben Sie sich umentschieden?«, fragte er.

Officer Stanley nickte reumütig.

»Sind Sie also jetzt bereit, zuzuhören?«

Wieder nickte er.

»Dann kommen Sie herein.«

Der Officer setzte sich schüchtern auf die Couch im Wohnzimmer, seinen Hut mit beiden Händen vor sich haltend.

»Haben Sie konkrete Fragen?«, begann Liam das Gespräch.

Officer Stanley zuckte mit den Schultern.

»Soll ich einfach mal anfangen und Sie antworten, so gut Sie können?«

Stanley nickte wieder.

»Sie sind ein Werwolf. Infiziert von ihrem ehemaligen Arbeitskollegen David. Wie hat er Sie infiziert?«

Wieder ein Schulterzucken. »Darf ich die Jacke ausziehen, Sir?«, fragte der Officer stattdessen höflich.

Mich irritierte, dass er nun so demütig war. Man hätte meinen können, er wäre jetzt ein gebrochener Mann, doch es lag bestimmt an seinem Werwolf, dass er sich so verhielt.

Vorsichtig zog er die Jacke aus, nachdem Liam es ihm erlaubt hatte, und legte sie neben sich.

»Also?«

»Ich … ich gehe abends immer um eine bestimmte Uhrzeit spazieren und vor ein paar Wochen kam etwas hinter mir aus dem Gebüsch und biss mich in die Wade. Doch bevor ich mich umdrehen und nachsehen konnte, war das Tier schon wieder verschwunden. Ich dachte, es wäre ein großer Hund gewesen. Ein Schäferhund oder sowas. Die Wunde entzündete sich und wurde mit Antibiotika behandelt. Danach heilte sie ganz normal.«

Ich nickte wissend. Das kam mir nur allzu bekannt vor.

»Vielleicht ist es dabei passiert«, überlegte Stanley.

»Mit Sicherheit sogar«, antwortete Liam.

»Es tut mir leid, dass ich mich so benommen habe. Ich wollte es verdrängen, doch ich spüre, wie es sich immer mehr in mir ausbreitet ... Ich bin doch Polizist! Ich bin dazu da, um Bestien zu bekämpfen. Nicht, um eine zu sein.« Traurig sah er uns an und ich verspürte in diesem Moment einfach nur Mitleid.

»Machen Sie sich keine Gedanken, Officer. Wir haben eine Lösung für Sie.«

Hoffnungsvoll schaute er uns an.

»Aber die gibt es natürlich nur, wenn Sie uns im Gegenzug auch etwas verraten.«

»Den letzten Namen auf der Liste ...«, murmelte Stanley und Liam nickte.

»Ich sage euch alles, was ihr wollt. Nur bitte helft mir!«, flehte er.

»Also?«, fragte Liam.

»Der Name ist Kyle. Kyle Nolan. Ich wollte ihn bereits befragen, doch er ist schon länger im Urlaub«, antwortete Stanley.

»Kyle?!«, schrie ich entsetzt und auch Liam schaute erschrocken.

»Oh mein Gott! Wir müssen sofort zu ihm!«, rief ich und machte mich bereits auf den Weg zum Auto.

»Warum? Was ist los?«, fragte Stanley.

»Erzählen wir Ihnen unterwegs«, entgegnete Liam. »Sie fahren. Und zwar schnell.«

Stanley nickte gehorsam und binnen kürzester Zeit waren wir bei Kyles Haus angekommen. Ich sprang aus dem Auto und hechtete zur Haustür, dicht gefolgt von Liam.

»Was ist hier eigentlich los?«, versuchte es Stanley erneut und folgte uns laut schnaufend.

»Kyle ist bereits ein Werwolf. Wenn David ihn gebissen hat, schwebt er in Lebensgefahr.«

Der Officer wurde weiß wie eine Wand. »Das wusste ich nicht …«, entschuldigte er sich, doch Liam kümmerte sich nicht weiter um ihn. Er klingelte Sturm, bis Mr Nolan endlich völlig genervt die Haustür öffnete.

»Wo ist Kyle?«, verlangte Liam ohne Begrüßung zu wissen.

»Er ist nicht da«, entgegnete Mr Nolan widerwillig.

»Und wo ist er?«, fragte Liam.

»Ich wüsste nicht, was Sie das ange –«

»Ich befehle Ihnen, es mir zu sagen.«

Mr Nolan verdrehte sie Augen. »Ihr herrschsüchtigen Hunters immer. Er ist in unserer Hütte in den Bergen. Es ging ihm nicht besonders und er brauchte eine Auszeit.«

»Das kann ich mir vorstellen. Wo ist die Hütte?«

»Ich …«

»WO.IST.DIE.HÜTTE? Wenn Sie Ihren Sohn lebend wiederhaben wollen, sagen Sie es mir besser.«

Verdutzt sah Mr Nolan uns an. »Die Hütte befindet sich in den Wäldern. Am … äh … ich kann Sie hinbringen, wenn Sie wollen.«

»Ja, bitte. Aber sofort!«

Mr Nolan nickte, griff sich ein paar Schlüssel neben der Haustür und wir fuhren los.

»Was ist denn überhaupt los?«, fragte Mr Nolan während der Fahrt. – Noch einer, der nicht verstand.

»Ihr Sohn wurde von einem gebissenen Werwolf infiziert und wenn man nicht gerade ein Alpha ist, sind deren Viren giftig für gebürtige Werwölfe.«

Entsetzt starrte Mr Nolan Liam an. »Ist das dein Ernst, Hunter?«

»Leider ja.«

Mr Nolan trat das Gaspedal ganz herunter.

»Es hilft aber nichts, wenn Sie uns jetzt in den Graben fahren«, warf ich ein, doch Mr Nolan kümmerte sich nicht um mich.

»Wir müssen noch ein gutes Stück zur Hütte laufen. Somit ist jede Sekunde kostbar.«

Liam nickte.

»Haben Sie den Täter schon erwischt, Mr Hunter?«, fragte Nolan.

»Er ist bereits tot, ja.«

»Wenigstens etwas ... Aber wie kommt es, dass er meinen Sohn gebissen hat?«

»Er wollte sich wohl an den Werwölfen rächen, weil er damals durch einen entstellt wurde.«

Ich überlegte, ob Liam mit Absicht nicht sagte, dass es sich dabei speziell um seine Familie handelte, oder ob das einfach Informationen waren, die einen Rangniederen nichts angingen.

Endlich kamen wir auf einem Parkplatz zum Stehen und wie auf Kommando sprangen alle aus dem Fahrzeug und folgten Mr Nolan im Laufschritt.

Der Weg war steil und beschwerlich, doch da selbst der dicke Officer Mr Nolan hinterherhetzte, wollte ich mich lieber nicht beschweren.

Liam und Mr Nolan redeten vorn an der Spitze weiter über das, was geschehen war, während ich mit Officer Stanley (Gott sei Dank auch er!) etwas zurückblieb.

Unglaublich, wie man sich so schnell fortbewegen und dabei noch eine normale Unterhaltung führen konnte.

***

Endlich waren wir bei einer Holzhütte angekommen. Sie sah von außen nicht gerade einladend aus, doch innen schien alles renoviert und neu gemacht zu sein.

»Kyle?«, rief Mr Nolan.

Doch niemand antwortete.

»Kyle?«, rief nun auch Liam, doch es rührte sich keiner.

»Ihr seht hier unten nach. Ich schau oben im Schlafzimmer, ob er dort ist.«

Liam nickte und begann, alle Zimmer zu durchsuchen, als Mr Nolan von oben herab rief: »Hunter! Komm schnell.«

Mit ein paar Sätzen war Liam an der Treppe und diese hinauf gespurtet, während ich mein Bestes gab, ihm zu folgen.

Oben angekommen schlug mir der gleiche widerliche Geruch entgegen, den Amilia damals ausgeströmt hatte.

Unbemerkt versuchte ich mir die Nase zuzuhalten. Ich hatte das Gefühl, umso länger ich Werwolf war, desto feiner wurden meine Sinne.

Schließlich betrat ich das Schlafzimmer, wo Mr Nolan und Liam bereits an Kyles Bett hockten.

»Kannst du mich hören, Kyle?«, fragte Nolan, doch Liam schob ihn beiseite.

»Haben Sie ein Messer?«

»Was hast du vor?«, fragte Nolan entsetzt.

»Haben Sie ein Messer?«, wiederholte Liam.

Zögerlich gab Nolan ihm ein Taschenmesser und Liam schnitt Kyle in die Lippen.

»Was tust du?!«, rief Nolan schockiert, doch Liam ließ sich nicht aus der Ruhe bringen.

»Helfen«, sagte er knapp, schnitt sich das Handgelenk auf und drückte es Kyle auf den Mund. Angewidert verzog Kyle das Gesicht und begann zu schlucken.

»Du musst das nicht schlucken«, sagte Liam. »Es geht nur darum, dass mein Blut sich mit deinem vermischt und dafür habe ich dir Schnitte in die Lippe gemacht.«

»Kann dein Blut ihn heilen?«, fragte Nolan hoffnungsvoll.

Liam schüttelte den Kopf. »Leider nicht. Ich bin auch nicht sicher, ob diese Methode hilft. Amilia hatten wir ganze Spritzen injiziert. Doch daran haben wir aus lauter Hektik nicht gedacht und hier haben wir nichts Besseres, oder?«

Mr Nolan schüttelte verzweifelt den Kopf.

»Dann hoffen wir mal, dass es hilft. Kyle muss dringend hier weg und braucht richtige Hilfe.«

»Danke, dass du das tust, Hunter«, sagte Nolan und klopfte ihm anerkennend auf die Schulter, doch Liam winkte ab. Für ihn war das einfach selbstverständlich. Es freute mich zu sehen, wie Liam sich für sein Rudel einsetzte, obwohl ich schon mehrfach mitbekommen hatte, dass er das überhaupt nicht tun müsste. Doch das zeigte mir wieder, was für ein besonderer Mensch er war. Seine Mutter hatte ja keine Ahnung, was für einen fantastischen Anführer sie da großgezogen hatte. Ich seufzte und beobachtete weiter, wie er Kyle versuchte sein Blut einzutrichtern. Merkwürdig, dass dieser überhaupt noch bei Bewusstsein war.

»Liam?«, fragte ich.

»Ja?«

»Ich weiß, dass man solch eine Frage nicht stellt, aber warum lebt Kyle noch? Amilia wäre an seiner Stelle schon längst tot, oder?«

Liam nickte. »Kyle ist ranghöher, also werden seine Viren auch stärker sein und sich besser wehren können.«

»Nur leider nicht stark genug«, seufzte Mr Nolan.

»Nein, das leider nicht ...«

Er ließ die Hand auf Kyles Mund, bis sich seine Wunde geschlossen hatte, doch eine nennenswerte Änderung war nicht zu erkennen.

»Und jetzt?«, fragte Nolan. »So ist er doch nicht transportfähig.«

»Haben Sie in Ihrem ganzen Fuhrpark kein Gerät, mit dem man bis zur Hütte fahren kann?«, fragte ich Nolan.

»Und du meinst, wenn ich so etwas hätte, hätte ich es nicht gleich mitgenommen?« Er verdrehte die Augen.

»Man denkt nicht immer an das Naheliegende ...«, verteidigte ich mich.

Liam versuchte noch zweimal, Kyle Blut einzuflößen, doch es war hoffnungslos. Kyle ging es nach wie vor sehr schlecht und wenn nicht bald ein Wunder geschah, würden wir ihn auch noch verlieren. Und obwohl ich Kyle nicht besonders gern mochte, nahm mich das Ganze sehr mit. Das waren eindeutig zu viele Todesfälle in der kurzen Zeit, als dass ich sie hätte verkraften können.

Schwankend ging ich aus dem Zimmer und suchte in meiner Hosentasche nach einem Taschentuch, da entdeckte ich Blätter der Wolfswurz, von der ich mir, seit ich von ihrer Existenz wusste, vorsichtshalber in sämtlichen Kleidungsstücken einen kleinen Vorrat deponiert hatte.

Ich rieb die Blätter nachdenklich in meinen Händen. Dann erinnerte ich mich plötzlich daran, was Mrs Davis gesagt hatte.

Oh mein Gott! Das war es! Das war die Lösung!

Abrupt drehte ich mich rum und stürmte zurück ins Zimmer.

»Mrs Forsyth«, beschwerte sich Mr Nolan. »Ich darf doch sehr bitten. Mein Sohn liegt im Sterben und Sie …«

Doch ich beachtete ihn gar nicht, was ihm ziemlich schnell die Sprache verschlug.

»Liam!«, rief ich aufgeregt.

»Ja?«

»Schau mal.« Ich zeigte ihm die Blätter, doch offensichtlich wusste er nicht wirklich etwas damit anzufangen. – Gut, wie auch? Diese Art von Pflanze hatte ihn nie interessiert.

»Weißt du noch, was Mrs Davis darüber gesagt hat? Dass sie die Werwolfviren komplett lahmlegt?«

Liam nickte langsam.

»Müsste sie dann nicht auch die schädlichen Viren lahmlegen?«, fragte ich hoffnungsvoll.

Liam hielt kurz inne, dann sprudelte es aus ihm heraus: »Emma! Du bist ein Genie!« Er drückte mich an sich und wollte mich küssen, doch ich schob ihn von mir.

»Wir sollten erst ausprobieren, ob es funktioniert.«

Liam nickte. »Wer kaut vor?« fragte er.

»Ich mach das«, sagte Nolan, steckte sich eine Handvoll Blätter in den Mund und begann fleißig zu kauen. Keine fünf Minuten später spuckte er sich den grünen Brei in die Hand und fütterte damit seinen Sohn. »Ist es so richtig?«, fragte er.

Ich nickte und betete inständig, dass es Kyle helfen würde.

Nachdem er alles geschluckt hatte, ging ich nervös auf und ab. *Oh bitte! Oh bitte! Bitte mach, dass es funktioniert.*

Die Sekunden verstrichen und fühlten sich an wie Minuten. Die Minuten verstrichen und fühlten sich an wie Stunden.

Ich lief weiter auf und ab und obwohl ich mir bewusst war, dass ich allen Anwesenden damit den letzten Nerv raubte, konnte ich einfach nicht ruhig sitzenbleiben.

Endlich schlug Kyle die Augen auf.

»Oh Gott! Kyle!« Ich fiel ihm um den Hals und drückte ihn freundschaftlich. Nachdem ich losgelassen hatte, nahm Mr Nolan ihn ebenfalls väterlich in die Arme.

Liam zog mich zurück und lächelte. »Ich bekomme noch was von dir.«

Verschmitzt – und unendlich erleichtert – lächelte ich zurück und küsste ihn zärtlich.

»Wie fühlst du dich, Kyle?«, fragte Liam.

»Als wenn mich ein Panzer überrollt hätte.«

Liam nickte. »Kannst du mit Hilfe aufstehen? Und mit uns kommen?«

»Ich denke schon, ja«, antwortete er schwach.

»Wir müssen zu Dr. White. Er muss dein Blut untersuchen und sagen, ob die Wolfswurz so wirkt, wie wir uns das gedacht haben.«

»Die *was*?«, fragte Kyle.

»Später.«

Liam und Mr Nolan stützten Kyle und wir gingen zurück zum Auto.

Ich war froh, nicht an deren Stelle zu sein. Kyle war nun wirklich kein Leichtgewicht und ich war nicht sicher, ob ich ihn überhaupt gestemmt bekommen hätte. Trotz Werwolf-Supermodus.

Der Abstieg mit Kyle dauerte ungefähr dreimal so lang wie der Hinweg. Doch ich war froh, dass wir ihn lebend gefunden hatten und ihm vorerst helfen konnten.

»Jetzt verrat uns aber mal, wie David dich gebissen hat?«, fragte Liam.

»Hat er gar nicht«, murmelte Kyle leise.

»Ach nein?«

»Nein. Er hat mir eine Spritze gegeben.«

»Und die hast du dir einfach so geben lassen?«, fragte ich verwirrt.

Kyle nickte beschämt.

»Warum? Wolltest du sterben?«

»So ein Quatsch! David hat mir gesagt, er sei ein Alpha gewesen und wenn er mir etwas von seinem Blut spritzen würde, könnte ich viel stärker werden.«

»Und das hat dich Proll natürlich geködert«, entgegnete ich fassungslos.

Kyle schüttelte leicht den Kopf. »Schon, ja, aber es war nicht für mich.«

»Nein?«

»Ich wollte es, damit ich das Schwein umbringen kann, das Amilia auf dem Gewissen hat.«

Awww! Und direkt schämte ich mich für meine unangebrachte Bemerkung gerade eben.

»Tut mir leid, wegen –« Doch Kyle winkte ab.

»Ich habe ja mein Bestes dafür getan, dass du so über mich denkst.«

Ich schluckte. Soviel Größe hatte ich ihm gar nicht zugetraut.

»Wusstest du denn nicht, dass David an allem schuld war?«, fragte ich.

»Woher? Das hat er mir erst gesagt, nachdem ich die Spritze schon intus hatte.«

»Und warum bist du dann von zu Hause abgehauen?«

»David sagte, es gäbe keine Heilung und weil ich meine Eltern damit nicht belasten wollte, habe ich Urlaub gemacht. Ich dachte, es ist leichter für sie, mich tot aufzufinden, als mich über Wochen dahinvegetieren zu sehen und doch nichts machen zu können.«

Ich nickte verstehend. Das hätte ich vermutlich auch so gemacht.

»Und du hast ihm einfach so geglaubt, dass es keine Hilfe gibt? Was, wenn er dich angelogen hätte?«

»Ich habe es anfangs nicht geglaubt. Aber nach und nach habe ich es gespürt. Man merkt, wenn es mit einem zu Ende geht und hier war das der Fall.«

Ich schluckte schwer und merkte, wie meine Augen schon wieder verdächtig brannten.

Mittlerweile waren wir jedoch an Nolans Fahrzeug angekommen und fuhren auf direktem Wege zu White. Meine Rettung.

Wie wir es vom Doktor kannten begrüßte er uns schon von weitem freundlich und bat uns hinein. Zuerst wollte ich gar nicht mit, weil ich immer noch die entsetzlichen Bilder von dem Blut im Kopf hatte, doch nachdem Liam mir versicherte, dass alles wieder blitzblank war und rein gar nichts mehr daran erinnerte, traute ich mich doch hinein.

»Was kann ich für euch tun, ihr Lieben?«, fragte er.

Liam erklärte White schnell die Situation, woraufhin dieser Kyle postwendend mit ins Labor schleppte, um sein Blut zu untersuchen. Zehn Minuten später kamen sie zurück.

»Und?«, fragten Liam und ich neugierig.

»Ihr hattet Recht: Das Kraut hat die Viren vollständig lahmgelegt.«

»Oh, Gott sei Dank!«, rief Mr Nolan und drückte Kyle herzlich.

»Kyle wird noch ein paar Tage Ruhe und Erholung brauchen und danach wird er fast wieder der Alte sein«, fuhr White fort.

»Was heißt *fast*?«, fragte Kyle.

»Na ja ... eine Einschränkung wird es da schon geben: Du wirst täglich dieses Kraut einnehmen müssen, damit die Viren lahmgelegt bleiben und das wiederum bringt mit sich, dass du dich nicht mehr verwandeln können wirst.«

Kyle sah zunächst geschockt aus, doch sein Dad drückte ihn abermals. »Das ist doch gar nicht schlimm, Kyle. Hauptsache, dir geht es wieder gut und du lebst.«

»Danke, Dad«, murmelte Kyle und umarmte ihn ebenfalls herzlich. »Und euch dreien, Liam, Emma und auch Ihnen, Officer Stanley, möchte ich ebenso danken. Weiß der Himmel, was wäre, wenn ihr mir nicht geholfen hättet.«

»Ach, ich bin doch nur mitgelaufen«, winkte Officer Stanley verschämt ab.

»Du musst der jungen Dame danken, Kyle. Sie hatte den rettenden Einfall«, erklärte Nolan und deutete dabei auf mich. Ich lächelte verlegen und Kyle trat vor.

»Darf ich?«, fragte er Liam.

»Wenn sie nichts dagegen hat«, entgegnete er und schaute dabei zu, wie Kyle mich an seine massige Brust quetschte.

»Hilfe! Luft!«, japste ich und er ließ mich wieder los. »Na ja, so krank kannst du gar nicht sein«, beschwerte ich mich, doch Kyle lachte nur.

»Auch Ihnen meinen herzlichsten Dank, White«, sagte Nolan.

»Ja. Auch von mir«, pflichtete Kyle seinem Vater bei, der es plötzlich eilig zu haben schien.

»Fahren wir wieder? Ich möchte meinen Sohn endlich wieder zu Hause haben.«

Wir nickten und verabschiedeten uns von White. Dann fuhren wir zurück zu Mr Nolan.

»Ich möchte nicht unhöflich sein, aber das war ein anstrengender Tag für uns«, sagte Nolan freundlich.

»Kein Problem. Wir wollten sowieso nach Hause«, entgegnete Liam. »Fahren Sie uns, Officer Stanley?«

Dieser nickte nachdenklich. Er war ohnehin ungewöhnlich still gewesen und hatte das Geschehen rund um Kyle beinahe regungslos verfolgt. Vermutlich war er damit beschäftigt, die ganzen Eindrücke erst mal nach und nach zu verdauen.

Keine Viertelstunde später waren wir endlich wieder zu Hause.

»Danke fürs Fahren«, sagte Liam und wollte aussteigen, da hielt Stanley ihn zurück.

»Sir, Sie wollten mir noch etwas sagen?«

»Stimmt, Stanley. Das hatte ich vollkommen vergessen. Zuerst möchte ich mich für Ihre Hilfe bedanken.«

»Nicht der Rede wert …«, winkte Stanley ab.

»Emma? Hast du noch etwas von der Wolfswurz?«, fragte Liam.

Ich nickte und gab ihm ein paar Blätter.

»Es gibt ein Gewächs, das nennt sich Wolfswurz. Das Gleiche, welches vorhin Kyle eingenommen hat.«

Stanley beäugte die Blätter. »Das kenne ich. Aber das ist doch Unkraut?«

»Sehr gut, wenn Sie es kennen. Und ja, es ist Unkraut. Aber wenn Sie jedes Mal an Vollmond ein paar Blätter davon essen, werden Sie sich nicht mehr verwandeln.«

»Ganz sicher? Ich habe zwar nicht allzu viel davon mitbekommen, doch ich kann so etwas nicht mit meinem Gewissen vereinbaren. Ich bin doch Polizist.«

Liam nickte. »Ganz sicher. Wie gesagt, jeden Vollmond bevor der Mond aufgeht und Sie werden keine Probleme mehr mit einer Verwandlung oder Ähnlichem haben.«

»Vielen Dank, Sir«, sagte Stanley.

»Und hören Sie auf mit diesem ›Sir‹. Sie sind Polizist, schon vergessen?« Liam lächelte ihn an und auch Stanley lächelte zurück.

»Ich habe noch eine Frage.«

»Und die wäre?«

»Ich möchte nicht, dass irgendjemand davon erfährt. Wie gesagt, ich bin Polizist und ...«

»Gut, dass Sie es ansprechen: Mit dem Biss sind Sie an den Werwolfkodex gebunden. Der besagt, dass unsere Identität geheimzuhalten ist.«

Stanley nickte eifrig.

»Halten Sie sich nicht daran, werden Sie umgebracht.«

Nun starrte der Officer Liam erschrocken an.

»Aber Sie müssen sich keine Gedanken machen. Sie wollen doch selbst nicht, dass es irgendjemand erfährt, oder?«

»Natürlich nicht! Trotzdem klang das gerade ein bisschen hart! Unsere Gesetze ...«

»Seien Sie uns nicht böse, Stanley, aber Emma und ich möchten jetzt endlich anfangen, unsere Ferien zu genießen«, unterbrach ihn Liam entschuldigend. Und auch, wenn es etwas unhöflich klang, war ich heilfroh, dass er das gesagt hatte.

»Natürlich«, erwiderte Stanley.

Liam und ich stiegen aus.

»Kommen Sie uns doch einfach bei Gelegenheit mal wieder besuchen, okay? Dann können wir weiterreden«, verabschiedete sich Liam.

»Das mache ich. Sehr gern sogar.«

Dann fuhr Officer Stanley winkend vom Hof.

Kurzerhand hob Liam mich hoch und trug mich ins Haus.

»Du sollst heute keinen Schritt mehr zu viel machen müssen …«

Ich lächelte. »Und was ist mit dir?«

»Ich bin der Mann. Ich muss da durch …«

Liam trug mich in sein Zimmer und legte mich auf sein Bett. »Kann ich dir noch irgendetwas Gutes tun?«

»Ja.«

Aufmerksam schaute er mich an.

»Lass nicht zu, dass irgendetwas oder irgendjemand unsere Privatsphäre für die nächsten Wochen stört, okay?«

Liam lächelte. »Nichts lieber als das …«

Ich zog Liam hinunter zu mir aufs Bett und begann ihn leidenschaftlich zu küssen.

»Emma?«

»Hm?«, knurrte ich.

Er machte sich soweit von mir los, dass er mir in die Augen schauen konnte. »Weißt du eigentlich, dass ich verdammt stolz auf dich bin?«

Ich spürte, wie meine Wangen leicht erröteten.

»Doch, das ist mein Ernst. Du hast Kyle das Leben gerettet.«

»Ich hatte Glück …«

»Hattest du nicht. Und das weißt du auch …«

Ich zuckte mit den Schultern. »Tu mir einen Gefallen, und erwähne nie wieder das Wort ›Werwolf‹. Zumindest solange nicht, bis wir beim nächsten Vollmond zusammen durch die Wälder hüpfen.«

Liam schaute mich glücklich an und seine Augen schimmerten verdächtig.

»Du bist so wunderbar!«, raunte er, doch bevor ich noch etwas erwidern konnte, gab er mir einen heißen, leidenschaftlichen Kuss, der mich ganz atemlos machte und drückte mich dabei in die Waagrechte, so dass er über mir war. Er begann, meinen Hals abwärts zu küssen, bis er an der empfindlichen Stelle oberhalb meines Schlüsselbeins ankam, woraufhin ich laut ausatmete. Meine Hände wanderten unter sein Shirt, welches er sich nur allzu bereitwillig von mir ausziehen ließ und ich betrachtete seinen wunderschönen Oberkörper. Sanft fuhr ich mit dem Fingern seine Muskeln nach, die daraufhin vor Erregung zuckten. Liam zog mir ebenfalls mein Oberteil aus und fuhr mit seinen Küssen bis zu meinem Bauchnabel fort, bevor er mich meines BHs entledigte und sich meinen Brüsten widmete. Ich stöhnte auf, als er zärtlich an meiner Brustwarze knabberte und die andere Hand in meine Hose schob und vorsichtig meinen Kitzler massierte. Meine Hände krallten sich in seine muskulösen Schultern, als er einen Finger in mich schob und diesen leicht zu bewegen begann. Zuerst genoss ich es, doch dann machte ich mich an seiner Hose zu schaffen. Ich wollte Liam spüren und zwar nicht nur so. Ich wollte ihn ganz spüren! In mir! Nachdem Liam begriffen hatte, was ich versuchte, zog er mir ebenfalls die Hose aus und half mir danach bei seiner.

Nackt lagen wir aufeinander und Liam sah mir tief in die Augen.

»Bist du sicher, dass du das möchtest?«

Ich lächelte. »Ganz sicher.«

Er küsste mich sinnlich und drang dabei vorsichtig in mich ein. Ein kurzer Schmerz durchzuckte meinen Körper, worauf er sofort innehielt, doch ich küsste ihn weiter und gab ihm dadurch zu verstehen, dass er bloß nicht aufhören solle. Liam begann sich langsam in mir zu bewegen und stöhnte an meinem Ohr, was mich dazu veranlasste, mutiger zu werden und mich rhythmisch mitzubewegen. Das Gefühl war so intensiv und so wundervoll, dass ich diesem einfach Ausdruck verleihen musste.

»Ich liebe dich«, hauchte ich und schaute Liam dabei glückselig in die Augen, der daraufhin kurz stockte. Dann lächelte er zärtlich.

»Ich liebe dich«, flüsterte er, gab mir daraufhin einen mehr als leidenschaftlichen Kuss und fuhr da fort, wo er für die magischen drei Worte unterbrochen hatte …

***

Später lag ich glücklich in seinem Arm, strich mit den Fingern über seine Haut und genoss einfach das Gefühl der Zugehörigkeit und des Beisammenseins. Dankbarkeit breitete sich in mir aus, dass Liam lebendig und gesund neben mir lag, dass wir das alles überstanden hatten, dass wir jetzt hier sein durften und das miteinander erlebten.

Inzwischen konnte ich Liam immer besser verstehen. Die Werwolfsache war eigentlich gar nicht so übel und durch die Tricks, die Mrs Davis uns verraten hatte, für mich akzeptabler denn je. Ich konnte alle Vorteile des Werwolfdaseins genießen, hatte aber keine Nachteile mehr. Zudem machte unser kleines Geheimnis unsere Beziehung zu etwas Besonderem und gleichzeitig hatte ich dadurch etwas, wovon viele Mädchen nur träumen konnten: Die Gewissheit, seinen Partner fürs Leben gefunden zu haben und ihn nie wieder zu verlieren.

ENDE

Danksagung

Liebe Leserinnen, liebe Leser,

zuerst möchte ich mich ganz herzlich BEI EUCH bedanken, dass ihr den Weg von Emma und Liam mit mir gegangen seid und mich durch eure E-Mails, Nachrichten etc. so toll unterstützt habt!

Ich habe mich immer sehr über euer Feedback gefreut und hatte beim Antworten stets ein Lächeln im Gesicht! VIELEN DANK dafür! :)

Ein weiterer, ganz lieber Dank gilt meinen beiden fantastischen Lektorinnen Pia und Konstanze, die mir geholfen haben, »Moonlit Nights« zu der Geschichte zu machen, die sie jetzt ist. Ich habe super gerne mit euch zusammengearbeitet und hatte viel Spaß mit euren Kommentaren! ;)

Zu guter Letzt möchte ich Pia noch einmal besonders hervorheben und ihr meinen ganz besonderen Dank aussprechen:

Liebe Pia,

ich bin unendlich froh, dass du an »Moonlit Nights« geglaubt und dieser Geschichte ein so wundervolles Zuhause gegeben hast! Ich hätte mir kein besseres für sie wünschen können! GANZ LIEBEN DANK! :)

© privat

Carina Mueller wurde 1984 im schönen Westerwald geboren, wo sie heute immer noch lebt und arbeitet. Neben ihrem Hund und ihren Pferden zählte das Lesen schon immer zu ihren größten Hobbies, woraus sich dann die Idee entwickelte, eigene Romane zu schreiben. Sie selbst liebt Jugendbücher und auch Fantasy-Romane, vor allem die ganz spannenden, weshalb sie auch in diesen Genres schreibt.